COLLECTION FOLIO

Raphaël Confiant

La Jarre d'or

Mercure de France

Raphaël Confiant est né à la Martinique. Auteur de nombreux romans en créole, il a été révélé en France par *Le nègre et l'amiral* (Grasset, 1988) et a obtenu le prix Novembre pour *Eau de café* (Grasset, 1991). Il est également coauteur d'*Éloge de la créolité* avec Patrick Chamoiseau et Jean Bernabé (Gallimard, 1989). Ses romans *Le meurtre du Samedi-Gloria* (Mercure de France, 1997) et *L'Hôtel du Bon Plaisir* (Mercure de France, 2009) ont obtenu respectivement les prix RFO et de l'AFD.

À mon neveu Sony…

PREMIER BALLANT

Si la parole, héritière d'une Afrique à jamais perdue, possède le don d'apprivoiser la mort et donc de la rendre quelque peu supportable, à l'inverse, seul le livre peut prétendre en expliquer les quatre-vingt-dix mystères.

Il se trouvait qu'ainsi, depuis un bon paquet de siècles, tout un commerce d'ouvrages, qualifiés de maudits, malsains, vieux d'antique vieillesse, diaboliques et consorts, se déroulait entre l'Europe hautaine et les îles de l'Amérique, sans que toutefois la première eût le monopole de leur rédaction ni celui de leur impression.

Grimoires du Moyen Âge et chroniques coloniales se frottaient, opuscules de magie blanche et testaments recueillis de la bouche de sorciers caraïbes ou de Guinée s'affrontaient.

Tout cela n'était habité que par un seul et même désir : comprendre le comment du pourquoi...

1

Il y avait beau temps que cette manière de légende galopait sur les lèvres tuméfiées par le rhum, à travers bouches édentées et voix volontairement éraillées des conteurs créoles du temps de l'antan. De ceux qui, au beau mitan des veillées mortuaires, quand le poids de la nuit se faisait accablant et que chacun se retirait dans sa chacunière, avaient le don de défier l'au-delà ou de le dérisionner à grandes rafales de mots forcément obscurs. Et, soudain, jaillissait un morceau de parole claire, comme nous disions dans notre parlure vieillotte qui faisait tant et tellement sourire les étrangers venus d'En-France ou d'Amérique, créatures pleines de savantise harnachées de fils, de micros, de magnétophones et d'appareils photo qui enregistraient le moindre de nos propos et nous mitraillaient de leurs flashes. Ils tenaient, à ce qu'il semble, en très haute estime nos mœurs alors que nous autres, bien au contraire, nous nous efforcions, année après année, de les dissimuler, voire même de les effacer.

Or donc, cette parole claire proclamait ce qui suit :

— Après qu'une révolte d'esclaves eut détruit une tralée de plantations de canne à sucre situées entre Basse-Pointe et Macouba, ravageant en partie Grand-Rivière, un vieux planteur béké décida d'enterrer son seul véritable bien. Une jarre contenant des livres interdits...

Nous ne pouvions que nous gausser de cet hurluberlu — que les maîtres de la parole affirmaient avoir vécu à l'époque non datée du marquis d'Antin — car ce que s'empressaient de mettre hors d'atteinte en pareil cas les Grands Blancs était d'une tout autre nature : bijoux, argenterie, louis d'or, titres de propriétés et secrets de famille. Rien, absolument rien d'autre. De loin en loin, au hasard d'un labourage sur une propriété laissée à l'abandon, puis moult fois vendue et revendue, il arrivait que l'on tombât, vingt ans ou un bon siècle plus tard, sur ce genre de trésor dont personne de sensé ne voulait. Nul n'ignorait, en effet, que ce dernier était flanqué d'un gardien lequel n'était autre que l'esclave nègre qui avait accompagné le planteur, peu avant le devant-jour, sur quelque recoin isolé de la plantation, et avait fouillé le sol à grands coups de fourche. Sa tâche accomplie, le Béké lui avait tout naturellement brûlé la cervelle avant de l'ensevelir aux côtés de la jarre, le transformant du même coup en gardien éternel de cette dernière.

Les découvreurs se contentaient donc de signaler l'événement au nouveau propriétaire des lieux qui, s'il s'agissait d'un Blanc-pays, exigeait qu'on laissât tout en l'état. Il faisait clôturer l'endroit par une haie de gliricidias et de fil barbelé si bien que chacun finissait par oublier l'existence de ce que l'on ne désignait plus, par crainte révérencielle, que sous l'appellation de « la chose ». Jusqu'à ce qu'un mois plus tard, jour pour jour, par temps de lune rousse, muni de quelque vieux livre comme *Le Dragon rouge* ou *Le Grand Albert*, l'homme se rendît seul sur les lieux pour l'extraire. Cela se remarquait au changement brutal de train de vie du planteur, soit qu'il fît ravaler sa demeure de fond en comble, soit qu'il commandât une limousine en Amérique. Ou, plus rarement, qu'il vendît ses propriétés à l'encan avant de s'en retourner dans la Charente ou le Poitou de ses lointains ancêtres. Chacun fermait sa caquetoire. Cela ne nous regardait pas. Affaire de Blancs n'est pas affaire de Nègres, foutre !

Par contre, s'il s'agissait d'un mulâtre ou d'un Nègre, le bougre n'avait de cesse que la jarre soit déterrée sur-le- champ, qu'il fît grand soleil de carême ou pluie battante d'hivernage. Il embauchait une dizaine de bras si nécessaire et tant que l'objet magique n'avait pas montré son anse de grès, il les harcelait, les obligeant à se relayer sans relâche même quand le faire-noir commençait à descendre sur la terre. Une fois en possession de ce bien inespéré, l'homme sombrait en six-quatre-deux dans la folie du jeu de cartes ou dans l'entretien de ribaudes vermineuses, perdant tout jusqu'au dernier maravédis et même, incapable de se raisonner, le terrain qu'il avait acheté avec, souventes fois, les économies de toute une vie.

Si donc les jarres d'or n'étaient point rares — encore que Radio-bois-patate en exagérât le nombre juste pour bailler de l'importance à nos campagnes reculées où il ne se passait jamais rien —, celle, ô unique, qui était réputée contenir des livres bannis n'avait jamais pu être repérée. C'est dire qu'elle excitait notre convoitise car les conteurs n'avaient de cesse de clamer :

— Qui la découvrira détiendra tout le savoir du monde et même davantage !

Ce davantage renvoyait sans discussion possible à l'autre monde, celui qui nous attendait dès le jour de notre naissance et que nous redoutions de gagner trop tôt. C'est que nous ne nous satisfaisions pas totalement des explications chatoyantes des abbés, souventes fois alsaciens et, de ce fait, dotés d'un drôle d'accent, et que leur paradis ne nous excitait que mollement. Si la chair et le rhum en étaient exclus, à quoi bon ? ricanaient les vieux Nègres couverts de pian qui feignaient de suivre la messe depuis le parvis de l'église. Certains ajoutaient, énigmatiques :

— La vie n'a point de secret, mais la mort en a un, oui !

En ce temps-là, au siècle des deux grandes guerres qui ravagèrent l'entier du monde, le bourg de Grand-Anse du Lorrain était en procès avec l'Atlantique. Nous refusions de prononcer son nom. Nous proclamions : la chienne ! l'infâme ! Ou plus prosaïquement, la salope. C'est que, non seulement elle happait des vies innocentes sans crier gare, mais, de jour comme de nuit, elle n'avait de cesse de marteler sa rage dans nos têtes. Tout un permanent de grondements, roulis, soubresauts, chuintements inquiétants. Alors chacun se prenait à rêver d'une autre existence. D'un départ sans retour. De jeunes câpresses au teint de miel épousaient à la va-vite des gendarmes originaires d'En-France (celles qui échouaient se rattrapant avec du Rubigine, produit utilisé pour dégraisser le linge qui, pris à forte dose, se révélait un poison mortel). Des jeunes bougres déraisonnables partaient, un beau jour, sur le Miquelon de la mer alors que, de mémoire d'homme, personne n'avait jamais pêché le moindre poisson dans notre baie que l'on affirmait maudite, en tout cas bréhaigne depuis qu'un certain abbé avait secoué sa soutane sur ses flots, et disparaissaient à jamais. Mais la plupart d'entre nous se muraient dans un silence. Si bien que les gens d'En-Ville, manieurs de grand français plein de gammes et de dièses, nous décrivaient comme taciturnes ou impassibles, voire même fatalistes, et nous ne savions point s'il fallait prendre ces qualificatifs pour des compliments.

Ce qui explique que par les après-midi d'ennui total-capital, certains se laissaient aller à marmonner :

— Si jamais la chance me permet de trouver cette jarre de livres, hon !... Suffira que j'en lise deux pages pour comprendre comment m'escamper de cette vie sans devant ni derrière.

Comme ceux qui prononçaient ces sentences

définitives ne savaient de toute façon ni lire ni écrire, l'école étant réservée aux gens de haut parage, on se contentait de hausser les épaules ou de cracher par terre en grimaçant. Mais une certitude régnait : ce trésor insolite avait été enfoui dans les entrailles de notre région et nulle part ailleurs. La meilleure preuve en était que seuls nos conteurs la rapportaient. Ailleurs, tant dans le sud aux plages de sable immaculé que sur la côte Est que baignait une mer des Caraïbes toujours étale, il n'en était jamais question. Jamais. D'où l'intérêt que nous portaient des grands-grecs aux titres impressionnants d'archéologue, ethnologue, anthropologue ou sociologue, lesquels posaient toujours des questions indiscrètes, cela en dehors des veillées mortuaires, s'étonnant ensuite que nous ne leur lâchions que d'évasives réponses. Ainsi il y avait eu ce Canadien aux cheveux rouges, M. Beaupertuis, qui devait répéter chaque mot pour que nous puissions déchiffrer son jargon, entêté à vouloir dater le temps du marquis d'Antin. On le voyait, carnet et crayon en main, harceler les plus âgés :

— Dites-moi, serait-ce le XVIIe ou le XVIIIe siècle ?

Évidemment son histoire de siècles ne signifiait pas une patate pour nous. Même ceux qui avaient un tant soit peu posé leurs fesses sur un banc d'école étaient incapables d'expliquer clairement ce que cette expression recouvrait, hormis qu'elle équivalait à cent ans, ce qui n'était guère imaginable. M. Beaupertuis avait, selon ses dires, dépouillé tous les registres paroissiaux des différentes communes de notre région et était le client le plus assidu de la bibliothèque Schœlcher, endroit d'En-Ville que certains d'entre nous avaient aperçu de loin et dont ils nous vantaient la singulière architecture. Le Canadien tenait, à l'entendre, le bon bout : ses recherches lui avaient permis d'éliminer les XIXe et XXe siècles. Il avouait avoir longtemps penché pour le début du premier, cette période qui précéda l'abolition définitive de l'esclavage, parce qu'il s'y était produit davantage de révoltes de Nègres qu'à toutes les autres époques, mais il avait dû se raviser lorsqu'il avait découvert l'acte de décès du dernier d'Antin, Juvénal Monfort, marquis d'Antin plus précisément. Il était daté du 23 février de l'an 1788. Après lui, plus aucune trace de cette illustre famille. Alors, il se mit à fouiller dans nos mémoires, recueillant contes et chanters anciens auprès de tous ceux qui avaient survécu, par on ne savait quel miracle, à tous ces maux aux noms souvent barbares qui nous accablaient. Congestion, lymphangite, tétanos, gangrène, variole, syphilis, tuberculose, cassure brutale du fil du cœur. Ou, plus banalement, fragilité des souvenirs (ce qui est cause de déraison).

La quête de M. Beaupertuis se révéla infructueuse. Il ne rassembla qu'entrelassures de récits invraisemblables, foisons de plaidoiries délirantes et autres jactances vaines. Le découragement finit par s'emparer de lui qui retira ses pieds du jour au lendemain sans un merci-bien ni un au-revoir-si-dieu-veut ! Mais déjà, notre attention s'était reportée sur une certaine dame allemande, que les anciens combattants des deux guerres regardaient de travers alors qu'elle faisait montre d'une gentillesse exquise. Elle avait été prise en bonne passion par la tenancière de l'Atlantic-Hôtel où elle avait pris ses quartiers et cette mulâtresse gironde ne perdait jamais une occasion de nous gronder :

— Ce n'est tout de même pas la faute de mamzelle Offenberg si nous avons été obligés de manger notre âme en salade lorsque ce chien-fer d'Hitler a envahi notre mère, la France. D'ailleurs, elle est née l'année même de l'armistice, alors fichez-lui la paix !

Nous savions qu'elle nous baillait là menteries, mais la figure de l'Allemande paraissait si jeune et si angélique qu'elle finit par nous amadouer. Elle ne prenait un air teuton (du moins d'après l'idée que nous nous en faisions) que lorsqu'elle se posait ses grosses lunettes à monture d'écaille sur le nez, ouvrait le cahier à couverture cartonnée qu'elle transportait toujours sous le bras et nous posait des questions à la vitesse d'une mitraillette. Ce qui l'intéressait, ce n'était pas le siècle dans lequel avait vécu le marquis d'Antin, mais son origine familiale, les rejetons, y compris adultérins (et donc mulâtres), qu'il avait pu avoir ici et là, d'autant qu'une famille du bourg de Grand-Anse du Lorrain portait effectivement le patronyme de Dantin.

— C'est la particule qui fait toute la différence, mademoiselle Offenberg, vous faites fausse route, je vous assure ! lui lançait à la cantonade Hildevert, un jeune et bel Nègre qui avait réussi haut la main au brevet supérieur, avait brillé de mille feux à l'École normale de Croix-Rivail et s'en était revenu tout auréolé du titre ô combien glorieux d'instituteur.

D'Antin et Dantin, ce n'était pas du tout pareil, argumentait-il sans relâche, mais il ne nous trompait point. Nous savions pertinemment qu'il mourait d'envie d'arpenter les formes plus que plantureuses de l'Allemande et qu'il redoutait qu'elle ne s'intéressât de trop près à Marcellin Dantin, homme dans la force de l'âge qui possédait deux lignes de taxi-pays ainsi qu'un imposant commerce de toileries et quincaille à la Rue-Devant, la plus passante de tout le bourg. En fait, l'instituteur se faisait des sueurs froides pour rien : son rival supposé était non seulement irrité par les questions, qu'il jugeait indiscrètes, de mamzelle Offenberg sur l'origine de sa famille, mais il haïssait le pays de cette dernière pour la bonne raison que son frère aîné y avait perdu la vie au tout début de la Deuxième Guerre mondiale. Il ne tolérait ses visites à son domicile que parce que le premier édile de la commune avait recommandé la jeune dame et qu'il ne pouvait rien refuser à celui qui fermait les yeux sur les coups de canif que Dantin infligeait aux lois de la République, à commencer par le fait qu'il embarquait toujours une soixantaine de passagers sur la ligne Grand-Anse du Lorrain-Fort-de-France là où il n'était pas autorisé à dépasser le chiffre de quarante.

Ce qui nous étonna (pour dire la franche

vérité, ne nous étonna pas du tout, vu la mauvaise opinion que nous avions des Teutons), c'est que l'ethnologue au teint de porcelaine préféra céder aux avances de ce rustre de Dantin — « ce grosso-modo » en notre parlure à nous — au lieu de celles, parsemées de poésies fleuries et lamartinesques, de notre glorieux instituteur. Une bande de négrillons fouineurs découvrit, en effet, par un après-midi pluvieux, la demoiselle couchée sur l'une des banquettes de l'un de ses taxis-pays, les deux jambes haut levées, tandis que l'homme la bourriquait en braillant :

— *Mi an tjou'w, mi! Mi pou Itlè! Mi pou Himlè! Mi pou Hes!* (Tiens, prends ça! Pour Hitler! pour Himmler! Pour Hess!)

Et l'ethnologue (à moins qu'elle ne fût sociologue ou historienne), loin d'être vexée, de hurler :

— *Ach so! Ach so!*

Ce que les gamins devaient traduire en créole par « *A zo!* » (quel os!), chose qui déclencha un tel fou rire à travers toute la commune que la demoiselle Offenberg dut prendre la discampette et qu'on en oublia tout net son enquête sur la famille d'Antin et le marquis du même nom. Cependant, dans les veillées, les conteurs émérites, lorsque la nuit atteignait son paroxysme, continuaient, imperturbables, à évoquer la fameuse, l'insolite jarre recelant non point de l'or mais des livres.

Ajoutant que, de nos jours, les livres valaient mille fois plus que l'or…

2

Augustin Valbon avait le sentiment d'avoir presque raté sa vie. Il approchait du mitan de la trentaine sans avoir publié autre chose que deux recueils de poèmes à compte d'auteur (évidemment passés inaperçus dans un pays où le seul et définitif grand maître en la matière était Aimé Césaire) ainsi qu'un roman chétif d'une centaine de pages chez un éditeur parisien qui n'accordait de droits d'auteur qu'à partir du premier exemplaire vendu au-delà de mille. Valbon s'était rabattu sur lui après s'être vu refuser son manuscrit par la totalité des maisons sérieuses dont certaines pourtant avaient fait preuve d'humanité à son endroit en reconnaissant un certain brio à tel ou tel passage. Celles-là l'encourageaient à écrire une autre histoire et se disaient prêtes à « l'examiner avec toute l'attention que méritait un auteur en gestation » tel que lui. Notre homme n'était pas dupe : cette prose s'adressait sans doute, dans l'esprit de ses rédacteurs, à quelque gentil écrivaillon avachi sous son cocotier, accablé par l'infernale chaleur tropicale, auquel il aurait été mesquin de faire de la peine.

Après une vague licence en droit à l'Institut Vizioz, il avait trouvé un job de répétiteur, puis de professeur d'histoire et géographie dans une école privée du quartier mal famé des Terres-Sainville dont le patron était une cravache doublée d'un grippe-sou. Très à cheval sur la ponctualité, M. Bardet faisait les cent pas sur le trottoir dès six heures trente du matin pour prendre les enseignants retardataires sur le fait, mais il était par contre plutôt laxiste quant à la date à laquelle il consentait, toujours de mauvais gré, à signer le chèque mensuel de ceux-ci. En début de mois, Valbon, qui avait toujours des courants d'air dans les poches à cause de sa prodigalité désormais bien connue de tous les dénantis du quartier, se faisait rembarrer par la secrétaire de l'établissement, une vieille fille coiffée d'un ridicule chignon à la japonaise qui prenait un malin plaisir à humilier le personnel.

— Mon bon Valbon, se gaussait-elle, vous n'avez ni femme au foyer ni enfants que je sache, vous pouvez donc attendre que nous réglions d'abord le cas des plus sérieux d'entre vos collègues, n'est-ce pas ?

En réalité, le seul vrai souci du professeur était sa logeuse, car on lui faisait crédit sans sourciller qui chez le Chinois Huang-Ho qui au caboulot de la rue de la Pétition-des-Ouvriers-de-Paris, le célébrissime Tango-bar où, affirmait-on sans preuve aucune, était née la mazurka créole grâce à la clarinette magique d'un musicien dont on prononçait le nom à mi-voix pour une raison inconnue. Valbon, brouillé avec sa famille pour qui il était une sorte de mouton noir, avait convaincu une mégère, repasseuse de son état (et vendeuse de bonbons et de pistaches grillées à l'occasion), de lui sous-louer à bas prix une aile de l'étage qu'elle-même louait depuis des lustres à l'en-haut d'un immeuble décati situé aux approchants de la caserne Gallieni. De prime abord Man Édouarlise avait cru à quelque rigoladerie. Que venait faire dans son antre ce jeune mulâtre, correctement vêtu et au français soigné, quoique pas rasé depuis plusieurs jours ? L'escalier en bois en était branlant, l'ampoule qui l'éclairait cassée et sur le palier, une odeur entêtante de pissat vous saisissait à la gorge à cause des W.-C. collectifs dont la porte ne fermait qu'à moitié. Pourtant, le jeune monsieur n'avait point fait de manières. Il n'avait même pas tiqué sur le prix exagéré qu'elle avait annoncé exprès pour le décourager ni ne s'était offusqué de l'interminable liste de règles qu'elle avait égrenée : ne pas rentrer après onze heures du soir à cause du plancher qui craquait, ne pas emmener de capistrelle (ce qu'il faut traduire par « femme un tantinet légère ») dans l'appartement, ne pas y jouer d'instrument de musique, ne pas toucher au téléphone sans son autorisation, ne pas y pratiquer les jeux de hasard, en particulier les cartes, et tutti quanti.

— Je ne tiens pas boutiques et marchandises de garces ! lui asséna-t-elle.

— C'est bien..., avait simplement lâché Valbon en lui remettant un mois de loyer d'avance.

Dans les premiers temps, les relations entre

Man Édouarlise et son locataire avaient été rien de moins que radieuses. Il est vrai que c'était l'époque où le jeune homme entretenait encore des illusions quant à son génie littéraire et s'enfermait des jours durant, n'en sortant que pour se ravitailler ou prendre l'air sur la place de l'Abbé-Grégoire. Le père de Valbon, un industriel qui avait réussi dans la fabrication de matelas tropicalisés, lui allouait une pension qui, quoique modeste, lui permettait de tenir la brise. Sans doute espérait-il que son auguste rejeton brillerait un jour au firmament des lettres antillaises à défaut de lui succéder à la tête de son affaire. À la vérité, il n'avait qu'une piètre idée de la littérature et de ceux qui s'y adonnaient, arguant qu'il s'agissait là d'un passe-temps propre aux pays nantis et donc totalement absurde dans « notre chère Martinique si en retard économiquement et technologiquement ».

— Cela lui passera..., assurait-il à ses pairs du Cercle martiniquais lorsqu'ils s'inquiétaient fielleusement de l'avenir d'Augustin.

Or, loin de s'éteindre, la passion du jeune homme pour les Belles-Lettres prit une tournure tellement extravagante qu'il s'agrégea à une manière de Bohème qui fréquentait assidûment le premier étage de l'hôtel L'Impératrice où se trouvait un bar, célèbre pour ses daïquiris, d'où l'on avait une vue plongeante sur la place de La Savane et la statue d'une Joséphine Bonaparte un peu noircie par les intempéries. Il s'agissait de quatre bonshommes qui vivaient de poésie et d'eau fraîche, l'un d'eux se piquant en outre d'être dramaturge. Se voulant, lui, romancier, Augustin complétait à merveille leur quatuor de dandys insulaires. Le plus volubile de la bande, François Dumontel dit Fanfan, déclamait du Verlaine ou du Baudelaire avec une voix de baryton qui hypnotisait les touristes européens venus s'abriter de l'ardeur du soleil.

— À nos chers amis venus depuis l'Autre Bord de l'Atlantique, je dédie les quelques vers suivants…, leur lançait-il en faisant une révérence à l'aide de l'espèce de bob qui lui couvrait le chef et le faisait ressembler à un officier de l'armée des Indes à l'époque de la reine Victoria.

Les trois autres, à savoir Dampierre, Jacques-Alexandre et Honoré, faisaient chacun allégeance à une école poétique : le premier se voulait romantique, le second symboliste et le dernier parnassien. Leurs disputailleries, jusque-là homériques, s'atténuèrent dès l'instant où Augustin Valbon, surréaliste déclaré, fit partie de leur cercle. Ils se liguaient systématiquement contre lui, se gaussant, avec force punchs et whiskies, de l'écriture automatique (chose qui compta beaucoup dans sa conversion au genre romanesque), ce à quoi le jeune mulâtre ripostait en les traitant d'experts en rimailleries. La Bohème tropicale envahissait donc le premier étage de L'Impératrice sur les quatre heures de l'après-midi et n'en sortait, contrainte et forcée, qu'aux alentours des dix heures du soir. Quand M. Valbon père finit par couper les vivres à Augustin et que celui-ci fut obligé de proposer ses services à l'École de la Réussite foyalaise, il ne fut plus en mesure de tenir ce rythme et se retrouva un peu mis à l'écart, ne conservant que l'amicalité de Fanfan qui lui remontait le moral les rares fois où il avait l'occasion de fainéanter avec la bande.

— Tu possèdes un talent caché, mon cher Augustin, lui faisait-il d'une voix convaincante. Je le sais, je le sens... Seulement, il te faudra trouver... comment dire?... le déclic, oui, c'est ça, le déclic qui te permettra de l'exprimer. Cela viendra, car tu es une âme bien née...

C'est à cette prédiction que songea Augustin lorsqu'un après-midi, rentrant de l'école, il trouva une enveloppe de couleur violette glissée sous la porte de sa chambre. Comme elle ne portait aucune inscription, il crut qu'il s'agissait d'un avis d'huissier. Man Édouarlise était sur le point de l'expulser! Cette fois, c'en était trop. Quatre mois de loyers en retard, c'en était plus qu'elle ne pouvait supporter. Accablé, il s'assit sur son lit qui grinça à cause du sommier rouillé, n'arrivant pas à se résoudre à ouvrir l'enveloppe. Qu'allait-il devenir? Où irait-il? Pas chez Lisette en tout cas, cette chabine volcanique qui l'accueillait épisodiquement entre ses cuisses tentatrices sans le faire payer alors qu'elle purgeait sans merci tous ceux dont ses yeux verts avaient fait chavirer-mater le cœur. Pas chez elle parce qu'elle l'avait prévenue et pas qu'une fois :

— Je t'aime bien, mon petit, je t'adore même, lui répétait-elle après l'amour, entre deux bouffées de ces cigarettes américaines mentholées qu'elle fumait sans arrêt, mais ma vie c'est ma vie, tu n'as pas à entrer dedans ! Et d'ailleurs, tu n'y comprendrais rien.

Pour de vrai, Lisette en menait une des plus compliquées. Dactylo chez un avocat du centre-ville le jour, elle se transformait en femme-vampire la nuit, au Tango-bar, où ses déhanchements lubriques, entre deux tangos sublimement exécutés, provoquaient des demi-arrêts cardiaques chez les plus blasés. Parfois, elle disparaissait durant des mois. Aux cadeaux qu'elle distribuait à son entourage, on devinait qu'elle s'en revenait de quelque île espagnole ou anglaise, voire hollandaise, des alentours. Elle avait un grand cœur. Aussi grand que sa coucoune, précisait les langues vipérines. C'est que jamais moins de quatre hommes (elle en changeait régulièrement) disposaient du privilège inouï de la raccompagner chez elle sur le coup de minuit, à tour de rôle évidemment car elle était une fervente bondieuseuse qui communiait chaque dimanche à l'église Saint-Antoine des Terres-Sainville. Augustin était un cas à part. C'est elle-même qui l'assénait aux gandins qui tentaient de ravir la place du jeune professeur d'histoire et géographie :

— C'est mon homme à moi, voilà !

Homme à moi qu'elle ne se privait pas d'humilier en public chaque fois qu'un nouvel étalon lui avait tapé dans l'œil, chose qui se manifestait par le fait qu'elle se lovait à l'heureux élu au Tango-bar la nuit durant, n'accordant que de rares danses aux autres clients, y compris à son Augustin chéri-doudou. Du reste, ce dernier n'était pas autorisé à lui rendre visite sans qu'elle lui en ait expressément accordé la permission et il savait qu'elle refuserait tout net de l'accueillir au numéro 34 de la rue Jean-Jacques-Rousseau, même pour une brève période. Il hésitait donc à décacheter l'enveloppe dont la taille et la couleur violette l'intriguaient fort. Il finit par prendre son courage à deux mains et s'y essaya. En vain. Elle était si fermement collée qu'il dut utiliser des ciseaux. À l'intérieur, une feuille blanche sur laquelle figuraient des mots composés à l'aide de caractères gras découpés dans un journal, probablement *Aujourd'hui-Dimanche*, l'hebdomadaire de l'évêché :

« La jarre de livres a été retrouvée. Elle est plus précieuse que si elle contenait de l'or. Si vous la voulez, rendez-vous au Pont-de-Chaînes, du côté sud de la rivière Madame, n'importe quel vendredi, à trois heures précises du matin, la cloche de l'église des Terres-Sainville faisant foi. »

3

Le quartier où j'avais choisi de vivre, les Terres-Sainville, cela au grand dam de mon père qui y voyait une manière de déchéance et au grand effroi de ma mère qui était persuadée que l'endroit était un repaire d'aigrefins, de marouffles, de femmes de mauvaise vie et d'assassins, était en réalité régenté par deux « autorités » comme l'on disait, c'est-à-dire deux individualités qui se chargeaient d'y faire régner un semblant de loi et un tant soi peu d'ordre. Il faut dire que la maréchaussée franchissait plus rarement que souvent le boulevard de La Levée qui partageait l'En-Ville entre gens de bien (souvent mulâtres) d'un côté et canailles de l'autre. Les honnêtes gens, ou les simples citoyens, qui avaient le malheur de résider du mauvais côté de cette frontière qui ne disait pas son nom pouvaient ainsi compter sur le fameux Bec-en-or, major de son état, ce qui, en langage dit civilisé, signifie fier-à-bras de quartier. Le bougre, dont les pommes de la figure étaient lacérées par un etcetera de coups de canif, exerçait, entre autres, les professions de docker occasionnel, éleveur de coqs de combat, videur au Tango-bar, garde du corps électoral pour le compte de la Droite lors des élections législatives et pour la Gauche lors des municipales et enfin vérificateur de travaux pour celui d'une entreprise de voirie. Selon ses nombreux supporters (mais il n'existe aucune certitude à ce sujet), il aurait conquis son titre de nègre plus puissant de l'endroit en terrassant à l'aide d'un coup de pied ensorcelé, un mardi gras d'avant-guerre, le non moins fameux Fils-du-Diable-en-personne, lequel se morfondait depuis dans tafia et jeu de dominos. À dater de ce jour, Bec-en-or se mit à régler, par un accord tacite, tous les différends qui surgissaient entre les habitants des Terres-Sainville ou les opposaient à des étrangers. Faisait la leçon aux écoliers qui drivaillaient à la recherche de goyaves et de jujubes au pied du Morne Trénelle, corrigeait les voleurs, frappant jusqu'au sang ceux qui avaient eu l'impudence de s'attaquer à quelques vieux-corps, faisait régner une discipline de fer en période de carnaval pour qu'aucune boutique, surtout pas celle du Chinois Huang-Ho avec lequel il était lié par un pacte secret, ne fût pillée. En contrepartie, il prélevait une dîme sur les moins dénantis et, outre tout le lot de femmes-dehors qu'il tenait sous sa coupe, pouvait se permettre de dévirginer telle jeune fille en fleur ou de consoler telle concubine dont l'homme était parti travailler en France. Il aimait à plastronner en public, lâchant, quand il sentait que quelque jeunot lorgnait sa position :

— *Isiya, nou met lakay-nou! Si sé pa té pou mwen, siek-tan zot té ké ja anba jouk* (Ici, on est maître chez nous! Sans moi, y a longtemps qu'on vous aurait mis sous le joug).

Ce « on » évoquait aussi bien les Nègres des autres quartiers plébéiens — Bord de Canal, Trénelle, Calvaire, la Cour Fruit-à-Pain ou Morne Pichevin — que les bourgeois du centre-ville ainsi que les négociants blancs créoles du Bord de Mer. Bec-en-or, qui s'était fait arracher une bonne dizaine de dents par un dentiste québécois qui s'était installé un temps à la Martinique, y exerçant en toute illégalité, et les avait fait remplacer par des dents du plus bel or, considérait le monde entier comme un ennemi et ce monde entier, à l'entendre, commençait aux limites des Terres-Sainville. On comprend donc qu'il ne vit pas d'un bon œil la débarquée du sieur Augustin Valbon et de sa valisette qui le faisait ressembler rien de moins qu'à un ma-commère. Un pédéraste, quoi! Prévenu que je venais d'être embauché à l'École de la Réussite foyalaise et que je recherchais un logement, Bec-en-or décida de m'arraisonner un beau matin à la rue Brithmer, la seule rue à peu près présentable du quartier, qui reliait le boulevard de La Levée au canal Levassor. Je marchais à petits pas pressés, les yeux rivés au sol pour éviter les pelures de mangues ou de bananes et les sempiternels cacas de chien, serrant contre ma poitrine une sacoche en faux cuir, achetée en coup de vent dans un magasin de Syrien, et une trousse d'écolier.

— *Ou sé ki moun, wou?* (T'es qui, toi?) me fit

abruptement le major en me bloquant le passage à l'aide de son pied gauche, ce pied magique qui lui avait permis deux décennies plus tôt de terrasser Fils-du-Diable-en-personne.

Interloqué, je le regardai de bas en haut, puis de haut en bas, chose qui déclencha la fureur de Bec-en-or.

— Alors, comme ça, le petit monsieur me toise, hein ?... Il ne sait pas qui je suis peut-être. Alors il me manque de respect, hein ?...

Tout en parlant, Bec-en-or me repoussait d'une main, me baillant des calottes de plus en plus fortes de l'autre. Un attroupement se produisit dans l'instant, des grappes de marmaille hurlant déjà :

— *I salé ! I salé !* (Vas-y, cogne ! Cogne !)

Je ne dus mon salut qu'à l'intervention miraculeuse d'une jeune femme au regard hardi, dont j'apprendrais plus tard qu'elle se prénommait Lisette et qu'elle avait été l'amante du major avant de le larguer comme une vieille culotte. Elle saisit Bec-en-or par les bras et le hala vigoureusement en arrière tout en s'écriant :

— Toujours à faire de la profitation, toi ! Tu ne connais même pas la figure de ce monsieur, tu ne sais pas qui est son papa ni sa manman, tu ignores ce qu'il vient faire chez nous et voilà que tu commences déjà à le brutaliser !

J'en profitai pour ramasser ma sacoche, qui était tombée dans un dalot et qui dégoulinait à présent d'eau nauséabonde, et m'enfuir à la vitesse d'une mèche sous les quolibets des enfants. Je ne devais revoir celle qui m'avait sauvé qu'une quinzaine de jours plus tard, alors que je m'étais risqué à aller boire un gin, un soir, au Tango-bar, estaminet plutôt louche avec ses lumières rouges tamisées. Elle m'invita à danser une de ces valses créoles qu'un petit orchestre distillait de manière quasi somnambulique entre deux impromptus de rumba ou de cha-cha-cha. Je me laissai faire, car outre qu'adolescent, mon cher père oubliait de m'envoyer aux anniversaires et autres surprises-parties, il m'avait interdit, devenu jeune homme, de fréquenter les casinos où l'on se déhanchait au rythme de musiques venues des îles circumvoisines qu'il jugeait peu civilisées. Tant que vous habiterez sous mon toit, pas de ça ! avait-il déclaré en me fixant dans le blanc des yeux. C'est dire à quel point je fus surpris par la suavité qui se dégageait de cet exercice dans lequel le corps semblait prendre son envol au contact d'une peau féminine si envoûtante qu'on n'avait plus envie de la lâcher, même quand l'orchestre s'octroyait un pauser-reins. Lisette fut la première femme avec laquelle je fis l'amour autrement que furtivement. Celles que j'avais connues auparavant et dont je ne me rappelais même plus les visages étaient pour la plupart ces servantes qu'embauchait et renvoyait mon père au bout de six mois au motif que « ces petites Négresses de la campagne n'ont aucune notion de ce qu'est la propreté ». Elles se laissaient en tout cas fourailler debout contre une porte ou à demi allongée sur un canapé, l'air profondément ennuyées et pressées de se laver pour se remettre aux tâches ménagères.

— Je… je crois que je t'aime…, avais-je fini par avouer un jour à une Lisette qui fut prise d'un fou rire irréfrénable.

Nous étions arrivés plus tôt que d'ordinaire au Tango-bar parce que ce soir-là, la propriétaire préparait une succulente soupe-calalou. Des habitués étaient installés au fond de la salle, jouant distraitement aux cartes. La chabine se leva d'un bond et se mit à virevolter sur la minuscule piste de danse en braillant, bras en éventail :

— Il dit qu'il m'aime ! Il m'ai-ai-ai-me ! Ouaille, Bondieu-la Vierge-Marie-tous les saints du Ciel, il est fou de la bonne qualité de folie, ce petit bougre. Ha-ha-ha !

Un torrent de rires et de commentaires graveleux s'ensuivit qui écrasa de vergogne le jeune professeur que j'étais. Un homme, que j'apprendrais à connaître, qui deviendrait même mon ami, l'Indien Vélaye, s'approcha de notre table d'un pas trébuchant (il était déjà chargé de rhum comme un mulet bâté), me posa une main délicate sur l'épaule avant de m'expliquer avec de longues phrases incohérentes que l'amour était un machin de Blancs que l'on pouvait admirer aux séances de cinéma du Bataclan, le dimanche après-midi, « un machin entre Sophia Loren et Charlton Heston », précisa-t-il, mais qui n'avait pas cours et ne l'avait jamais eu à la Martinique. Quant à cette confiture de crachats que brocantent les acteurs à l'instant où ils se déclaraient leurs sentiments, pouah ! D'autres clients renchérirent, certains me prenant même en pitié, jusqu'à ce que l'odeur appétissante de la soupe vienne mettre tout le monde d'accord. Ce soir-là, je n'ouvris plus la bouche bien que Lisette essayât de me dérider en me susurrant des cochoncetés.

— Si tu as choisi de vivre parmi nous, mon cher, finit-elle par me lancer, un brin agacée, faudra bien que tu t'adaptes à nos façons !

Le second défenseur de la loi et l'ordre du quartier des Terres-Sainville, qui officiait nuitamment, au contraire de Bec-en-or, lequel était un homme de plein jour, portait le surnom de Grand Z'Ongles pour la raison qu'il arborait un ongle démesuré à l'index de sa main gauche. Les rares fois où il consentait à sortir de sa tanière de la rue Bolívar, il avançait avec une canne à pommeau d'argent qu'il cognait violemment sur le trottoir à la manière d'un bedeau. Son regard fixe et étrangement clair vous baillait frissonnades, et les passants s'égaillaient pour lui ouvrir le passage. Portes et fenêtres se refermaient flap ! et les postes de radio, qui jouaient toujours trop fort, se taisaient. Grand Z'Ongles était quimboiseur, ce qui veut dire qu'il traficotait avec l'Invisible. Qu'il possédait des pouvoirs occultes et connaissait les exorcismes qu'il fallait prononcer pour qu'un zombi accepte de se retirer de chez vous ou qu'un ennemi cesse tout net de vous interboliser. Ceux qui avaient eu recours à ses services se montraient unanimement élogieux :

— Grand Z'Ongles fait le bien ! Rien à voir avec tous ces mentors, melchiors et autres zélateurs du démon qui pullulent à la Cour Fruit-à-Pain et à Morne Pichevin !

Je devais comprendre très vite qu'il ne s'agissait là que d'un discours de façade et qu'en réalité, l'homme, dont l'ongle insolite mesurait, au bas mot, vingt-cinq centimètres de long, régnait sur le quartier par la terreur qu'il inspirait au plus Artaban d'entre les éboueurs, dockers, mécaniciens, électriciens et autres maçons. Le semblant d'appartement que j'avais sous-loué à Man Édouarlise avait, en effet, un problème que je ne décelai que deux nuits après mon arrivée, ce qui me permit au passage de comprendre pourquoi cette mégère avait accepté que je partage son intimité : un bruit sourd émanait du plafond à intervalles réguliers entre minuit et l'angélus. Je crus d'abord qu'il s'agissait de la personne qui habitait à l'étage supérieur avant d'apprendre qu'elle était décédée depuis des lustres et qu'aucun parent à elle ne s'était préoccupé de nettoyer les lieux ni de les mettre en location ou en vente.

— Rien n'a bougé là-haut ! fit Man Édouarlise à voix basse lorsque je me plaignis de ce vacarme.

Elle était persuadée que l'âme du défunt y revenait, sans doute par nostalgie ou, plus vraisemblablement, parce qu'il y avait oublié quelque chose. Elle me conseilla de me boucher les oreilles avec du coton avant de me mettre au lit comme elle-même le faisait avec succès. Hélas, rien ne s'arrangea pour le pauvre jeune professeur que j'étais ! Au contraire, j'avais maintenant l'impression d'avoir un bourdonnement permanent dans le crâne et ne fermais pas l'œil. Au matin, je devais me contenter, tellement j'étais en retard, d'une toilette plus que rapide avant de gagner mon poste à l'École de la Réussite foyalaise où mon air ravagé faisait le maître des lieux froncer les sourcils :

— Ce n'est pas parce que vous avez affaire à des enfants du peuple que vous devez vous présenter devant eux en tenue négligée et avec une figure de bambocheur, monsieur Valbon. Je vous prierais de vous reprendre !

Ne voulant pas risquer de perdre mon pourtant modeste salaire, j'exigeai de Man Édouarlise qu'elle trouvât une solution aux bruits sourds du plafond de ma chambre. Celle-ci, allant au rebours de son naturel et donc de toutes ses convictions chrétiennes, fut contrainte de faire appel à l'expertise de l'homme qu'elle détestait et craignait le plus, le ci-devant Grand Z'Ongles. Dès qu'elle l'apercevait, même de très loin, la mégère se signait avant de tourner les talons. Quand il lui arrivait de venir communier, sans s'être confessé, à la première messe du matin, Man Édouarlise étouffait de rage : le bougre n'avalait point l'hostie qu'il ramenait à son domicile pour s'adonner à ses pratiques maléfiques. Le problème était que l'exorciste de l'évêché n'avait pas réussi à faire déguerpir l'âme de feu le voisin du dessus bien qu'il revînt trois fois et aspergeât toute la maison d'eau bénite par Monseigneur lui-même. Le maître de l'invisible se présenta donc une nuit, sur le coup de deux heures du matin, alors qu'un vent suspect faisait claquer les fenêtres et aboyer les chiens créoles en dérade. Il était vêtu d'une longue cape noire brodée de fil doré et portait un haut-de-forme élimé, semblable à ceux des magiciens de cirque. Sa main gauche, que d'aucuns affirmaient atteinte par un début de lèpre, était dissimulée par un gant blanc. Il sourit à Man Édouarlise mais n'entrevisagea point ma personne.

— Vous me montrez où, s'il vous plaît, ma chère dame ? fit-il d'un ton exagérément cérémonieux.

La maîtresse des lieux qui, pour une fois, avait perdu de sa superbe le devança une lampe-tempête à la main, s'employant à marcher à pas feutrés pour ne pas réveiller les autres locataires de l'immeuble. Ceux-là jasaient déjà assez sur le fait qu'elle s'était payé un jeune mulâtre afin de lui rafraîchir sa coucoune de sexagénaire pour qu'ils puissent encore découvrir qu'elle faisait appel aux services d'un grand maître ès-sorcelleries ! Au moment où tous trois, nous pénétrâmes dans ma chambre, un rire sardonique couvrit les coups qui étaient donnés au plafond. Grand Z'Ongles ne se laissa pas démonter. Il inspecta minutieusement l'endroit avant de s'arrêter devant les trois étagères qui tenaient lieu de bibliothèque et menaçaient de s'écrouler sous le poids des ouvrages que j'y avais empilés. Le quimboiseur se pencha pour en lire les titres, caressant leurs tranches d'un air rêveur.

— Nietzsche, hon !... Zola, encore Zola... Balzac, Stendhal... Ah, Aimé Césaire !... et là, Hegel, Marx et Engels... dites-moi, petit monsieur, vous ne croyez donc pas en Dieu si je ne m'abuse ?

L'attaque me laissa sans voix. Ma propriétaire s'empressa de venir à ma rescousse :

— Vous connaissez la jeunesse d'aujourd'hui, mon-sieur… Elle fait la forte tête, mais il suffit que la vie lui donne un croche-patte pour qu'aussitôt elle retrouve le chemin de l'Évangile.

Se désintéressant de moi, Grand Z'Ongles entreprit de fixer le plafond. Il se hucha sur une chaise et le cogna à diverses reprises à l'aide de sa canne à pommeau. Puis, se débarrassant de sa cape d'un geste de l'épaule, il ôta une fiole d'alcali de la poche de sa chemise, se couvrit les yeux à l'aide d'un mouchoir et aspergea les planches à moitié pourries du plafond.

— *Ay koké manman'w !* (Va te faire foutre !) éructa une voix caverneuse.

— *Tiré tjou'w la, isalop ki ou yé ! Sé lanfè ki kay-ou atjelman.* (Va-t'en d'ici, espèce de salopard ! L'enfer est désormais ta demeure), rétorqua Grand Z'Ongles.

Et le quimboiseur de débiter un chapelet de litanies dans une langue inconnue, sans doute africaine pensai-je, avant de descendre de la chaise, de s'allonger de tout son long sur le plancher et d'être la proie de terribles soubresauts. Il ne cessait pourtant de brailler :

— *Chapé kò'w !* (Va-t'en !)

La créature satanique tenta de résister. Les coups sur le plafond redoublèrent de violence et elle se mit à déverser des tonnes d'injures plus salaces les unes que les autres jusqu'à ce que la disparition s'empare d'elle peu avant l'angélus. Grand Z'Ongles intima à Man Édouarlise et à moi de nous agenouiller. Nous récitâmes de concert quatre Pater Noster et trois Je Vous Salue Marie. Le devant-jour était là et le quimboiseur avait totalement repris ses esprits. Ignorant à nouveau ma personne, il demanda à la propriétaire ce qu'il appela son « paiement ». Ils gagnèrent la partie de l'appartement réservée à la mégère et très vite j'entendis des ahanements de plaisir s'élever de la chambre de celle-ci.

Quand je décidai de me préparer pour me rendre à mon école, je m'aperçus que plusieurs livres avaient disparu parmi lesquels *Ainsi parlait Zarathoustra*. Pourtant Grand Z'Ongles avait, pour autant que je sache, quitté les lieux les mains vides…

4

Nous ne craignions rien tant que les fossoyeurs, nous la marmaille, en cette époque (le beau mitan du siècle donc), ces êtres solitaires au regard farouche et à la dégaine saccadée qui, lorsqu'ils traversaient le bourg de Grand-Anse, provoquaient immanquablement une charge d'émotion chez les femmes et d'effroi chez nous. En ce temps-là, la mort frappait raide et trois fossoyeurs n'étaient pas de trop pour notre pourtant modeste population. Encore que l'un d'eux, le dénommé Charlemagne, fût fréquemment sollicité par la commune voisine de Basse-Pointe qui en était provisoirement dépourvue et que le troisième fût si vieux qu'il ne se déplaçait que pour les décédés de haute extraction et donc les Blancs créoles au premier chef ainsi que les francs-maçons. Leur point de rendez-vous était un cabaret de la Rue-Derrière où des Nègres antiques, vêtus de short en toile kaki et de tricots isothermes, s'adonnaient à des jeux réputés illégaux comme le bonneteau. Des sommes faramineuses brocantaient de main dans des hochements de tête convenus et des raclements de gorge indéchiffrables, mais parfois, un coutelas jaillissait nul ne savait d'où et se mettait à hacher-hacher-hacher. Du sang tapissait les tables et le sol que la propriétaire des lieux, Man Irmine, propretait à grands seaux d'eau, plus impassible que l'impassibilité elle-même.

Le plus expert d'entre nos enterreurs de morts était un bougre longiligne, à la pomme d'Adam exagérément protubérante et au teint de mangue-zéphirine (ce que, dans notre ubuesque classification épidermique, nous qualifions de « griffe »), qui aimait à lancer des défis comme celui de gloutonner en cinq sec une boîte de fromages « La Vache qui rit » suivie d'une bouteille d'eau gazeuse « Didier ». Personne n'avait souvenance de son nom bien qu'il fût natif-natal d'ici-là, du quartier Morne Carabin plus précisément, et tout un chacun l'appelait Zoklet sans que ce terme qui signifie « sac d'os » l'offusquât le moins du monde. À part conduire les décédés à leur dernière demeure, il exerçait la profession de muletier sur l'Habitation Fond Gens-Libres pendant la récolte de la canne à sucre. L'autre moitié de l'année, il gaspillait son argent dans le rhum ou aux jeux de hasard, indifférent à certaines femmes qui lui adressaient des chuchotements sucrés ou lui offraient une assiettée du plat qu'elles venaient de cuisiner. Zoklet ricanait, avalait le court-bouillon de poisson ou la queue-de-cochon-salé-pois-rouges sur le pas de la porte de celle qui cherchait à jeter son dévolu sur lui (ou plutôt sur ses espèces sonnantes et trébuchantes) et, sans un salut, reprenait sa drive. Le bougre ne pouvait pas rester en place. Tous les bars et cases à rhum lui servaient d'escale sans qu'il fût jamais saoul. Les jours où il officiait, on le voyait passer, très pénétré, arborant costume-cravate noir et chemise en soie de même couleur, une bible sous le bras. Se campant à l'entrée du cimetière, il faisait mine de lire jusqu'à l'arrivée du cortège funèbre et, là, se changeait prestement. Endossant des vêtements de travail usagés dans un cagibi situé à l'entrée, il ne réapparaissait qu'au moment où la famille s'apprêtait à faire ses adieux à son cher disparu. Ensuite tout allait très vite : aidé de deux jeunes hommes, il faisait descendre le cercueil au fond du trou à l'aide de cordes et le recouvrait de pelletées de terre frénétiques. Puis, il restait seul à côté de la tombe pour tenir compagnie au défunt jusqu'aux douze coups de minuit.

Tonton Servius, qui était tourmenté par une idée fixe à savoir mettre la main sur la jarre de livres du fameux marquis d'Antin, avait jugé que notre fossoyeur en chef était le seul à pouvoir l'aider dans sa quête, l'autre, le deuxième donc, étant bien trop jeune et insouciant pour cela (et le troisième trop gâteux). Pour de vrai, celui-là, qui s'appelait pompeusement Charlemagne, passait l'entier du jour à raconter des blagues au premier venu, s'esclaffant avant même d'avoir pu terminer ses phrases, sa bedondaine (notre homme était un rondouillard) tressautant de manière presque épileptique. Sinon, il badgeolait comme une crécelle du Vendredi saint, commentant les derniers événements de la commune, colportant des ragots, rapportant, en y mettant sa sauce, des nouvelles du monde entier qu'il avait grappillées sur Radio-Martinique ou inventant carrément des histoires afin de se rendre intéressant.

— *Kon sa yé a, Charlèmay valé an tranzistò, wi!* (Il a avalé un transistor, ce Charlemagne !) s'esbaudissait-on, toujours derrière son dos, car notre deuxième fossoyeur était aussi d'une susceptibilité à fleur de peau.

En fait, il avait eu la chance inouïe d'arriver jusqu'en classe de Fin d'Études et savait lire sans la moindre hésitation. Son français était d'ailleurs impeccable et d'aucuns lui reprochaient de l'étaler parce qu'il préférait employer cette langue plutôt que notre bon vieux éperon naturel qu'est le créole. Charlemagne était l'exact opposé de Zoklet avec lequel il n'entretenait pas de relation d'amicalité. Il reprochait à ce dernier de faire commerce de clous de cercueils, voire d'os de cadavres et même de crânes, pour les individus qui travaillaient de la main gauche et vénéraient donc Satan. Ne voyait-on pas débarquer du taxi-pays de M. Dantin des inconnus, à l'amabilité suspecte, venus de communes lointaines, voire de l'En-Ville, qui demandaient au premier venu où ils pourraient trouver le fossoyeur en chef de notre commune ? Ce dernier, après avoir conciliabulé avec eux, les conduisait au cimetière où il déterrait sans façon ce dont ils avaient besoin. Jusqu'au jour où le Bon Dieu prit le serrage de Zoklet en le plongeant dans un amour déborné.

Une jeune fille, divine comme une rose de Cayenne, s'était suicidée au Rubigine l'année qui avait suivi le début de la guerre d'Indochine. En effet, celui sur lequel elle avait secrètement jeté son dévolu avait été envoyé dans cette contrée lointaine et y avait, hélas, perdu la vie. Le héros avait eu droit à des funérailles en grande pompe en présence des autorités militaires et préfectorales de la Martinique, celles-ci ayant annoncé que son nom serait gravé sur le monument aux morts de notre commune. L'amoureuse en détresse suivit son homme de quelques jours seulement. Elle fut inhumée presque en catimini selon le souhait de ses parents qui, de ce jour, charroyèrent dans leur regard l'infini d'une tristesse. Zoklet avait officié ce jour-là, ce jour sinistre qu'aucune mémoire ne parviendrait plus à effacer. Cinq ans plus tard, ce fut au tour de la mère de la jeune fille de monter en Galilée ou, si l'on préfère l'exprimer en langage académique, passer de vie à trépas. Lorsque notre fossoyeur fouilla la tombe familiale pour dégager l'emplacement du cercueil, au matin des funérailles, il eut un choc : le corps de l'amoureuse n'avait pas bougé d'une maille. Ses joues, ses lèvres ourlées, l'émail de ses dents, son nez, ses bras, tout avait été conservé intact. Et même l'étrange rictus qu'elle avait arboré et que la laveuse de morts s'était escrimée en vain, à l'époque, de masquer sous une couche de poudre.

Zoklet sombra dans une folie d'amour pour celle en qui il voyait une miraculée sans se douter qu'il s'agissait d'une punition du Très-Haut à lui adressée. Dès lors, il se mit à boissonner plus que de raison et à lire la Bible en pleine rue à n'importe quelle heure du jour, sous le regard indifférent de la badaudaille. Sauf de Tonton Servius. Ce dernier prit son temps pour l'observer, puis encore davantage de temps avant de l'aborder. Lorsqu'il se décida enfin, Zoklet lui fit une réponse sans appel :

— Si tu me trouves un onguent contre la souffrance qui me ronge, compère, je te révèle l'emplacement de ta jarre de livres bannis !

Dans le défilé d'oncles et tantes qui égaya notre enfance, Servius fut de loin notre préféré, oui…

5

Dans un premier temps, ni Fanfan ni aucun autre digne membre de la Bohème ne prirent Augustin Valbon au sérieux lorsqu'il évoqua l'enveloppe violette et raconta l'épisode de l'intervention du quimboiseur Grand Z'Ongles dans sa chambre. Il est vrai que tous quatre vivaient dans des quartiers petit-bourgeois — le centre-ville, Redoute, Petit-Paradis — et avaient toujours désapprouvé le penchant de leur ami surréaliste et pour la gueusaille et pour les choses occultes. Certes, ils ne dédaignaient point la fréquentation du boxon le plus renommé des Terres-Sainville, Le Perroquet bleu, endroit où les catins étaient pour la plupart de provenance étrangère, mais de là à y poser leurs pénates, il y avait un pas qu'aucun d'eux n'était prêt à franchir. À son installation dans le quartier, ils pensèrent qu'Augustin y cherchait remède à ses fréquentes pannes d'inspiration, mais quand il leur révéla avoir été embauché par une école privée de l'endroit et y avoir sous-loué un appartement, ils crurent qu'il était tombé en déraisonnerie. Présomption qui fut confirmée le jour où le jeune homme emmena sa Lisette au Ciné-théâtre pour y assister à une représentation du *Malade imaginaire* que la célèbre troupe Jean Gosselin venue d'En-France donnait en ouverture de sa tournée annuelle aux Antilles. Du beau linge se pressait à ladite représentation : quelques Blancs créoles, pour une fois accompagnés de leurs épouses, la mulâtraille qui avait fait fortune dans le notariat, la pharmacie ou la médecine ainsi qu'une poignée de Nègres bon teint que l'éducation avait sauvés. Lisette, avec son rouge à lèvres vulgaire et sa jupe exagérément courte, ses petits rires nerveux, y détonnait tellement que les parents d'Augustin renoncèrent au spectacle. Ils n'avaient d'ailleurs pas salué leur fils qu'ils n'avaient pourtant pas vu depuis des mois.

— Donc si je comprends bien, fit Fanfan railleur, tu as rendez-vous avec Belzébuth, mon cher ami ?

— On peut la voir, cette fameuse enveloppe ? demanda Dampierre, le poète romantique.

La serveuse de L'Impératrice apporta à chacun sa boisson préférée : rhum vieux pour Fanfan, vodka pour Augustin et daïquiri ou whisky pour les autres. Elle eut un coup d'arrêt lorsqu'elle découvrit le visage chiffonné du professeur d'histoire et géographie.

— Vous ne dormez pas la nuit, monsieur Valbon, ou quoi ?

— Aaah, ma bonne dame, si vous saviez ! si vous saviez ! intervint Fanfan, notre ami Valbon mène une vie pour le moins agitée, que dis-je… aventureuse…

— Excitante en tout cas ! ajouta Jacques-Alexandre, le symboliste.

Mais lorsque Valbon, d'un geste un peu théâtral, posa sur la table la missive composée à l'aide de lettres découpées dans du papier journal, la Bohème cessa tout net de s'esbaudir. Le texte ne comportant aucune faute, Fanfan en déduisit qu'il ne pouvait émaner d'un habitant des Terres-Sainville. Comment avait-elle pu se retrouver dans la chambre d'Augustin ? Pourquoi l'avait-il découverte juste avant que Grand Z'Ongles y vienne faire ses simagrées ? Autant de questions auxquelles le jeune homme ne put apporter de réponse. Les rares personnes éduquées du quartier étaient des gens sérieux, des communistes, à qui Augustin achetait de temps à autre leur journal, *Justice*. Sinon il y avait aussi M. Bardet, le directeur de l'école qui l'employait ainsi que l'abbé de l'église Saint-Antoine, un Blanc-France ascétique qui mettait rarement les pieds hors de son presbytère. Augustin avait eu maintes fois l'occasion de raconter à ses amis de la Bohème l'histoire de cette jarre légendaire, emplie de livres bannis, qui avait bercé son jeune âge deux décennies plus tôt dans la commune de Grand-Anse du Lorrain, mais ces amateurs de belles-lettres étaient si enfermés dans leur petit moi qu'ils ne lui avaient prêté qu'une attention distraite. Jusqu'à cette enveloppe mystérieuse qui, final de compte, réussit à accrocher leur attention.

— À mon humble avis, commença Honoré en avalant son énième whisky, si ce planteur… comment s'appelle-t-il déjà ?… D'Antin ?… S'il a pu cacher des livres à l'intérieur d'une jarre et l'a fait enterrer, je suis d'avis qu'il ne doit rester plus rien aujourd'hui des livres en question.

— Sauf s'il a pris la précaution de les protéger…, hasarda Jacques-Alexandre.

— Avec quoi, cher ami ? Le plastique n'existait pas au XVIIIe siècle.

— Rien ne dit que l'enfouissement de la jarre date de cette époque, intervint Augustin. C'est ce à quoi avait conclu cet hurluberlu de savant québécois, Beaupertuis, mais il est possible que cela se soit produit beaucoup plus tardivement. Jusqu'au début du XXe siècle, il arrivait que de riches Békés se livrent à ce rituel…

Soudain, un concert de klaxons et d'injuriées sonores s'éleva de la rue. Lapin Échaudé, l'un des plus célèbres djobeur d'En-Ville, le seul lettré en tout cas, celui qui poussait une extravagante charrette à bras décorée de photos d'actrices découpées dans des magazines, d'images pieuses et de colliers de pacotille, encombrée de toutes qualités de ferrailles et autres fils de fer, faisait encore des siennes. Il s'était garé au mitan de la chaussée pour y déclamer un extrait d'*Amers* de Saint-John Perse au grand dam d'un camion de livraison de bière Lorraine et de trois automobilistes qui vociféraient, l'un d'eux brandissant déjà un coutelas seize pouces :

Et c'est un chant de mer comme il n'en fut jamais chanté, et c'est la Mer en nous qui le chantera :
La Mer, en nous portée, jusqu'à la satiété du souffle et la péroraison du souffle,
La Mer, en nous, portant son bruit soyeux du large et toute sa grande fraîcheur d'aubaine par le monde.

Fanfan se pencha par le balcon de L'Impératrice et tonitrua à l'adresse de l'énergumène :

— Hé, Lapin Échaudé, y a l'ami Augustin qui a rendez-vous ce soir avec Belzébuth, ça t'intéresserait de l'accompagner ?

Le djobeur se figea net, regarda à droite et à gauche, puis en haut et en bas, poussa un cri de merle effarouché avant de démarrer en trombe dans un vacarme de clochettes et de chaînes, sous le regard ébaubi d'une poignée de touristes européens. La Bohème regagna sa table que la serveuse avait réapprovisionnée. Dampierre arborait un drôle de sourire sur les lèvres, chose qui, en général, dénotait chez lui la satisfaction d'avoir trouvé une assonance agréable. Il n'était pas symboliste pour rien.

— Je suppose que si livre il y a, fit-il, étonnant ses amis, ils ont probablement été bannis à cause de leur contenu et ce dernier devait braver quelque interdit, non ?

— Tu penses à l'Église catholique ? À des livres dénonçant son rôle dans l'institution esclavagiste peut-être ? demanda Fanfan.

— Pas forcément ! Pourquoi pas des libelles contre le roi ou, si l'enfouissement s'est produit après la Révolution française, contre la république ?

Augustin fut contraint de mettre fin à ces spéculations oiseuses. Les conteurs d'autrefois étaient formels : il s'agissait de livres qui n'étaient pas « sains ». De livres évoquant l'Invisible, le Démon ou la sorcellerie. Des livres à côté desquels *Le Grand Albert*, *Le Petit Albert* et le *Dragon rouge*, qui étaient en vente partout (quoique sous le manteau), faisaient figures d'aimables illustrés pour enfants.

— Il s'agit d'ouvrages traitant de… de la mort, balbutia-t-il. Du mystère de la mort…

— Mais la mort n'a aucun mystère, bravacha Dampierre. La vie, oui ! La vie est tout un lot de choses compliquées, incompréhensibles, contradictoires, scélérates ou exaltantes, un fouillis inextricable, tandis que la mort, pff ! Elle est simple comme bonjour. Rien à dire à son propos ! Tu meurs là, OK, et après ? Plus rien. Point à la ligne.

— Paul Valéry disait, énonça Fanfan sur un ton sentencieux, que la mort nous parle bruyamment pour ne rien nous dire…

Augustin demeura impassible. Aucun des membres de la Bohème n'était originaire de la campagne. Ils étaient tous des citadins pur jus, des petits-bourgeois francisés qui avaient toujours vécu dans un cocon et pour qui la mort était chose lointaine, en tout cas peu familière. Lui par contre, il lui était arrivé d'accompagner sa grand-mère dans des veillées mortuaires parce qu'elle connaissait tout le monde dans le Nord grâce à son métier de matrone et il avait donc approché de près, de très près même, le visage de celui que les créoles appellent Basile (et les Blancs-France, la Faucheuse). Il se manifestait par un rictus effrayant en cas de congestion, par un sourire angéliquement trompeur s'il s'agissait d'un bébé victime de la coqueluche, par des yeux qui refusaient de se fermer en cas de suicide à la suite de quelque chagrin d'amour, par une sérénité bienfaisante chez ceux qui avaient dépassé la centième année de leur âge. Elle avait une odeur aussi, la mort, insistante, persistante, étrange. Une odeur indéfinissable et reconnaissable entre toutes. Et puis sa survenue semblait changer aussi l'air que l'on respirait. Celui-ci se faisait soudain plus lourd, plus étouffant, ce qui forçait chacun à ralentir sa parole et ses gestes. Oui, la mort était une présence. La mort avait une présence. Mais Augustin renonça à expliquer tout cela à la Bohème. Elle ne comprendrait pas. Voyant qu'il était l'heure d'assurer les répétitions du soir que lui avait imposées M. Bardet, il prit congé de ses amis et cavalcada jusqu'aux Terres-Sainville où, ô étonnement, il trouva l'École de la Réussite foyalaise hermétiquement close. On était pourtant bien mardi. Ce jour-là, les écoliers en butte à des difficultés de lecture ne rentraient pas à la maison. Ils étaient regroupés dans la salle la plus vaste de l'établissement pour recevoir, de la part d'Augustin et de deux d'entre ses collègues, cela sous l'œil de cerbère de la secrétaire au chignon japonais qui vivait dans un cagibi du dernier étage, des conseils pour refaire les exercices de la journée. Cette corvée déplaisait profondément au jeune mulâtre, mais c'était là le prix à payer pour qu'on ne le mît pas à la porte à cause de ses retards à répétition et, parfois, de ses absences. La vie que lui faisait mener Lisette était, en effet, des plus éprouvantes. Celle-ci semblait infatigable et surtout n'était jamais malade, contrairement à Augustin qui attrapait facilement le rhume et souffrait de migraines persistantes.

Avisant deux mouscouillons qui jouaient aux billes sur le trottoir et en qui il reconnut des élèves, il leur demanda la raison de la fermeture de l'école. Le plus âgé des deux l'observa d'un air ironique avant de lui lancer :

— *Lékol-tala fini! I pa kay wouvè pies jou ka vini ankò.* (Cette école est finie! Elle n'ouvrira plus jamais.)

— *Annou, jwé la, non!* (Allons, tu joues ou quoi?) s'énerva l'autre gamin.

Augustin Valbon, désemparé, fit les cent pas, traversa la rue avant de pénétrer dans la boulangerie où de beau matin, élèves et enseignants se pressaient. Le patron faisait grise mine. Il s'essuya les mains dans son tablier d'un geste las et adressa un bonjour de la tête au professeur.

— Ce qui devait arriver est arrivé..., lâcha-t-il.

— Mais qu'est-il arrivé? hoqueta Augustin de plus en plus inquiet.

La police avait débarqué sur les quatre heures de l'après-midi, peu avant la fin des cours, et embarqué M. Bardet, l'honorable et très respecté M. Bardet, la figure du quartier, la preuve vivante que l'on pouvait sortir de la plèbe à la force du poignet. Plus grave : il avait été menotté au vu et au su de tout le monde. Comme un malandrin !

— Vous ne saviez donc pas ? s'étonna le boulanger.

— Savoir quoi ?

— Qu'il jouait au poker avec des Syriens !...

Augustin tombait des nues. Il se rendait compte qu'après deux ans de bons et loyaux services à l'École de la Réussite foyalaise, il ne connaissait pas grand-chose à propos de son fondateur et qu'il s'était fié (à tort visiblement) à son image de *pater familias*. Effectivement, il n'était bruit à travers l'En-Ville que des descentes que la police effectuait à la rue François-Arago où la race syrienne s'était établie dans le commerce du tissu et de la maroquinerie. À ce que rapportait Radio-bois-patate, ces Levantins étaient des joueurs de cartes effrénés qui pariaient des sommes mirobolantes quitte à se retrouver sur la paille ou à être contraints de se tirer une balle dans la tête. Malheur aux mulâtres et aux Nègres qui se laissaient attirer dans leurs rets ! Sans doute la chance avait-elle tourné pour M. Bardet. Augustin remarqua que le dernier étage n'était pas allumé, chose étrange puisque cette vieille fille de secrétaire y vivait presque en recluse. Perplexe et surtout inquiet (comment subviendrait-il désormais à ses besoins, si modestes fussent-ils ?), il se dirigea vers le canal Levassor où, à cette heure, les pêcheurs rangeaient leurs embarcations. Un petit vent frisquet montait depuis l'embouchure, levant des odeurs nauséabondes dues au déversement des pots de chambre qui avait lieu dès que les premières chauves-souris commençaient à virevolter au-dessus des toits. Fourrant machinalement les mains dans ses poches, il y attrapa l'enveloppe, la fameuse enveloppe violette, avec son message énigmatique. Soudain, elle lui parut être son ultime recours contre la déveine, car comme les gens des Terres-Sainville, il avait fini par croire en l'existence de cette scélérate qui prenait un malin plaisir à s'acharner sur certaines personnes sans raison valable. Aucune de ses trois œuvres publiées n'avait bénéficié de ces circonstances qui font qu'un critique vous découvre ou que par le bouche-à-oreille, vous vous classiez en tête des ventes. Passe encore pour les deux premières ! La poésie ne se vendait plus depuis Baudelaire, mais *quid* de son roman ? Est-ce parce qu'il avait été publié par une maison d'édition peu recommandable ? Est-ce que son sujet était trop banal ? Ou bien y avait-il chez lui un problème de style ?

— J'irai à ce rendez-vous du Pont-de-Chaînes ! soliloqua-t-il, ce qui fit sursauter un chien galeux qui sommeillait sur le parapet du canal Levassor…

6

Dit de Zoklet, fossoyeur de Grand-Anse.

Lorsque Basile-la-mort vient barrer un chrétien, son corps physique se met à dépérir, mais son savoir sur la terre demeure. C'est pourquoi ceux qui ont été initiés à ce secret viennent me trouver et ce qu'ils demandent, bouche cachée sous le bras, ce n'est rien d'autre qu'un crâne. Le plus difficile à extraire est un crâne qui a conservé la mâchoire du bas. C'est rare, très rare, et moi, je ne demande jamais moins de dix mille francs. Je sais où sont enterrés les gens malins. Attention, malin ne signifie pas automatiquement instruit ! Tu peux être instituteur ou docteur à bel-grand-français-collet-monté et puis être plus couillon que tes deux pieds. Malin, ça veut dire celui qui sait se débattre avec la vie et avec toutes les attrapes qu'elle sème sur nos pas. Alors, j'observe les gens, j'écoute attentivement leurs paroles, j'évalue leurs gestes et, au déroulé des jours, je finis par me faire une idée claire de qui est malin et de qui est ababa-gueule-coulée. Car malin n'a rien à voir non plus avec la richesse. Un bougre malin peut croupir dans le dénantissement toute sa vie durant et pourquoi ça ? Eh ben, parce que la chance a toujours pris soin de l'éviter. Il y a des gens comme ça... Tiens, Bogino, le Nègre-hercule qui peut soulever à lui tout seul l'arrière d'une camionnette et qui vit de la réparation de pneus, il a amassé pas mal d'argent à l'époque où l'usine de Vivé marchait fort et où les camions-dix-roues charroyaient des cannes de partout. Mais toute sa fortune n'a pu empêcher qu'il soit mobilisé et expédié en Indochine où les Viêt-congs — que Dieu tout-puissant les maudisse ! — lui ont coupé les génitoires. À ce qu'il paraît, ils lui ont laissé son braquemart, hon ! Mais à quoi sert cet engin s'il n'a plus rien pour l'alimenter. C'est un canon sans poudre. Ha-ha-ha !...

Or donc, quand tu as fait l'acquisition du crâne, tu dois construire vivement-pressé une petite chapelle carrée non loin de chez toi pour pouvoir l'abriter. Seul toi dois en connaître l'existence. Si tu t'es procuré séparément une mâchoire et des dents, tu dois les coller avec soin, et puis, une fois le travail accompli, tu dois regarder le crâne en face pendant au moins une heure de temps sans bouger un seul de tes poils d'yeux. Tant que tu ne discernes pas les contours de son esprit, ce n'est pas la peine de lui poser de questions. Alors, il te faudra prendre patience. En attendant, tu le nourriras à l'aide d'une bougie verte et d'un verre d'eau que tu poseras à l'entrée de la chapelle. Mais c'est là que le combat commence, parce que le crâne va chercher à te commander. Il va essayer de te bailler des ordres ! Se souvenant de ses ennemis de l'époque où il menait une existence terrestre, il va chercher à te convaincre de prendre des revanches pour son compte. Ne fais jamais ça ! Surtout pas. Il ne faut pas que tu permettes à la tête de la personne morte de te dicter quoi que ce soit... Hon ! C'est qu'il est plein de renarderies, ne l'oublie jamais ! En plein jour, il sera tout-à-faitement impassible, muet en tout cas, mais une fois que tu poseras la tête sur l'oreiller, tu entendras une voix te parler, une voix non pas extérieure à toi, mais qui résonnera à l'intérieur même de ton crâne. Elle est si autoritaire que tu ne pourras plus bouger, ta respiration diminuera-diminuera-diminuera, et tu entendras ses mots qui te martèleront des ordres : va tuer untel ! Mets une pincée de poudre de barbadine dans son verre de rhum pour l'empoisonner ! Ou fous le feu à sa maison en son absence !

Les morts, c'est une race scélérate, oui ! Faut pas croire qu'ils deviennent gentils parce qu'ils n'ont plus ni désirs charnels ni convoitises matérielles.

Il faut veiller à remplacer la bougie et le verre d'eau régulièrement. C'est de ça que le crâne se nourrit. Il mange la lumière et vide le verre à une vitesse stupéfiante. Parfois, il te faut revenir deux ou trois fois à la chapelle dans une journée. Toi seul ! Car je te le répète, personne ne doit connaître l'existence du crâne. Même pas ta femme ou ta marmaille. Cela veut dire qu'il faut que tu choisisses bien celui qui te le fournira. Nous autres, fossoyeurs, nous buvons plus que de raison pour pouvoir supporter notre fréquentation quasi quotidienne de l'au-delà. Les gens ne comprennent pas ça. Ils nous confondent avec ces Nègres boissonniers qui hantent les cases à rhum matin-midi-soir. Nous, c'est le rhum qui nous soutient ! C'est grâce à lui que nous trouvons force et courage pour faire face à toutes ces magies qui se déroulent sous nos yeux chaque fois que nous pénétrons dans le cimetière. Seuls les ignorants s'imaginent qu'il s'agit de lieux de paix ou de silence. Il faut y séjourner, débarquer dans ses allées à n'importe quelle heure du jour ou de la nuit, pour y entendre des vacarmes, des chamailleries, des rires sardoniques, des vagissements d'enfants mort-nés, des hurlements de détresse de femmes trahies. Un fossoyeur ne peut donc se payer le luxe d'agir en pain-doux avec les morts. Tu dois te montrer raide avec le défunt, car il ne va pas jouer avec toi. Il t'en veut d'être celui qui l'a porté en terre, qui a jeté sur son cercueil des pelletées de terre et qui a scellé son caveau. Alors s'il peut te faire une méchanceté, il n'hésitera pas une miette de seconde.

Les gens sont aussi persuadés que nous creusons les tombes. Hon ! Ça m'a toujours fait sourire. Sont-ils au cimetière quand la pelle s'enfonce dans le sol ? Non ! Ils arrivent quand tout est fin prêt. Quand la bière commence à glisser-descendre dans le trou. S'ils savaient ! En réalité, nous prenons deux mouchoirs de tête, deux madras rouges, nous les attachons à la manière des vieilles femmes et nous en déposons un sur la tombe la plus proche de l'endroit que nous devons creuser. Puis, nous nous attachons l'autre autour des reins en interpellant le mort qui, à cette heure-là, est encore allongé chez lui :

— Tes parents ont eu des bœufs dans la vie. Toi-même tu en as eu. Tes fils en auront. Qu'est-ce que tu t'imagines ? Que je vais te servir d'esclave ? Jamais pas !

Et puis, nous nous saisissons de la pelle et commençons à fouiller. Ahan ! Ahan ! En fait, ce n'est pas nous qui nous activons, nous ne faisons que tenir la pelle à la place du mort. Nous l'aidons à creuser lui-même sa dernière demeure. Et c'est pourquoi tout cela se fait en un battement d'yeux. Deux-trois coups de pelle suffisent à bouleverser le sol. Je te répète : pas de gentillesse avec les morts. D'ailleurs, ils nous connaissent bien, nous, les fossoyeurs, c'est pourquoi ils ne s'offusquent jamais du fait que nous fassions commerce de leurs crânes. Ils préfèrent jeter leur dévolu sur ceux qui les achètent. Toute la nuit, ils n'ont de cesse de les tourmenter : « Lève-toi ! Va faire ceci, va faire cela ! » Si bien que le possesseur du crâne n'arrive pas à trouver le sommeil et peut tomber fou. La parade est simple : il doit se lever sans faire de bruit, sans réveiller la maisonnée et gagner la petite chapelle sans illuminer son chemin avec ni bougie ni lampe d'aucune sorte et là, il doit accabler le crâne d'injuriées : Va coquer ta mère ! Le cul de ta marraine ! La tête de ton père ! Il doit résister à la froidure qui va s'installer subitement ou à quelque rousinée de pluie glacée qui va s'abattre sur lui. À force de lui tenir tête, le crâne finira par laisser son propriétaire tranquille. Il ne l'embêtera plus jamais. Et désormais lui obéira.

C'est comme ça, oui…

7

La bibliothèque Schœlcher a un petit air chinois. On prétend qu'il s'agit du pavillon de l'empire du Milieu lors de l'exposition universelle de Paris du début du siècle qui aurait été démonté puis remonté au beau mitan de Fort-de-France. En tout cas, ce dont on est sûr, c'est que la structure est l'œuvre de Gustave Eiffel. Lorsque je n'étais pas d'humeur à supporter les conversations oiseuses de la Bohème, il m'arrivait de m'y rendre à l'heure où les lycéens commençaient à s'en aller. La salle principale, de forme octogonale, était plongée dans une pénombre que ne parvenait pas à dissiper l'immense verrière du toit. Des bancs austères et tout aussi sombres, en acajou sans doute, étaient alignés comme dans une église médiévale. Par des escaliers de fer, on pouvait accéder à des coursives le long desquelles étaient alignés des livres rares aux couvertures reliées. Gravés dans ce qui me semblait être du marbre, les noms des grands écrivains français — Montaigne, Ronsard, Rousseau, Voltaire, etc. — couraient sur une plinthe située au niveau de la partie supérieure de la salle. Un silence cathédralesque y régnait sous la garde vigilante d'un bibliothécaire au visage ascétique, vêtu d'une sempiternelle blouse, qui faisait les cent pas, une badine à la main. L'homme, que d'aucuns redoutaient d'approcher, était un puits de science, quoiqu'il ne consentît à la délivrer qu'avec parcimonie, jugeant que « la littérature et la philosophie sont des activités aristocratiques ». Quand j'avais écarquillé les yeux la première fois qu'il m'avait fait cette remarque, son explication m'avait plus que convaincu :

— Mon bon monsieur, entre l'époque où les Sumériens inventèrent l'écriture en Mésopotamie et la fin du XIXe siècle où Jules Ferry institua l'école gratuite, laïque et obligatoire, seule une infime portion de l'humanité sut lire et écrire. La masse de la population — et encore dans les pays européens et nord-américains — n'a donc été presque totalement alphabétisée que vers 1930. Or, ne voilà-t-il pas qu'à compter de nos années soixante, le cinéma, la radio, puis tout dernièrement la télévision se sont répandus partout. Ce qui veut dire que la littérature n'a été une activité ouverte à tous, démocratique si vous préférez, que pendant trois ridicules décennies. C'est durant ce règne éphémère d'ailleurs que la littérature populaire ou de gare a fait florès. De nos jours, la littérature est donc redevenue ce qu'elle a toujours été : un passe-temps pour une petite élite au sein de l'élite, car même cette dernière ne s'y intéresse pas vraiment…

L'homme s'exprimait d'une voix douce et

docte tout à la fois, ne vous regardant jamais dans les yeux, très pénétré ou alors absent parce que l'instant d'après il vous lâchait pour aller vérifier qu'un lycéen avait bien rangé tel livre ou qu'un des clochards lettrés de l'En-Ville ne s'était pas assoupi sur une table. Le plus original d'entre ces derniers avait pour sobriquet Tête-Coton parce que ses cheveux avaient blanchi d'un seul coup (il « avait attrapé un coup de neige », disait-on joliment) à l'âge de vingt-cinq ans alors qu'il faisait sa médecine à Bordeaux. Rapatrié en Martinique, presque en catastrophe, par sa famille, il s'était mis à driver un peu partout, dormant aux abords du Grand Marché en période de pluie ou sur un banc de La Savane lorsqu'il faisait bel-beau temps. Tête-Coton fut le premier à me révéler l'existence de l'enfer de la bibliothèque Schœlcher. Au début, le bibliothécaire en chef avait bien essayé de le chasser, mais le médecin contrarié connaissait ses droits et avait imposé sa présence, lisant méthodiquement tous les ouvrages qui s'y trouvaient.

— Contrairement aux enfers que l'on trouve en Europe, le nôtre comporte très peu d'ouvrages licencieux. Je n'y ai guère trouvé que le célèbre *Nuit d'orgie à Saint-Pierre* d'Effe Géache et l'ouvrage d'un certain Hugues Rebell sur la Saint-Domingue coloniale, *Les Nuits chaudes du Cap français* ou quelque chose d'approchant..., m'avait-il susurré.

Nous avions fini tous les deux par choisir le banc le plus éloigné de la porte d'entrée afin d'éviter les allées et venues et les chuchotis permanents des lycéens. Il fallut plusieurs mois avant que nous décidions de nous adresser la parole. Lui, par timidité sans doute ; moi, parce qu'il me renvoyait l'image de la caricature d'humanité en laquelle j'aurais pu m'être transformé, n'eût été la Bohème, Man Édouarlise, ma complaisante logeuse, ma chère et tendre Lisette, le boutiquier chinois Huang-Ho qui me faisait crédit et l'École de la Réussite foyalaise qui assurait mes fins de mois (sans oublier *La Voix des Antilles* où j'avais déniché un job de billettiste sur l'intervention d'une âme charitable que je soupçonnais être mon paternel). À l'inverse de Tête-Coton, j'étais un réprouvé soutenu, chouchouté même, certes pas par sa famille, mais qui savait qu'il pouvait toujours compter sur les largesses de tout un réseau d'amis et de voisins. Il fit les premiers pas du jour où il m'entendit demander au bibliothécaire en chef s'il connaissait un ouvrage sur la sorcellerie antillaise (je voulais trouver une explication à l'affaire des bruits sourds du plafond de ma chambre). L'homme s'était cabré :

— Cher monsieur, nous ne mettons à la disposition du public que des ouvrages sérieux ! L'espace qui nous est imparti est bien trop restreint pour que nous puissions nous permettre d'y placer ce genre de billevesées.

Tête-Coton avait attendu qu'il s'éloigne pour se rapprocher de moi et me souffler qu'il se trouvait bel et bien un lieu secret où étaient entreposés des ouvrages à ne pas mettre entre toutes les mains.

— L'enfer de la bibliothèque Schœlcher mérite davantage son nom que ses *alter ego* des bibliothèques de France et de Navarre, me confia-t-il. On y trouve, en effet, pour l'essentiel, des ouvrages diaboliques, sataniques, de vieux grimoires, des chroniques de vieux missionnaires du XVIIe siècle qui avaient tenté de christianiser les Indiens caraïbes, des cahiers de recettes maléfiques de quimboiseurs africains. J'ai eu la chance d'y pénétrer une fois. Une seule...

Refusant de me donner de plus amples précisions et de m'indiquer en quelle partie du bâtiment se trouvait ce lieu secret, le clochard lettré se replongea dans *Le Devisement du monde* de Marco Polo, en faisant un rapide signe de croix sur ses lèvres. Je n'avais d'autre ressource que d'amadouer l'une des employées de la bibliothèque. S'agissant de celle qui, à la sortie, contrôlait les sacs, il n'y avait aucune possibilité qu'elle pût m'être du moindre secours. Cette grosse dondon au visage renfrogné n'avait sans doute jamais lu un seul livre de toute sa vie, mais elle possédait un flair unique pour repérer les chapardeurs et les prendre en flagrant délit. Comme il n'était pas question de fouiller au corps tout le peuple lycéen qui fréquentait l'endroit, de toute évidence contraint et forcé par ses professeurs, l'établissement comptait sur sa capacité à repérer une poitrine trop volumineuse, un ventre trop bombé, un bas du dos par trop rembourré, un mollet plus gonflé que la normale et le reste à l'avenant. Dès qu'une file de lycéens se pressait pour quitter les lieux, la dame semblait se pourlécher les babines. Elle se postait devant l'espèce de sas qui canalisait les visiteurs, poings sur les hanches à la manière des femmes-matador du temps jadis, et dirigeait un regard féroce sur chacun d'eux jusqu'au moment où on l'entendait aboyer :

— Stop ! J'ai dit stop ! Allez, tout le monde recule. Toi là, viens un peu par ici, mon compère !...

Et d'attraper le contrevenant (il s'agissait toujours de garçons qui savaient qu'ils pourraient revendre l'ouvrage dérobé à l'un des deux bouquinistes que comptait l'En-Ville, personnages peu regardant sur l'origine de la marchandise qui leur était proposée) qui se figeait sur place, terrorisé. Incapable de bousculer la dame et de s'enfuir, ce qui eût été tout à fait possible. Cette dernière fonçait sur la partie suspecte de l'anatomie du gamin, en extrayait triomphalement l'objet du délit et baritonisait :

— Voyez-moi ça ! Où va donc le monde de nos jours, hein ? Si on ose dérober Rousseau ou Voltaire, ces grands esprits qui ont fait de l'humanité ce qu'elle est, c'est qu'on est capable d'en faire autant pour le sac d'une vieille femme ou le portefeuille d'un aveugle.

Le coupable était saisi par l'oreille et traîné jusqu'au bureau du bibliothécaire en chef lequel, respectueux du silence absolu qui devait régner à l'intérieur de l'établissement, faisait asseoir le chapardeur sur une chaise et se contentait de le regarder fixement sans mot dire. En général, l'adolescent craquait au bout d'un quart d'heure, se mettait à sangloter et demandait pardon, sans que cela déclenchât le moindre début de réaction chez le maître des lieux, lequel continuait, imperturbable, à classer des fiches ou à répertorier les ouvrages nouvellement arrivés. Je peux décrire si bien cette scène pour la simple et bonne raison que j'en fus une fois le malheureux protagoniste à l'époque où j'étais en classe de seconde au lycée Schœlcher. Le but de ce petit jeu consistait à obliger les parents du coupable à venir chercher leur garnement, ce que firent les miens, furieux de l'humiliation publique qui leur avait été infligée par ma faute. Et pour quoi ? Pour un banal roman d'Alberto Moravia. Plus souvent que rarement, le petit filou ne recommençait jamais, et les ouvrages de la bibliothèque subissaient davantage l'outrage des ans ou des intempéries (les cyclones en arrachaient fréquemment les ailes du toit) que le désir de quelques jeunes boutonneux de se procurer de l'argent de poche.

Outre la grosse dondon, deux jeunes femmes, parmi lesquelles une fort jolie Négresse, s'occupaient à replacer les ouvrages sur les rayonnages idoines, les lycéens s'amusant à les disperser, et à guider les habitués dans leurs recherches. S'agissant de ces derniers, je m'aperçus qu'ils fréquentaient l'endroit depuis des années si bien que ces dames les traitaient avec une déférence à nulle autre pareille. Les places, très prisées, qui se trouvaient près de l'énorme ventilateur à pied leur étaient réservées et je me faisais toiser chaque fois qu'il m'arrivait de l'oublier. Ils avaient, en outre, le privilège inouï de pouvoir discuter avec elles à voix basse, celles-ci se contentant de monosyllabes quand un visiteur quelconque — ce que j'étais — leur posait une question. Je savais que je n'irais pas très loin avec elles. Je décidai donc de jeter mon dévolu sur l'un des originaux qui, depuis une dizaine d'années, semblait-il, venait chaque après-midi à la bibliothèque. Il se disait qu'il y dépouillait des archives traitant de la participation de volontaires martiniquais à la guerre du Mexique, celle qu'avait menée Napoléon III. Je lui emboîtai le pas un soir d'hivernage, quand la nuit tombe précocement, vers dix-sept heures, et que tout un chacun en ressent une sorte d'angoisse diffuse. Il claudiquait, s'appuyant de temps à autre sur son parapluie ou s'arrêtant régulièrement pour reprendre son souffle. C'était un vieux monsieur au phénotype mi-indien mi-mulâtre, au crâne dégarni, fort distingué, qui portait un costume gris de bonne coupe et une cravate. Des gens le saluaient chapeau bas ou s'arrêtaient pour lui faire la conversation, et lui de répondre toujours à l'identique, d'une voix un peu lasse :

— Eh oui, ma bonne dame... mon bon monsieur... Eh oui, la vie continue son bonhomme de chemin.

Je le suivis tout le long de la rue de la Liberté jusqu'au Bord de Mer où il bifurqua sur la droite, en direction du Cercle martiniquais, le fief des mulâtres argentés de l'En-Ville, la plupart francs-maçons ou en tout cas agnostiques. Mais le vieil original dépassa la bâtisse gironde d'un blanc immaculé et continua sa route jusqu'au pont de l'Abattoir et donc du redoutable quartier Bord de Canal où régnait un major scélérat, Waterloo Gros-Lolo, qui avait fait la dissidence et en nourrissait une énorme fierté, ce qui veut dire qu'à l'époque où le sinistre amiral Robert, cousin murmurait-on du non moins sinistre maréchal Pétain, gouvernait la Martinique, il avait gagné nuitamment l'une des deux îles anglaises voisines pour s'enrôler dans les Forces Françaises Libres. Il claironnait à qui voulait l'entendre :

— C'est M. de Gaulle en personne qui m'a décoré de la croix de guerre, tonnerre de Brest !

Mais le vieil homme poursuivit tout droit son chemin et ne pénétra ni à Bord de Canal ni à Texaco. Il grimpa le raidillon conduisant au lycée Schœlcher dont il ouvrit le portail à l'aide d'une grosse clef. Au moment où il se retourna pour vérifier qu'aucun intrus ne pénétrait dans l'enceinte de l'établissement, je reconnus en lui notre surveillant général de l'époque, ce cher Julinat que nous adorions tourner en bourrique et qui nous coursait, malgré la légère claudication dont il était affecté, jusqu'au dernier bâtiment, celui des internes d'où l'on pouvait contempler d'un seul tenant la baie de Fort-de-France et dans le lointain, une île en forme de mandoline. Nos regards se croisèrent un bref instant, incrédules.

— Est-ce… est-ce vous, Valbon ? me fit-il d'une voix cassée.

— Lui-même, monsieur.

— Vous devenez quoi, jeune brigand ? Je pensais que vous vous étiez installé en France…

— Je végète…

— Ah, cette jeunesse d'aujourd'hui !

Le surveillant général sourit. Il rouvrit la barrière et m'invita à entrer. La nuit venait de tomber comme un coup de roche. Normal, nous étions au mois d'octobre. L'homme avait pris sa retraite depuis six ans, mais par faveur spéciale et compte tenu de ses bons et loyaux services, les autorités académiques avaient accepté de continuer à louer au célibataire endurci qu'il était le modeste appartement qu'il occupait dans un bâtiment excentré du lycée. L'endroit était bien tenu, agréable même, quoique le moindre espace libre fût occupé par des piles de livres. Un poste de télévision en noir et blanc crachotait dans un angle de la pièce principale. Ses images tressautaient.

— C'est mon compagnon, plaisanta M. Julinat. Avec lui, j'ai au moins une présence, mais le réparateur m'a prévenu : si je fais le malheur de l'éteindre, je ne pourrai plus le rallumer. Ha-ha-ha !

— Il fonctionne en permanence ?

— Eh ben, oui !… Au fait, que me vaut cette… comment dit-on déjà en langage policier ?… cette filature…

Le visage de l'ancien surveillant général s'était assombri. Il s'était enfoncé dans son fauteuil jusqu'aux épaules et me fixait avec des petits yeux d'iguane.

— Heu, voilà… Je me suis laissé dire que vous

connaîtriez le moyen d'accéder à l'enfer de la bibliothèque Schœlcher..., attaquai-je.

Il se redressa vivement et voulut dire quelque chose avant de se raviser. Il paraissait regretter à présent de m'avoir introduit chez lui. J'étais si gêné que je me levai, prêt à prendre congé, lorsqu'il me fit signe de me rasseoir.

— C'est une longue, très longue histoire... Ce soir, je n'ai ni l'envie ni le temps de vous la narrer, jeune homme. Sachez simplement que ce vénérable bâtiment est bien trop petit pour receler une salle secrète... Alors, les ouvrages que l'on souhaite dissimuler au grand public se trouvent tout bêtement parmi tous les autres, mais on les a affublés de couvertures de livres que personne ne demande jamais. Il y a comme cela, jeune homme, dans toutes les bibliothèques, des livres orphelins... Mais dites-moi, vous recherchez quoi en particulier ?

— Je voudrais savoir si parmi eux se trouve celui qu'a écrit ou aurait écrit un certain marquis d'Antin. Au XVIIIe siècle très probablement...

— D'Antin ? Hum !... Et je peux savoir pourquoi ?

— Pure curiosité...

Il hocha la tête et se plongea dans un silence qui me sembla interminable.

— Sans doute son livre fait-il partie des orphelins..., soliloqua-t-il.

Puis, se reprenant, il m'observa tristement.

— Si vous saviez, mon cher Valbon, le nombre incalculable d'ouvrages que personne n'a lu en leur temps et que personne ne lira jamais! Un crève-cœur…

Le poste de télévision se mit soudain à diffuser, de manière nette, une course hippique. M. Julinat lâcha un petit rire et cette fois me fit signe qu'il me raccompagnait. Le lycée ressemblait à un vaisseau fantôme depuis qu'on y avait supprimé l'internat. Ses cours intérieures étaient plongées dans une obscurité totale. Arrivé à la porte, le vieil homme me tendit la main et déclara, sans conviction :

— Bonne chance, mon ami! Il y a près de vingt mille ouvrages dans notre bonne vieille bibliothèque, la plupart légués par notre grand et cher abolitionniste, M. Schœlcher en personne. Parmi eux, au bas mot, on compte près de cinq mille orphelins. J'espère que vous trouverez ce que vous recherchez avant de devenir aussi vieux et chenu que moi. Ha-ha-ha!

8

Le Pont-de-Chaînes n'en était plus un depuis des lustres. Il enjambait, méchant assemblage de ciment et de roches, la rivière Madame, qui à ce niveau ne prenait pas encore tout à fait l'allure d'un cloaque où ordures de toutes sortes et chiens crevés le disputaient à tout un hétéroclite de matériaux. Il est vrai que le Morne Trénelle qui surplombait l'endroit commençait à peine à être investi par des hordes de miséreux rescapés des campagnes où la canne à sucre et son industrie s'effondraient dans l'inexorable. Tout leur était bon pour ériger leurs cases : carton, bois de caisse, Fibrociment, briques et tiges de fer qu'ils récupéraient qui sur le port, qui au Bord de Mer, dans les hangars des maisons d'import-export. Le restant, le non-utilisé, ils le voltigeaient les yeux fermés dans les eaux paresseuses de la rivière, indifférents au fait qu'ils forgeaient là des gîtes rêvés pour ces colonies de rats qui infestaient les bas quartiers de l'En-Ville. En ce temps-là, vivre était un combat au jour le jour et on n'avait pas les moyens d'être trop regardant.

Augustin avait longtemps hésité avant de prendre la décision de se rendre à ce rendez-vous que lui fixait la mystérieuse enveloppe violette. Impossible de trouver une explication plausible à la présence de celle-ci dans sa chambre puisqu'il n'y recevait jamais aucun invité. Man Édouarlise ne transigeait pas sur ce point. Elle disait vouloir sa paix. Et puis les Terres-Sainville ne comptaient-elles pas suffisamment de bouges, caboulots et autres boxons où lui, le professeur d'histoire et géographie, pouvait donner libre cours à ses penchants vénériens ? La mégère donnait d'ailleurs l'exemple en recevant sa parentèle ou ses rares amies-ma-cocotte sur le palier ou dans la petite cour intérieure de l'immeuble au mitan de laquelle poussait, incongru, un bel avocatier. Du reste les autres locataires de l'immeuble étaient des gens discrets, eux aussi préoccupés par leur propre quotidien, hormis une certaine mamzelle Bertine qui affirmait tenir la brise grâce à un pactole légué par un riche amant vénézuélien (elle avait exercé la profession de pacotilleuse entre Caracas et les îles), mais que d'aucuns suspicionnaient d'avoir vécu de ses charmes. La dame était une contrôleuse, ce qui veut dire qu'elle voulait toujours tout savoir des affaires d'autrui afin de les décortiquer à loisir. Elle entrait par effraction dans n'importe quelle conversation, posait des questions de madame-sans-gêne ou se livrait à des commentaires égrillards, indifférente aux bouches qui se taisaient ou aux dos qui se tournaient. Mamzelle Bertine et Man Édouarlise étaient tout naturellement en procès. Quel que soit l'endroit de l'immeuble où le hasard les faisait se rencontrer, elles se mettaient à babiller, puis à s'injurier, prêtes dans certains cas à se gourmer comme de vulgaires gourgandines. La contrôleuse avait vu en Augustin un excellent moyen pour pouvoir pénétrer sans effraction dans l'appartement de son ennemie intime. C'est pourquoi elle avait tenté, au début de son installation, de l'amadouer, de l'emmieller même, lui proposant de laver-repasser son linge gratuitement ou lui portant, le dimanche après-midi, un morceau de gâteau-coco tout frais. Man Édouarlise y avait vite mis le holà :

— Tu fais entrer cette Négresse vagabonde chez moi et je te flanque aussitôt à la porte ! C'est compris, petit monsieur ?

Mais mamzelle Bertine connaissait les jours et les heures où la mégère quittait les Terres-Sainville pour regagner sa commune d'origine, tout au sud du pays. Elle en profitait donc pour visiter Augustin de manière impromptue, le couvrant d'innombrables gâteries, lui offrant même de goûter à sa chair encore ferme de femme tout juste entrée en âge. Le jeune professeur qu'il était crevait de peur à l'idée que sa propriétaire pût rentrer à l'improviste et trouver chez elle cette créature sans vergogne qui se mettait à déambuler partout à travers l'appartement, déplaçant des objets, critiquant telle couleur de rideau ou moquant le goût exagéré de Man Édouarlise pour les bondieuseries. Statuettes de la Vierge, chapelets de toutes sortes, images pieuses représentant Jésus ou saint Michel, cierges et rameaux bénis y foisonnaient en effet. Était-il possible qu'elle ait joué la messagère et déposé l'enveloppe à l'insu de Valbon ? C'était plus que probable. La bougresse lui baillait le tournis chaque fois qu'elle faisait intrusion dans l'appartement et il était contraint de guetter par les persiennes l'éventuelle arrivée de sa propriétaire, décidé à la bouter dehors en cas d'urgence. À diverses reprises, il était arrivé que Man Édouarlise sourcillât :

— Vous avez emmené une femelle ici, monsieur Valbon ? Je sens comme une odeur de parfum à bon marché. Du « Ploumploum » sans doute...

Et lui de déployer des trésors de rhétorique pour tenter de la convaincre du contraire, sans être sûr et certain d'y parvenir à tout coup puisque la mégère lui faisait sa mauvaise tête durant des jours. Oui, mamzelle Bertine figurait en numéro un sur la liste de ceux qu'il soupçonnait d'avoir glissé l'enveloppe sous sa porte ou l'avoir déposée sur sa table de nuit (il ne se souvenait plus des circonstances exactes dans lesquelles il l'avait découverte). Tout un chacun savait qu'elle était une cliente plus qu'assidue du quimboiseur Grand Z'Ongles et d'un certain séancier de Bas-Calvaire, un bougre taciturne originaire d'une île anglaise qui vous prédisait votre avenir avec une justesse stupéfiante, mais qui ajoutait aussitôt :

— Je ne peux rien faire pour arranger votre situation, hélas. Je vois ce qui va vous arriver, mais pour pouvoir modifier votre destin, il faut vous adresser à ceux qui traficotent avec Belzébuth.

Mamzelle Bertine, en bonne Négresse créole qu'elle était, fréquentait donc avec assiduité qui l'église Saint-Antoine des Terres-Sainville, qui l'antre du sorcier à l'ongle démesuré, qui la case du séancier, qui les cérémonies hindoues qu'organisait l'Indien-Kouli Vélaye au quartier Au-Béraud, minuscule langue de terre coincée entre les Terres-Sainville et le Bord de Canal où la race indienne avait été parquée, au début du siècle, dans l'attente d'un hypothétique rapatriement au pays tamoul. Si aucun dieu ne peut arranger mes affaires, proclamait-elle, eh ben qu'ils aillent se faire foutre tous tant qu'ils sont, ha-ha-ha ! Ces derniers temps, elle s'était rapprochée d'une nouvelle religion implantée dans le quartier par un jeune Américain blanc au regard fiévreux qui se baillait le titre de pasteur et écorchait le français : l'adventisme. Un jour, Man Édouarlise l'avait rembarré alors qu'il était venu faire du prosélytisme dans l'immeuble :

— Adventiste, c'est Satan ! Retirez vos pieds d'ici là-même ! avait-elle hurlé.

C'est à tout cela que songeait Augustin Valbon lorsqu'un vendredi, près de trois semaines après avoir trouvé l'enveloppe et son mystérieux message, il s'était enfin décidé à se réveiller peu avant trois heures du matin pour rallier le Pont-de-Chaînes. Dehors, il faisait frisquet. Un vent chamailleur descendait de Balata et sa forêt quasi vierge, s'engouffrant dans les ruelles plongées dans l'obscurité des Terres-Sainville, les gamins s'amusant à faire péter les becs électriques à coups de fronde-arbalète. Par contre, en hauteur, sur les flancs du Morne Trénelle, des lueurs de flambeaux s'agitaient : de nouveaux arrivés dans l'En-Ville profitaient de la nuit pour barrer un carré de terrain et pour y élever frénétiquement une cahute qui, au fil des mois, s'enrichirait de matériaux récupérés ou volés jusqu'à devenir une vraie maison en briques, quoique rarement achevée et presque jamais peinte. Il devait avoir plu à verse dans les hauts bois, car il perçut d'assez loin le grondement de la rivière Madame. Il caressa dans la poche arrière de son pantalon le revolver qu'il avait emprunté à Bec-en-or la veille par l'entremise de Lisette qui avait conservé un ascendant sur le fier-à-bras. De toute évidence ce dernier n'avait jamais pu faire son deuil de sa chair succulente de chabine. Le Nègre-major lui avait toutefois annoncé :

— Je ne te glisse qu'une balle dans le chargeur, Augustin. Une seule ! Si tu dois régler le compte d'un chien-fer, cela suffira. À toi de ne pas rater ton tir, mon vieux !

Dans le faire-noir, le Pont-de-Chaînes semblait démesuré. Les anciens qui l'avaient connu avant l'ère du ciment et du béton assuraient qu'il avait fière allure. Une lune chétive argentait les trombes d'eau qui coulaient en dessous de lui et à travers lesquelles on devinait, à une manière de ballet d'ombres, que toutes sortes de bestioles dégoûtantes donnaient carrière à leurs bas instincts. Cependant, il n'y avait pas âme qui vive dans les parages. L'avait-on mené en bateau? Pourquoi avait-il été à ce point idiot pour prendre au sérieux cette missive venue de nulle part et qui lui promettait monts et merveilles? Au bout d'une vingtaine de minutes d'attente, alors qu'il s'apprêtait à rebrousser chemin, il sentit quelque chose peser sur son visage. Sur la poitrine. Sur les épaules aussi. Un poids invisible qui l'empêcha de faire le moindre pas. Il leva alors les yeux pour scruter, de l'autre côté du pont, la route en lacet conduisant à Balata et découvrit une femme d'une belleté inouïe qui se tenait immobile, bras croisés, vêtue d'une robe créole transparente, et le regardait sans bouger. Ses yeux vert émeraude parvenaient à transpercer l'opacité de la nuit, éclairant l'entier de sa personne et surtout sa longue chevelure qui atteignait le bas de son dos et dans laquelle elle ne cessait de passer un peigne translucide. Elle lui fit signe d'approcher avec un sourire enjôleur qui révéla une dentition d'une perfection insolite. Sans même s'en être rendu compte, il avait déjà avancé dans sa direction et n'était plus qu'à deux mètres d'elle. Son corps ne lui obéissait plus. Une force l'animait désormais, une force tout à la fois implacable et douce. Il avait beau essayer de maîtriser ses mouvements, se débattre, rien n'y faisait. Il voulut parler, lui demander si elle était bien la personne qui l'avait fait tenir le mystérieux message, mais sa langue s'était transformée en pierre. Il entendait toutefois son cœur chamader à-quoi-dire un cheval fou.

— Ne restons pas là ! lui fit l'apparition d'une voix métallique plutôt désagréable.

Au moment où il arriva à son niveau, elle se déplaça vingt mètres plus loin, sans marcher ni courir. Avec un bond plein de grâce qui ressemblait à celui des colibris. Plus elle se déplaçait, plus la force qui s'était emparée de lui le poussait à la suivre. Ils avaient entamé la côte de Balata et très vite, des deux côtés de la route, des bambous géants, puis, encore plus haut, des fougères arborescentes, semblaient leur faire une garde d'honneur. Des chuintements étranges en émanaient qui curieusement ne déclenchaient aucun sentiment de peur chez lui. Chaque fois qu'il parvenait à s'approcher d'assez près de la femme, sa splendeur le subjuguait. Il vit qu'elle avait une peau couleur de goyave mûre et qu'un mélange de parfums capiteux se dégageait de sa sculpturale membrature. Il était toujours incapable de prononcer la moindre parole…

— Plus haut ! Plus haut ! Nous avons encore un long chemin à faire, tympanisa-t-elle en virevoltant sans que ses pieds aient l'air de toucher le sol.

Augustin ne rêvait point. C'était chose absolument certaine. Sinon pourquoi la douleur lancinante qui étreignait ses talons, surtout le gauche, se serait-elle manifestée, ralentissant sa marche ? Elle était apparue, quelques années plus tôt, parce qu'il avait perdu l'habitude de porter des chaussures fermées (il adorait les sandales en plastique), si bien que chaque fois qu'il était obligé d'en porter — quand quelque fête était organisée à l'École de la Réussite foyalaise ou qu'il devait assister à quelque enterrement —, il avait les talons en feu. Il traînait donc une jambe à présent, mais n'en avait cure. Une sensation de sérénité, semblable à celle que le boutiquier chinois Huang-Ho, adepte du bouddhisme, lui décrivait, s'était peu à peu imposée à son esprit. Plus aucune appréhension ne l'habitait. Ils parvinrent à un lieu appelé « Les Nuages ». C'est ce qu'indiquait un panneau abîmé par l'extrême humidité qui y régnait. La nuit y était si profonde que seule la boule de lumière qui tressautait à vingt pas devant Augustin l'aidait à ne pas chavirer dans les profondes ravines qui bordaient la route. À un moment, celle-ci s'immobilisa net. Elle se mit à frapper le faîte du petit morne où ils étaient arrivés. Sa forme féminine si éblouissante avait maintenant disparu.

— C'est ici ! Vas-y, creuse ! lui ordonna la voix, bizarrement moins métallique.

Il s'approcha de l'endroit désigné à pas prudents. La boule de feu se dissipa soudain et une lune énorme apparut qui éclaira violemment le morne. Sur le sol, il découvrit un assemblage de pelles de tailles différentes. S'emparant de la moins grosse, il se mit à l'ouvrage…

DEUXIÈME BALLANT

Trop de hasards s'invitent sur le chemin d'une vie qui empêchent qu'on puisse la gouverner. C'est pourquoi il faut s'astreindre à les feinter quitte à faire semblant d'accepter leurs diktats. En notre parlure créole, cela s'appelle jouer un jeu de macaque.

Puisque la vie n'est qu'une macaquerie, on doit apprendre à se montrer plus vicieuse qu'elle.

Mais c'est vrai aussi qu'on ne peut rien opposer au chant profond des chagrins inconsolés…

9

Lisette, qui était quelqu'un de fort cousu et secret sur le chapitre de sa vie, pressait par contre Augustin Valbon de questions les rares fois qu'elle l'autorisait à passer une partie de la nuit chez elle. Cet événement extraordinaire, que le jeune mulâtre attendait parfois pendant des semaines, se produisait en général le vendredi soir, moment de la semaine où la dactylo dévidait, sur l'étroite piste du Tango-bar, son trop-plein d'aigreur à l'encontre de son avocat de patron. Dès que le petit orchestre entonnait ses premières notes, elle se levait de table et commençait à esquisser des pas rêveurs, faisant mine de serrer un cavalier, les yeux clos et la bouche légèrement entrouverte. Sa jupe plus que courte révélait des jambes galbées qui faisaient saliver les clients, chacun se demandant si cette fois la chance tomberait sur lui. C'est qu'à chaque fois, Lisette se désignait un partenaire pour la soirée, celui avec lequel elle effectuerait le plus de danses sans que pour autant elle négligeât son chéri-doudou d'Augustin ou ne songeât à en accorder une, de temps à autre, à quelque bonhomme esseulé. Le Tango-bar n'était pas le casino le plus achalandé du quartier ni le mieux situé, mais il possédait, contrairement à ses concurrents, une clientèle de fidèles qui, quel que soit le temps qu'il faisait, mettait un point d'honneur à honorer ses soirées à thème. Le lundi était consacré à la biguine, le mardi à la mazurka créole, le mercredi faisait relâche, le jeudi à la rumba, le vendredi au cha-cha-cha et le samedi (le dimanche faisant lui aussi relâche) au calypso ou à la valse créole. Cette programmation n'avait pas varié d'un iota depuis les festivités du Tricentenaire du rattachement de la Martinique à la France, 1935 donc, se vantait la propriétaire des lieux, connue pour vantardiser dès qu'un client neuf, comme elle disait, franchissait la porte de son établissement. Évidemment Augustin Valbon avait eu droit à son baptême, rituel consistant, pour les habitués, à déverser sur la tête de la personne en question toutes qualités de verres de rhum, de gin, de whisky, d'absinthe amère et de porto.

— Ici, on est entre nous ! l'avait averti la propriétaire. Pas de manières mulâtres ni de gammes de Blanc-France, d'accord ?

Le jeune homme ne put, toutefois, suivre le rythme de Lisette qui fréquentait le Tango-bar du lundi au samedi, cela du 2 janvier au 31 décembre, jamais fatiguée, toujours curieuse des nouvelles musiques venues de l'archipel caraïbe qu'apportaient des marins en escale ou alors, mais c'était plus rare, quelque guitariste de talent, saxophoniste émérite ou accordéoniste époustouflant qui s'était réfugié à la Martinique pour des raisons qu'il était seul à connaître et se refusait, en général, à dévoiler. Il y eut ainsi, longtemps, Federico, un Cubain au regard mélancolique, qui jouait de la tumba avec une frénésie telle qu'on le disait investi par quelque divinité africaine bien qu'il fût lui-même blanc. Dès qu'une descente de police se produisait dans le quartier, on le voyait s'escamper par une porte dérobée du Tango-bar, vêtu de son éternel costume beige en lin qui le faisait transpirer plus qu'un fait-tout de châtaignes sur le feu. Il avait aimé Lisette qui le lui avait rendu au centuple, puis les choses s'étaient estompées entre eux. Jusqu'au jour où l'on découvrit Federico affalé dans l'arrière-cour du casino, y agonisant sans doute depuis la veille au soir puisqu'on l'avait vu s'entretenir à voix basse avec la propriétaire avant de ranger ses instruments. Quelqu'un lui avait planté un couteau en plein cœur.

— J'ai toujours voulu partir en plein jour et en pleine conscience..., déclara-t-il avec son drôle d'accent hispanique tandis qu'il s'éteignait dans les bras de la dactylo.

Il y eut aussi quelqu'un venu de plus loin, de Budapest — endroit dont on ne savait trop s'il s'agissait d'une ville, d'une région ou d'un pays jusqu'à ce qu'Augustin Valbon, professeur d'histoire et géographie, devienne un habitué du casino — un certain Bramovitch (on ne savait pas bien prononcer son nom) qui maniait le violon d'une façon qui arrachait des larmes aux plus endurcis d'entre les Nègres, y compris le fier-à-bras Bec-en-or. Chacun comprit vite qu'il ne jouait que pour une seule et unique personne : Lisette. Celle-ci occupait alors la piste de danse, multipliant les pas de valses viennoises, de valses créoles, de tangos et de rythmes de sa propre invention, sous le regard hypnotisé des hommes et jaloux de leurs accompagnatrices, concubines au verbe haut, toujours prêtes à jouer de la paire de ciseaux (ou, dans les cas sérieux, de la fiole d'acide) contre d'éventuelles rivales. Mais lorsque Bramovitch empoignait son instrument et que Lisette s'avançait, impériale, au mitan du bar, il n'y avait pas de discussion possible. Pas de rivale qui tienne. Elle se métamorphosait en une créature féerique qui enchantait la demi-pénombre, trouée par des ampoules rouges, dans laquelle étaient toujours plongés les lieux.

À la vérité Augustin Valbon n'appréciait que très modérément la musique dont il était par ailleurs un piètre connaisseur, qu'il s'agit du classique, des rythmes créoles ou encore des airs latinos omniprésents à la radio.

— Les mots ont le pouvoir d'enchanter l'âme tout autant que les notes, tentait-il de convaincre Lisette lorsqu'elle le surprenait à griffonner quelque poème sur la nappe en papier qui couvrait leur table, apparemment indifférent à quelque morceau sublime qui venait de soulever l'assistance d'enthousiasme.

Bien qu'elle considérât l'inappétence de son amoureux pour le solfège comme une sorte d'anomalie relevant presque de la psychiatrie (« Tu finiras à l'hôpital de Colson », le menaçait-elle), elle était tout de même très fière d'être l'une des rares femmes des Terres-Sainville à avoir arraisonné un grand-grec, un liseur de livres savants, un professeur, quand bien même l'École de la Réussite foyalaise fût très loin d'être auréolée du prestige de l'école publique. Si elle-même était une dactylo talentueuse et une sténo de bon niveau (elle s'était formée sur le tas, au contact de l'ancienne secrétaire de son avocat de patron, après avoir été embauchée pour faire du simple rangement à son cabinet), s'il lui arrivait, en tapant, de lire des dossiers de trois, voire dix pages, elle avait toutes les peines du monde à comprendre qu'on pût s'adonner à cet exercice sur deux cents pages et plus, cela des heures durant. C'est bien pourtant ce qu'il arrivait à Augustin de faire quand elle l'invitait à passer la journée du dimanche rue Jean-Jacques-Rousseau.

— On dirait du sommeil, mais les yeux grands ouverts..., avait-elle fini par déclarer au jeune homme alors qu'ils venaient de faire l'amour et qu'il s'était presque aussitôt plongé dans un roman.

— Comment ?... avait-il répondu sans lâcher son texte des yeux.

— C'est bien ce que je pensais, tu ne m'entends même pas ! Ou plutôt tu m'entends à moitié. Lire, c'est comme s'enfoncer dans un sommeil éveillé.

— Tu crois ?

— On en reparlera quand tu seras tout à fait sorti de tes songeailles, mon bougre.

Mais la danseuse de tango ne commença à s'inquiéter vraiment du penchant de son homme que lorsqu'elle buta sur lui qui sortait de la bibliothèque Schœlcher avec une pile d'ouvrages sous le bras. Il était fort rare qu'ils se rencontrent en plein centre-ville. En fait, elle se hâtait vers la place de La Savane afin d'y porter un message urgent à son patron lequel, par les après-midi d'insouffrable chaleur, aimait à s'y rendre pour prendre la blague, sur le banc des Sénateurs, avec les gens de son monde : médecins, dentistes, pharmaciens, notaires et autres négociants d'import-export. Là, ces messieurs refaisaient le monde à grands coups de français tandis que sur le banc d'à côté, celui des Syriens, les commerçants levantins le faisaient eux aussi à grandes rafales d'arabe. Plus loin, sur le banc des chaperonnes, de grosses dondons au visage fermé, les cheveux amarrés avec des madras décolorés, surveillaient enfants et jeunes filles en fleur de la bonne société pour les protéger du banc de la chiennaille, situé sous un tamarinier centenaire, où ça lançait des grains de dés, frappait des dominos ou abattait des cartes dans des concerts de jurons innommables en créole.

— Eh ben, tu as pris de quoi lire pour des mois, Augustin ? s'exclama Lisette sincèrement ébahie.

Le jeune homme eut l'air si-tellement gêné qu'elle s'empara des ouvrages et en examina les titres, manquant de s'étrangler à leur lecture : *Légendes mystiques des Indiens caraïbes, premiers autochtones de la Martinique* par le père Dumoulin, *Sorciers, quimboiseurs et zélateurs de Satan à la Martinique* par Yves Nolivos, *Rites hindouistes en pays créole* par Bernard de Saint-Jorre, *Initiation aux secrets de la Kabbale* par Nadine Audibert et le reste à l'avenant.

— C'est pour faire quoi ? lui demanda-t-elle indignée tandis que l'avocat qui l'avait aperçue lui faisait de grands gestes.

Augustin ne sut que dire.

— Si c'est pour m'endiabler, tu perds ton temps ! grommela-t-elle en s'éloignant. Tous ces livres ne peuvent rien contre le protègement que j'ai acheté des mains de Grand Z'Ongles en personne !

10

L'inspecteur Dufrémont fumait Gitane sans filtre sur Gitane sans filtre, prenant un malin plaisir à faire ressortir la fumée par ses narines et par sa bouche tout à la fois, ce qui l'enveloppait dans un halo bleuté, mais juste quelques secondes car un ventilateur à pied brassait l'air à une vitesse démentielle. L'appareil fascina Augustin Valbon qui se demanda s'il était réellement plus puissant que tous ceux qu'il avait pu voir jusqu'à présent ou si son mécanisme s'était déréglé. Le professeur s'employait à ne penser à rien depuis qu'un fourgon de police l'avait cueilli au sortir du Tango-bar, la veille au soir, sur le coup de onze heures, pour le conduire au commissariat de Fort-de-France en dépit des criaillements de mangouste affolée de Lisette. Placé dans une cellule sans fenêtre, il avait eu tout le loisir de méditer sur les aléas de son existence qui tout à coup lui paraissait bien plus riche en péripéties que toutes les histoires qu'il imaginait, couchait sur le papier avant, pour la plupart, de les déchirer et de les flanquer à la poubelle.

Il était déjà un personnage de roman!

Au matin, deux pandores, à l'air peu amène, lui avaient apporté l'un une serviette et un savon de Marseille, l'autre un café et un bout de pain beurré. Il avait bien tenté de se rafraîchir mais le robinet du minuscule lavabo, qui se trouvait dans un angle de la cellule, fonctionnait à peine. Il entendait des saoulards brailler ou vomir dans les cellules d'à côté. L'un d'eux avait entonné *La Marseillaise* et exigeait d'être reçu par « le général qui a sauvé la France et dont le nom m'échappe ». Augustin avait l'impression d'avoir du coton à la place de la cervelle. C'était une sensation à la fois étrange et désagréable quoique point douloureuse du tout. Comprendre ce qui l'avait conduit à se retrouver parmi les malfaiteurs et amateurs de rhum de l'En-Ville relevait du mystère : il n'en voyait pas de cause plausible. Certes, il devait à nouveau plusieurs mois de loyer à Man Édouarlise, mais comme elle souffrait de fréquentes crises de rhumatisme, elle était bien contente d'avoir quelqu'un à ses côtés dans ces moments-là, surtout qu'elle ne se gênait aucunement pour demander à Augustin de lui masser les mollets, l'un à l'aide d'un onguent de fabrication créole à base d'herbe-à-tous-maux, l'autre à l'aide d'une pommade pharmaceutique.

— Remède de Nègre, remède de Blanc, hon! On verra lequel me baillera un soulagement le plus vite…

Sinon, à part cette menue infraction, il ne voyait franchement pas ce que la loi avait à lui reprocher. Il évitait de se mêler à l'intense trafic d'objets et de bijoux volés qui avait cours aux Terres-Sainville. Quant aux marchandises dérobées sur le port par les dockers, l'exiguïté de la pièce qu'il sous-louait était telle qu'il n'aurait pu y placer aucun de ces postes de radio en bois verni, électrophones et autres horloges murales qu'on lui proposait à la sortie du Tango-bar aux petites heures du matin. Il n'avait pas non plus de dette de jeu auprès de qui que ce soit. Huit heures avaient sonné à la cathédrale de Fort-de-France, ce qui mit fin à ses vaines cogitations : un inspecteur rougeaud, qui transpirait déjà comme un bourreau sortant du confessionnal et déclara s'appeler Dufrémont, vint l'extraire de sa cellule. L'homme le conduisit dans un bureau d'où l'on pouvait apercevoir une aile de la bibliothèque Schœlcher.

— Si vous vous montrez coopératif, on n'en aura pas pour très longtemps…, grommela le policier.

Puis, durant dix bonnes minutes, il farfouilla dans une incroyable pile de dossiers avant de trouver celui d'Augustin. Ce dernier sursauta à la vue de l'épaisseur de la chemise rouge que commença à consulter l'inspecteur.

— On peut suivre la procédure habituelle, reprit ce dernier, ou alors, on peut aller droit au but. C'est comme vous voulez, cher monsieur… Moi, j'ai tout mon temps. Isidore, tu me prépares un café ?

Une voix à l'accent antillais lui répondit d'assez mauvaise grâce dans la pièce d'à côté.

Comme Augustin ne répondait pas, le policier s'étira de tout son long, faisant craquer ses doigts.

— Au fait, je suis natif de Fécamp… Vous voulez savoir pourquoi je m'entête à rester dans cette île pourrie?… Décidément, vous êtes devenu muet, monsieur le professeur d'histoire et géographie. C'est pas bon signe, ça… Pas la peine de jouer à la forte tête avec moi, je sais y faire avec les types comme vous…

Dufrémont avait été nommé à la Martinique depuis six ans déjà et aurait pu obtenir sa mutation depuis belle lurette vers des cieux moins incléments, mais il raffolait de la morue séchée. Ou plutôt de la façon selon laquelle les cuisinières du pays la préparaient. Toute son enfance durant, il avait respiré l'odeur de ce poisson qu'avaient pêché et continuaient à pêcher, jusqu'à Terre-Neuve, trois générations de Dufrémont et avait été fort surpris de trouver le même engouement chez les Martiniquais. Dans tous les postes où il avait exercé à travers l'Hexagone, avant de venir dans l'île, il avait eu les pires difficultés à trouver son plat favori.

— Bon-bon, venons-en aux choses sérieuses, mon cher monsieur! fit-il en regardant Augustin droit dans les yeux. Ce livre, vous l'avez caché où?

— Quel livre?

— Allez, faites pas l'idiot! On ne va tout de même pas y passer la journée. Vous avez fait des études, vous êtes un homme cultivé, n'est-ce pas, alors, de grâce, n'essayez pas de finasser avec moi ! Dites-moi ce que vous avez fait de ce fichu bouquin et…

— Je ne vois pas à quoi vous faites allusion, rétorqua Augustin d'un ton empreint d'une telle sincérité que le policier en fut quelque peu ébranlé.

Son subordonné lui apporta une tasse de café en lorgnant le jeune mulâtre d'un air soupçonneux. Ce dernier le reconnaissait à présent ! C'était Isidore, un garde-caca comme la négraille surnommait les agents de police, qui habitait à la rue Marat et qui prétendait y faire régner sa loi. Pas de joueurs de dés ou de batteurs de tambour au bas de chez lui après dix heures du soir. Pas de voitures garées sur le trottoir durant la journée. Très fier de son uniforme, il avançait la tête toujours haute tel un coq de combat, ne prenant la hauteur de personne, sauf lorsqu'il s'agissait de faire une réprimande ou de proférer quelque menace.

— Avec ce genre de zouaves, glissa-t-il à l'inspecteur Dufrémont, faut plutôt employer la manière forte !

Augustin n'ignorait pas que le garde-caca lui vouait une haïssance sans limites. Sans doute parce qu'il représentait à ses yeux un très mauvais exemple, celui de quelqu'un qui avait volontairement abandonné ce que lui considérait comme la trajectoire idéale pour aller se vautrer parmi les voyous et les putaines. Le jeune homme démontrait, sans le vouloir, l'inanité de ses aspirations. Le désir de parler le beau français-France. La soif de respectabilité.

L'envie irrépressible de s'éclaircir le teint ou alors, par sa descendance, la race, comme l'on disait toute honte bue. Il avait d'ailleurs fait savoir à Augustin, par personne interposée, qu'un jour, il aurait sa peau. Le professeur d'histoire et géographie cesserait alors tout net de farauder aux Terres-Sainville et de le narguer, lui le fils du peuple, devenu policier par la force de son esprit et de son travail. Par chance, l'inspecteur Dufrémont l'ignora.

— Curieuse fin, n'est-ce pas ? lâcha le natif de Fécamp, sans faire mine de s'adresser à Augustin en particulier.

— Fin de quoi ? de qui ?

— Eh bien, du Grand Maître de l'Invisible, mon cher monsieur. Ne me dites pas que vous n'êtes pas au courant ! Vous devez d'ailleurs être le premier, le tout premier, à connaître la nouvelle.

— Je ne comprends toujours pas…

— Grand Z'Ongles est mort ce matin à l'aube. Enfin, l'autopsie nous dira si c'est à l'aube ou au milieu de la nuit. Votre ami le quimboiseur s'est suicidé ou a été suicidé — ça, c'est à l'enquête de le dire — à l'aide de sept cravates de sept couleurs et de sept tissus différents. Jolie mise en scène, n'est-ce pas, monsieur Valbon ?

L'écrivain raté demeura le bec coué. Il avait fini, comme la plupart des habitants des Terres-Sainville, par s'imaginer que le célébrissime quimboiseur (on venait le consulter de tous les coins de l'archipel des Antilles) était éternel. Il l'avait d'ailleurs aperçu l'avant-veille qui remontait la rue Brithmer de son pas lourd, cognant le trottoir avec sa canne, les yeux fixes et rivés sur les passants qui arrivaient en face de lui lesquels s'éparpillaient dans les ruelles adjacentes telles des poules effrayées à la vue de quelque rapace-mensfenil. Augustin avait été alors tenté de l'aborder. Après tout, il n'était pas natal du quartier et n'était pas obligé de se soumettre aux règles de ce dernier. Puis il s'était ravisé et avait suivi l'homme, à distance respectueuse, jusqu'à sa maison que cachait une sorte de barrière faite de planches et de feuilles de tôle ondulée dont certaines étaient rouillées. Augustin, qui ne s'était jamais aventuré dans cette rue — en fait, une impasse, adjacente à la rue Bolívar, qui se terminait par un petit escalier tortueux d'où l'on pouvait accéder au bas du Morne Trénelle —, remarqua que les maisons qui encadraient celles de Grand Z'Ongles étaient toutes soit hermétiquement fermées, soit à l'abandon. Des arbres poussaient même à l'intérieur de ces dernières. Arrivé sur le pas de sa porte, le sorcier s'était soudain retourné comme s'il avait deviné une présence. Le jeune homme eut juste le temps de bondir derrière un poteau électrique. Lorsqu'il se résolut à sortir de sa cachette, Grand Z'Ongles avait disparu. L'impasse était parfaitement tranquille, hormis une grappe de chats-marrons qui s'amusaient à s'étriper. Au moment où il s'apprêtait à frapper à la singulière porte en bois massif qui détonait avec le reste de la maison, un claquement de langue l'arrêta. Non loin de l'escalier, une femme, appuyée sur son balcon, en soutien-gorge à cause de la chaleur, lui faisait signe de ne pas s'approcher de chez Grand Z'Ongles. Elle portait un masque de frayeur sur le visage qui parut tellement exagéré à Augustin qu'il dut réprimer une envie de rire. La femme lui fit ensuite signe d'approcher.

— Il… il ne reçoit pas sans rendez-vous, monsieur, lui chuchota-t-elle, et ses rendez-vous, ça se passe toujours en pleine nuit. Vous ne le saviez pas ?

Augustin fit un hochement de tête négatif.

— Mon pauvre monsieur, ce bougre-là est terrifiant si on le dérange. Croyez-moi ! J'habite dans cette rue depuis dix-huit ans, c'est-à-dire trois ans avant qu'il ne débarque ici…

— On dit qu'il possède un livre qui…

— Chuuut ! Mais vous êtes complètement fou, jeune homme, il pourrait nous entendre… Quant à cette histoire dont vous me parlez-là, j'en sais rien. Allez, bonne chance !

Augustin Valbon se demandait si quelqu'un l'avait vu filer Grand Z'Ongles. Les Terres-Sainville étaient un repaire de Nègres-maquereaux et d'indicateurs de police. À moins que la femme qui l'avait dissuadé de frapper à la porte du quimboiseur ne l'ait trahi. Tout était possible et imaginable en ce bas monde.

— Très étrange ce… ce suicide…, finit-il par lâcher.

— Pourquoi suicide ? se rétracta l'inspecteur Dufrémont, vous étiez là quand ça s'est produit ? Vous l'avez peut-être aidé à se pendre ?… À moins que ce ne soit vous qui lui ayez acheté les cravates ?

— Jamais de la vie ! Je n'ai pas mis de cravate depuis ma première communion…

— On fait de l'humour à ce que je vois… Votre séjour à l'ombre n'a apparemment pas été suffisamment long, mon cher Valbon.

Le natif de Fécamp eut l'air soudain accablé. Il se saisit de son sandwich à la morue séchée et lui flanqua un grand coup de dent qui fit couler un filet d'huile sur son poignet, ce dont il n'eut cure. Il observa à nouveau longuement le jeune mulâtre, puis, d'un air désabusé, il s'écria :

— Isidore, emmenez l'autre !

Un cliquetis de cadenas se fit entendre dans le couloir. Suivi de pas lourds. Et des vociférations en arabe. Le garde-caca devait presque traîner par les menottes Walid, le commerçant syrien le plus apprécié des petites gens auxquels il faisait crédit sans sourciller. À la rentrée des classes, son magasin, « Les Merveilles de Damas », situé tout au bas de la rue François-Arago, non loin de la Pointe Simon, ne désemplissait pas. D'ailleurs, lorsque M. Bardet l'avait réprimandé sur sa tenue vestimentaire, c'était chez lui qu'Augustin avait acheté un lot de « chemises pour instituteurs » et deux pantalons en tergal. Mais de cravate, alors là, jamais de la vie ! La Bohème était formelle : il était hors de question d'arborer ce ridicule substitut pénien, emblème de l'occidentalité flamboyante (ou consentie).

— C'est lui ? demanda le commissaire au

Levantin qui ressemblait à quelqu'un qui n'avait pas dormi depuis plusieurs jours.

— Heu… je… je crois, mais j'en… j'en suis pas sûr…

— Comment ça, pas sûr ? Hier, quand je t'ai montré sa photo, tu n'as pas eu une seconde d'hésitation !

— Sur… la photo, oui, j'ai reconnu l'agresseur, mais ce… ce monsieur, il ressemble pas tellement à… à la photo…

— Pour la dernière fois, Walid Mansour, peux-tu confirmer qu'il est venu à ton magasin il y a dix jours et t'a acheté sept cravates de sept couleurs et sept tissus différents ? Attention, Walid ! Attention à ne pas mentir ! Cela peut te coûter cher. N'oublie pas que ta demande de naturalisation est en cours !

Le Levantin me détailla, cherchant sans doute désespérément dans sa mémoire le déclic qui lui permettrait de confirmer ses dires. Il avait le souffle court des obèses et ses lourdes paupières lui faisaient un regard de vieux reptile. Je le regardai dans le blanc des yeux, sûr de ma bonne foi. Il baissa alors la tête et murmura :

— Non… non, j'en suis sûr, commissaire, ce n'est pas ce monsieur…

11

Dit de Charlemagne.

Il convient d'éviter d'aller chercher un crâne soi-même. Faut jamais faire ça sinon vous allez au-devant des pires emmerdations, oui!... Et puis, n'écoutez pas mon cher collègue Zoklet, plus couillon que ses deux pieds, lorsqu'il vous assure qu'il faut choisir celui d'un homme qui s'est montré malin au cours de sa vie. Ce qu'il y a de mieux, c'est le crâne d'un innocent. Oui, d'un enfant décédé avant qu'il sache coller deux mots de français entre eux, ou d'une femme restée vierge, ou encore d'un abbé qui n'a pas eu d'enfant avec sa bonne. Parce qu'avec cette histoire de personne maligne, vous risquez de tomber sur un franc-maçon et là, vous êtes foutu!... C'est comme cet énergumène de Basse-Pointe qui m'avait proposé un million pour lui en trouver un et qui, lorsque j'ai refusé, s'en était allé voir le fossoyeur du Morne Rouge, un Nègre peu scrupuleux et pas regardant. Dès le premier soir, la tête de mort s'est mise à le commander. Il ne pouvait pas trouver un brin de sommeil. Il mangeait son âme en salade sans discontinuer. Sa femme n'avait de cesse de lui demander :

— À qui tu as fait du mal comme ça, hein ?

Et lui, incapable d'avouer son forfait, de courir jusqu'au bassin de la courette située derrière leur maison et d'y plonger sa tête blouf ! espérant y trouver un soulagement, mais, rien de rien, foutre ! Ses tempes éclataient et ses yeux étaient comme prêts à jaillir de leurs orbites. Final de compte, le crâne lui a intimé l'ordre sans appel suivant :

— Compère, va sous le porche de ma maison, tu y verras un bac à fleur dans lequel pousse un pied de bougainvillée jaune, soulève-le ! En dessous, tu trouveras une feuille de papier pliée en quatre. Prends-la sans que ma femme te voie et va l'enterrer dans la fosse commune du cimetière. C'est seulement comme ça que je t'autoriserai à retrouver le sommeil…

L'énergumène fut bien obligé de s'exécuter. Mais dans la semaine qui suivit, tous les commerçants de Basse-Pointe se mirent à dépérir : celui-là devint maigre comme un balai-zo et fut transporté d'urgence à l'hôpital, un autre fut foudroyé par une congestion alors qu'il pesait une livre de pois rouges pour un client, tel autre encore perdit la raison et se mit à drivailler presque nu dans les rues au grand dam de sa famille. Évidemment, un à un, leurs commerces périclitèrent. Si bien qu'un jour, il ne resta plus qu'une seule commerçante valide dans la commune, une vaillante bougresse qui avait été amarreuse de canne dans son jeune temps et qui savait ce que voir de la misère bleue-Congo veut dire. Elle attrapa l'énergumène par le collet qui, pris de remords, avoua ses accointances diaboliques et l'obligea à la conduire à la chapelle où le crâne du commerçant jaloux avait été placé. À coups de hache, elle démolitionna le tout en trente-douze mille morceaux avant d'exiger qu'il la conduise à l'endroit où il avait enterré le bout de papier. Quand elle défroissa ce dernier, elle remarqua que de toute la liste des commerçants de Basse-Pointe qui avaient été condamnés à disparaître, seul son nom avait été mal orthographié. En fait, il avait été carrément écorché et elle en déduisit que cette simple erreur l'avait protégée. Chacun comprit après que la tête de mort, celle d'un riche commerçant d'obédience franc-maçonne, ne voulait pas qu'après sa mort, d'autres que lui puissent prospérer.

Francs-maçons, adventistes et communistes, trois engeances maudites à fuir à tout prix !

Donc, quand tu soulèves la terre avec ta pelle, eh ben le mort, bien qu'il soit à l'église, allongé dans son cercueil, il t'observe, il surveille chacun de tes gestes : si tu craches par terre, si tu injuries ou bien si tu t'envoies une rasade de tafia. C'est que tout fossoyeur doit du respect à celui qu'il va porter en terre, que le défunt ait été homme ou femme, vieux-corps ou jeunesse, pauvre ou riche, gros ou échineux, noir, mulâtre, chabin, indien, chinois, syrien ou blanc créole, croyant ou mécréant. Devant la mort, tout le monde est égal-égaux ! C'est pourquoi il existe une prière connue de nous seuls que nous devons réciter à mi-voix pendant que nous peinons à la tâche. Cette prière n'est marquée nulle part, dans aucun livre, elle se transmet de bouche à oreille, de génération en génération. Dedans il y a des mots caraïbes, des morceaux de litanies chrétiennes, des conjurations rescapées de l'Afrique-Guinée et des exhortations hindoues. C'est un migan d'appels au secours à tous les dieux que nous dévotionnons dans ce pays, que ce soit en grand ou en cachette.

Sinon, en cas de dérespectation du mort, tu cours le risque d'être enseveli pendant que tu es en train de creuser sa tombe. C'est que tous les terrains ne sont pas même-pareils dans un cimetière : il y en a de rocailleux, d'autres qui sont retenus par les racines des arbres, d'autres encore qui sont très friables parce qu'en dessous coulent des rigoles souterraines. Il faut surtout craindre les terrains traîtres. Ceux-là, au premier coup de fourche, celui qui sert à tâter le sol, ils te baillent l'impression d'être solides, alors tu fais confiance. Tu creuses, tu creuses, tu descends dans le trou à mesure qu'il s'enfonce dans les entrailles de la terre. Au moment d'y descendre le cercueil, tu es tellement en confiance que toi, ou l'un de tes aides, n'hésite pas à sauter dans le trou et là, blouf! la terre se met à bouger-tremblader et te voilà enseveli en un virement de main. Sinon les instructions municipales sont formelles : la profondeur du trou ne doit pas être inférieure à un mètre cinquante. Moi personnellement, je descends jusqu'à un mètre soixante-quinze. Cette règle a pour but d'empêcher les mauvais vivants de venir la nuit déterrer les cadavres et, pendant les grosses pluies d'hivernage et le temps-cyclone, d'éviter que les cercueils ne soient charroyés. Un cercueil, ça doit être bien au chaud dans les bras de Manman-la-terre, oui!

S'il y a, par contre, un point sur lequel je suis d'accord avec Zoklet, mon cher collègue Zoklet, c'est celui-ci : un mort possède quatre-vingt-dix pouvoirs en plus qu'un vivant. C'est pourquoi face à quelqu'un qui vient de rendre l'âme, il faut coudre sa bouche. Rester muet. Le Livre de Job nous l'explique ainsi :

« Fixant les yeux sur Job, ils ne le reconnurent pas. Alors ils éclatèrent en sanglots. Chacun déchira son vêtement et jeta de la poussière sur sa tête. Puis s'asseyant à terre près de lui, ils restèrent ainsi pendant sept jours et sept nuits. Aucun ne lui adressa la parole, au spectacle d'une si grande douleur. »

12

« L'affaire du directeur Bardet » comme l'avait titré la presse ne fit pas long feu. Quelques mois après son arrestation, le propriétaire de l'École de la Réussite foyalaise passa devant les tribunaux où il écopa d'une peine de trois années d'emprisonnement ferme et cinq cent mille francs d'amende. Augustin Valbon et ses collègues avaient espéré qu'une solution provisoire serait trouvée, la secrétaire pouvant, par exemple, jouer le rôle de gérante, mais il s'avéra que cette dernière, qui fut condamnée elle aussi mais avec sursis, avait trempé dans les affaires louches de M. Bardet. Elle s'arrangeait pour transvaser la moitié des subventions que la municipalité accordait à l'établissement sur les multiples comptes en banque du forfaiteur. Toutefois, ni la police ni la justice ne purent établir avec certitude qu'elle avait été sa maîtresse. On s'interrogea donc longtemps (et vainement) sur ses motivations pour arriver à la conclusion, du moins selon la rumeur publique, qu'elle avait un caractère beaucoup moins trempé que celui qu'elle affichait et qu'en fait elle obéissait au doigt et à l'œil à son patron.

Toujours est-il qu'Augustin se retrouva du jour au lendemain avec des courants d'air dans les poches et sans le moindre espoir de pouvoir sortir la tête hors de l'eau dans un délai raisonnable ou en tout cas supportable. Certes, Lisette, qui ne sollicitait jamais ni argent ni cadeau, ne le laisserait pas s'engueuser et le boutiquier chinois Huang-Ho continuerait à remplir son carnet de crédit sans s'émouvoir de ce que les pages de dettes s'y succèdent à un rythme effréné. Quant à sa logeuse, Man Édouarlise, nul doute qu'elle babillerait à longueur de journée, qu'elle jacasserait dans sa tête, le houspillerait même, mais comme elle était une femme de cœur, il était peu probable qu'elle le chassât de chez elle. Le vrai souci, en fait, d'Augustin était sa relation, pour lui vitale, avec la Bohème. Il était convenu, en effet, que chacun des membres devait payer une tournée une fois par semaine et le restaurant une fois par mois. Or, ni le bar de l'hôtel L'Impératrice ni Les Saveurs créoles, leur cantine de la rue Lamartine, ne pratiquaient le crédit, chose qui n'avait plus cours que dans les quartiers plébéiens. Pouvait-il couper totalement les ponts avec Fanfan, Dampierre et le restant de la bande? Augustin savait bien que non. N'aimait-il pas à se définir comme un poisson nageant entre deux eaux? Il avait tout autant besoin de la vie trépidante de la négraille des Terres-Sainville, de ses aigrefins, quimboiseurs, djobeurs, maçons, boutiquiers et autres femmes qui vendent leur devant que de l'atmosphère compassée et parfois vieille France du centre-ville.

Un beau jour, alors qu'il était à deux doigts d'aller quémander du secours à son industriel de père, chose qui blessait profondément son orgueil, il eut la surprise de recevoir un appel téléphonique du responsable en chef de la bibliothèque Schœlcher. Qu'un homme plein de hautaineté et si réservé sache où il habitait et surtout à quel numéro l'appeler l'étonna grandement. Par bonheur, Man Édouarlise, qui ne tolérait aucun appel qui ne lui soit pas destiné, était partie vendre ses gâteaux sur la place de l'Abbé-Grégoire.

— Je souhaiterais vous voir de toute urgence, monsieur Valbon, fit-il de sa voix de tête.

— Moi ?

— Vous-même, oui...

— Je peux savoir de quoi il s'agit ?

— Je préférerais vous l'expliquer de vive voix. C'est assez délicat, voyez-vous...

— Quand dois-je venir ?

— Tout de suite, si vous en avez la possibilité.

Le bibliothécaire portait sa sempiternelle blouse grise et faisait les cent pas dans la grande salle de lecture, mains croisées derrière le dos, manière pour lui d'impressionner les lycéens et sans doute de les dissuader de chaparder. Il observa Augustin par-dessus ses lunettes qu'il plaçait jusqu'à l'extrémité de son nez qu'il avait pointu et dont il était visiblement fier dans un pays où avoir cette partie du visage plate ou camuse vous complexait pour la vie. Il lui fit un signe discret de se rendre à son bureau et se mit à donner des instructions à voix basse à l'une des aide-bibliothécaires. Il faisait anormalement frais dans le cagibi où le maître des lieux officiait bien qu'Augustin ne distinguât aucun ventilateur.

— Je suis à vous, mon cher Valbon ! Et d'abord merci d'avoir répondu si vite à ma sollicitation !

L'homme paraissait un brin gêné. Nerveux en tout cas. Ce qui ne lui ressemblait guère. Il fit signe à Augustin de s'asseoir mais demeura debout.

— Voilà !... Par où commencer ?... Vous connaissez M. Julinat, si je ne m'abuse ?

— L'ancien surveillant général du lycée Schœlcher ?

— Lui-même ! Vous n'ignorez pas, pour avoir fréquenté notre institution, qu'il était un érudit tout à fait étonnant tant en matière d'histoire des Antilles que d'archéologie précolombienne ou de botanique...

— Je sais qu'il se passionnait pour la participation de volontaires martiniquais à la guerre du Mexique, fit Augustin de plus en plus perplexe.

— Entre autres ! Entre autres, mon cher ami !... En fait, ce bon M. Julinat avait de multiples cordes à son arc, voyez-vous... Il faisait parfois aussi dans le frivole, le léger...

Augustin ne voyait absolument pas où le bibliothécaire en chef voulait en venir et bien qu'il mesurât la gêne qui l'étreignait, il ne pouvait rien faire pour l'aider, ce qui le mit mal à l'aise à son tour. Un silence pesant s'installa entre eux. L'homme finit par gagner son fauteuil et se mit à triturer un stylo Montblanc, les yeux rivés au plafond.

— Bien… j'irai droit au but, monsieur Valbon. Voici : M. Julinat écrivait des livres pour… pour les éditions Baldaquin…

Augustin sursauta.

— Je ne suis pas du tout en train de plaisanter. Il fallait bien qu'il paye ses pensions alimentaires. Pour votre gouverne, il a subi deux divorces…

— Je le croyais célibataire endurci.

— C'est vrai que M. Julinat avait une allure de vieux garçon, mais il a bien été marié et a des enfants, certains de votre âge, je crois…

Augustin venait de se rendre compte que le bibliothécaire parlait du surveillant général au passé. Il eut alors une pensée émue pour celui qui avait tant amusé ses vertes années lorsqu'il poursuivait les élèves turbulents dans les coursives du lycée. Ou qu'il les convoquait pour leur annoncer qu'il les avait placés en retenue tel mercredi après-midi.

— Venons-en à ce pourquoi je vous ai mandé, monsieur Valbon !… J'ai un souci, un énorme souci. M. Julinat était mon demi-frère. Cela, peu de gens le savent. Mon père, comme tous les grands mulâtres des années 1900, a semé de la marmaille un peu partout. C'était normal à l'époque, voyez-vous… J'ai donc cosigné, avalisé plus exactement, le contrat qui le lie aux éditions Baldaquin. Une sacrée somme ! Cent cinquante mille francs pour trente-deux romans…

— Bigre !

— Comme vous dites…

— Il n'a pas eu le temps de tous les rédiger, j'imagine…

— Vous y êtes, mon cher Valbon ! Il en a quand même publié onze… sous le pseudonyme de Lionel-Henri de Médrac…

Le bibliothécaire en chef, baissant le ton comme si quelqu'un pouvait l'entendre, révéla qu'il s'agissait bien entendu de romans d'amour exotiques mais avec un arrière-plan fantastique.

— Des romans à l'eau de rose avec un zeste de ciguë ? fit Augustin afin de détendre l'atmosphère.

— Je n'en ai lu aucun ! rétorqua, un brin agacé, son interlocuteur. Toujours est-il que maintenant, je me vois contraint de rembourser l'éditeur pour les vingt et un ouvrages restant à écrire…

— M. Julinat ne vivait pas sur un grand pied, me semble-t-il. Vous devriez pouvoir retrouver cette somme sur son compte.

— Oh non ! Que non, mon bon ami ! La dernière femme avec qui il avait concubiné avait malheureusement conservé une procuration sur ledit compte et l'a vidé dès l'annonce du décès de mon demi-frère. Vous connaissez bien l'espèce féminine, monsieur Valbon.

Le bibliothécaire en chef voulait tout bêtement qu'Augustin prenne la place du défunt auteur. En clair, qu'il rédigeât le reste des ouvrages prévus par le contrat ! Il y allait de sa vie, de sa survie plutôt, précisa-t-il, car en cas de saisie de ses biens, il n'avait personne sur qui compter. Le vrai célibataire endurci, c'était lui et non M. Julinat. Il s'empressa d'ajouter que ces romans à l'eau de rose rapportaient des droits d'auteur plus que conséquents et qu'Augustin y trouverait largement son compte.

— Naturellement, tout cela restera entre nous, monsieur Valbon ! J'ai lu vos trois ouvrages, je connais et respecte vos ambitions littéraires, ambitions fort louables dans un pays où chacun n'aspire qu'à un médiocre bien-être matériel... Je ne vous demande pas de les abandonner pour devenir Lionel-Henri de Médrac. Pas du tout !... D'ailleurs, qui en saura quelque chose ? Ce sera un secret entre vous et moi.

Augustin frémit à l'idée que la Bohème pût apprendre qu'il commettait désormais des romans de gare. Seulement, il n'avait plus un sou vaillant depuis la fermeture de l'École de la Réussite foyalaise, les piges qu'il effectuait à *La Voix des Antilles* lui rapportant juste de quoi s'acheter du savon, du dentifrice et des cigarettes, et il ne doutait pas que son père exercerait sur lui, avant de l'aider, son chantage habituel :

— Regagne ton monde, Augustin, et toutes les portes s'ouvriront devant toi ! Je peux te trouver dès demain matin un poste de caissier au Crédit martiniquais. Avec ta licence en droit, dans deux ans, tu pourras passer gestionnaire de comptes...

Combien de fois n'avait-il pas dû supporter cette antienne ?

— Je suis votre homme…, finit-il par capituler.

Le bibliothécaire en chef, soulagé, se leva d'un bond de son fauteuil et vint lui faire un abrazo assez maladroit…

13

Cela se manifesta d'abord par un songe. Un songe du devant-jour qui revint à l'identique durant un mois, me plongeant dans une angoisse sans nom. Je constatais alors que le drap dans lequel je m'enveloppais (je dormais nu) était complètement trempé de sueur. Mouillé même. Une tremblade irrépressible agitait mes membres et mes lèvres tandis que mon cœur chamadait si fort que j'en avais mal à la poitrine. Un homme au teint d'ébène, dépourvu d'yeux, le crâne entouré d'un essaim de lucioles, se dandinait dans une savane, non loin d'un gigantesque fromager, chantant d'une voix nasillarde dans une langue bizarroïde quoique mélodieuse. Je me trouvais assis à l'en-haut d'une roche d'où j'observais son manège et, curieusement, j'en éprouvais un bien-être intense. Une sorte de paix régnait sur la terre bien qu'elle ne fût éclairée ni par la lune ni par les étoiles. L'homme me faisait signe d'approcher de sa main aux doigts boursouflés, comme dévorés par la lèpre, et là, je sautais de mon poste d'observation et me mettais à courir à reculons tandis que la créature poussait un hululement terrifiant qui m'arrachait tout net à mon sommeil.

Je ne savais à qui parler de ce phénomène qui avait fini par me perturber au point que j'en oubliais mon emploi du temps à l'École de la Réussite foyalaise et me faisais remonter les bretelles par M. Bardet à cause de mes fréquents retards. Si je m'en ouvrais à ma logeuse, Man Édouarlise, je savais à l'avance ce qu'elle me ferait comme réponse : on t'a endiablé, jeune homme, faut faire venir Grand Z'Ongles là-même ! Lisette, ma douce amie, ma danseuse de tango, qui m'offrait les machines à écrire usagées du cabinet d'avocat dans lequel elle travaillait, m'aurait ri au nez. Elle ne croyait ni dans le Bondieu ni dans le Mal, selon sa propre expression, et était bien l'une des rares personnes des Terres-Sainville à ne pas craindre de marcher dans les rues à n'importe quelle heure de la nuit. Même Manman-Cochon, cet animal mastodonte qui traînait une quinzaine de petits accrochés à ses mamelles et qui portait une chaîne au cou qu'elle traînait sur le sol dans un vacarme assourdissant — âmes errantes d'esclaves suppliciés de jadis, affirmait-on — ne lui faisait pas peur. Quant à la Bohème, il était impossible que j'évoque devant elle ce cauchemar récurrent. Tout-à-faitement impossible. Ces messieurs affichaient, tout poètes qu'ils se flattaient d'être, un cartésianisme qu'ils s'imaginaient digne du Quartier latin. Sans compter que Dampierre n'aurait pas manqué de s'esclaffer :

— Augustin, tout le monde sait que tu es sujet à des hallucinations depuis ta tendre enfance, mon cher. Ha-ha-ha!... C'est en tout cas ce que répète ton père à qui veut l'entendre.

Un beau matin, le spectre revint, moins agressif cette fois, et me fit :

— Tu peux m'aider... Tu dois m'aider!

Puis, il disparut dans un chuintement qui me jeta littéralement hors de mon lit. J'avais sans doute hurlé, car ma logeuse tambourinait à ma porte, me demandant si je souffrais de quelque chose, si le feu avait pris dans ma chambre ou si un voleur avait pénétré par la fenêtre. Je ne répondis rien à ce staccato de questions. Je me sentais épuisé. Comme si je venais de courir vingt kilomètres.

— Vous faites trop de vieux rêves ces temps-ci, Augustin, me reprocha-t-elle lorsque enfin, j'entrebâillai ma porte. Est-ce qu'il y a quelque chose qui chagrine ton esprit?

Je secouai négativement la tête, trop embarbouillé pour entrer dans des explications, et son passage erratique du « tu » au « vous » quand elle s'adressait à moi ne me fit même pas sourire comme c'était le cas d'habitude. Ce matin-là, je devais faire un cours de géographie sur l'Inde à une classe de première littéraire mais je ne parvenais pas à retrouver les notes que j'avais soigneusement préparées deux jours plus tôt. Ce rêve qui revenait sans cesse me rendait distrait. Me perturbait pour dire la franche vérité. J'oubliais les clefs de mon appartement à L'Impératrice, négligeais de rapporter à la date prévue les livres que j'avais empruntés à la bibliothèque Schœlcher, passait sans saluer Huang-Ho, le boutiquier chinois, et, « plus pire », pour reprendre une expression comique de ma logeuse, ne m'inquiétais plus des intrusions de plus en plus fréquentes de Bertine, ma voisine du dessus, dans mon chez-moi. Que voulait-elle, celle-là ? En plus de maquereller les affaires de Man Édouarlise sans doute espérait-elle secrètement que j'accepte de concubiner avec elle.

— Tu n'auras rien à me payer, m'avait-elle assuré sur un ton de chatte-pouchine. Ta seule chaleur dans mon lit me suffira. Ha-ha-ha ! Allez, quitte cette Lisette qui t'encornaille à la moindre occasion !

J'étais bien en peine de dire si elle plaisantait ou non.

Or donc, le revenant — car je ne pouvais plus douter de la nature de celui qui prenait un malin plaisir à hanter mes songes — changea de tactique. Il préféra apparaître juste quelques instants après que je m'étais endormi, ce qui m'épuisait encore davantage car après son départ, je ne parvenais plus à fermer l'œil.

— J'ai un petit service à te demander..., insistait-il de sa voix au timbre caverneux. Tu veux bien m'écouter ?

— Oui... oui..., m'entendis-je balbutier.

— Voici de quoi il s'agit : je m'appelle Fulbert Louis-André et comme toi, je suis natal de Grand-Anse du Lorrain. Nous n'avons pas vécu aux mêmes époques. J'aurais pu avoir été ton grand-grand-père... Tu m'écoutes ?

— Oui...

— J'ai fait la guerre de 14-18 dans le bataillon créole. Nous avons perdu beaucoup d'hommes dans les Ardennes, mais j'ai pu sauver ma peau, même si c'était avec le bras gauche en moins. J'ai eu de la chance, oui !... Quand je suis revenu en Martinique, j'ai pu trouver un poste de commandeur sur l'Habitation Séguineau. Le Béké qui en était le maître, M. Delavarande de Sainte-Suzanne, n'était pas un scélérat. Rien à dire !... La canne poussait haute et ferme jusqu'au bordage de la mer et des fois, on devait embaucher des Nègres anglais pour nous aider à la couper tellement elle était abondante. Tout roulait donc à l'aise comme Blaise pour moi. J'avais une femme mariée et deux femmes-concubines, plus une tralée de petites marmailles. Tout le monde me baillait honneur et respect dans la commune et même dans celles de Fond-d'Or et de Basse-Pointe. Des Békés d'autres endroits me faisaient des propositions d'embauche très alléchantes mais M. Delavarande s'était montré donnant avec moi et il était hors de question de le trahir...

L'écho d'une violente altercation me réveilla soudain. De la rue fusaient des cris et des injuriées. Des « Patate de ta mère ! » et des « Le cul de ta marraine ! » accompagnés de bruits secs caractéristiques des coups de plat de coutelas donnés sur le dos de l'adversaire. Aussitôt notre rue fut en proie à un grand émoi. Portes et fenêtres s'ouvrirent dans un même ballant, chacun essayant de percer la noirceur pour pouvoir distinguer qui se gourmait de la sorte. Comme toujours, les becs des deux poteaux électriques avaient été fracassés par des gamins emmerdants dès le lendemain de leur pose par les services municipaux. Man Édouarlise s'écria :

— Tous les saints du Ciel, vous ne voyez pas que ce n'est pas une heure pour que deux chrétiens règlent leurs comptes ? Il est onze heures et plus, tonnerre de Dieu !...

— *Kité sé moun-la fè zafè-yo !* (Laisse les gens faire ce qu'ils ont à faire !) rétorqua une voisine de l'immeuble d'en face qu'un obscur différend opposait depuis etcetera d'années à ma logeuse.

Bientôt, il y eut deux combats dans notre rue : un combat de pieds et de poings à même la chaussée et un combat de gueule aux étages entre les deux Négresses entêtées. Tout ce charivari plaisait beaucoup, car certains soirs, on s'ennuyait ferme dans le quartier, surtout en période d'hivernage lorsque le Tango-bar se trouvait dans l'obligation de faire relâche, les rues étant partiellement impraticables à cause du canal Levassor qui débordait, qu'il n'y avait pas de film intéressant au Bataclan et que le boxon semi-clandestin de la rue Bolívar, non loin de l'escalier des quarante-quatre marches conduisant au Morne Trénelle, était « fermé pour travaux ». Il s'agissait là, pour le tenancier du Perroquet bleu, d'une tactique visant à calmer la maréchaussée laquelle y faisait de fréquentes descentes et, dans le même temps, d'un excellent moyen d'aiguiser l'appétit des clients.

— *Sav ki, menm manniè adan an komin ni yon sel mè, si ni dé mè, ni an makoumè, enben adan an kartié pou ni yon sel majò!* (Sache que de même que dans une commune, il ne doit y avoir qu'un seul maire, si y'en a deux, y'en a un qui est forcément pédéraste, eh bien, dans un quartier, il ne peut y avoir qu'un seul fier-à-bras!) rugissait une voix en laquelle tout le monde reconnut celle de Bec-en-or.

Celui qu'il était en train d'agonir d'injuriées et de frapper comme un lambi à l'aide de son coutelas n'était autre que Fils-du-Diable-en-personne, l'ancien major des Terres-Sainville, celui qui y avait régné durant près de vingt ans et dont un mal scélérat avait brisé la trajectoire avant qu'un coup de pied magistral de son jeune rival le terrasse définitivement. En effet, le bougre était parti pour prolonger sa carrière jusqu'à soixante-dix ans au moins, car il possédait une santé de fer et supportait bien le rhum qu'il ingurgitait à-quoi-dire de l'eau de source, quand son sang tourna. Cette curieuse expression désigne la brusque paralysie qui s'empara du visage de Fils-du-Diable-en-personne en plein jour, en pleine rue, aux abords du Grand Marché, alors qu'il était en train de vérifier les charrettes à bras de ses djobeurs et qu'il ramassait la recette de la veille. Ses joues et son front virèrent au rouge foncé, ses yeux s'écarquillèrent de manière démesurée tandis que de la bave se mit à couler aux commissures de ses lèvres agitées par des secousses intermittentes avant qu'il ne s'effondre de tout son long sur la chaussée. Il n'avait pu être transporté à l'hôpital colonial que deux heures plus tard, personne n'osant prendre une décision quant à son sort, certains espérant secrètement que Basile-la-mort viendrait pour l'emmener avec lui. Fils-du-Diable-en-personne ressortit de l'hôpital, deux mois plus tard, sur des béquilles, s'exprimant avec malaisance et n'y voyant plus très bien. Bec-en-or, qui attendait son heure, ne se fit pas prier : il s'empara d'autorité de la plus jeune des concubines de son aîné, Floriane, une Bâtard-Indienne ravissante arborant une natte qui lui descendait jusqu'aux creux des fesses. Ensuite, il se mit à faire régner sa loi aux Terres-Sainville sans que personne n'y trouve rien à redire. Et quand Fils-du-Diable-en-personne tenta de reprendre sa couronne, il l'étala de tout son long en pleine rue Brithmer. Mais tout cela était de l'histoire ancienne et on ne comprenait donc pas les raisons de leur affrontement nocturne.

— Arrête cette scélératesse ! rugit une voix dans le noir.

— Je ne profite sur personne, rétorqua Bec-en-or. Si Fils-du-Diable a pris sa retraite, pourquoi il s'entête à sucrer les oreilles de Floriane ? Qu'il reste tranquillement dans son trou et tout ira bien pour lui !

L'ancien fier-à-bras en profita pour ramasser ses béquilles, se redressa avec toutes les difficultés du monde et se retira la queue entre les jambes sous les quolibets et les éclats de rire de la populace. Scène à vrai dire assez ordinaire dans le quartier. Je retournai me coucher, plutôt content que cet intermède ait interrompu mon rêve et fait fuir le revenant qui n'avait de cesse de me harceler, mais à peine avais-je posé la tête sur l'oreiller qu'il revint à la charge :

— Je suis sûr que tu peux m'aider. Bien entendu, tu ne le feras pas pour rien. Je te récompenserai.

Et l'apparition de m'expliquer qu'elle avait eu le malheur d'avoir été enterrée dans l'allée centrale du cimetière de Grand-Anse faute de place à l'époque, un éboulement ayant emporté la partie de terrain où se trouvait sa concession à la suite d'un cyclone méchant. Depuis lors, l'homme, qui déclara s'appeler à présent Albert Andrassamy, son patronyme le désignant donc comme un Indien-Kouli, disait souffrir de mille morts car à chaque enterrement, le cortège piétinait ses restes. À l'inverse de ses compatriotes qui, au début du siècle, croupissaient dans une misère sans manman ni papa, il avait réussi, à la force du poignet, à en imposer qui au maître béké qui aux Nègres jusqu'à devenir géreur d'habitation, poste réservé aux plus dociles ou aux plus méritants d'entre ces derniers. Il baillait les ordres le matin avant la coupe de la canne à sucre, décidait d'embaucher et de débaucher qui il voulait, vérifiait la paye du samedi en compagnie de l'économe afin que les éventuelles retenues (pour faute ou pour absence) soient bien effectuées et était le seul à rendre des comptes au patron, lequel lui faisait entière confiance.

— Plus personne ne m'appelait Kouli-mangeur-de-chien ! On me baillait du Monsieur Z'Indien et quand je descendais au bourg faire des commissions, nul ne troussait le nez sur mon passage.

Albert Andrassamy était aussi un prêtre hindou réputé qui maniait le tamoul à la perfection et avait été placé dès sa naissance sous la protection du dieu Maldévilin. Il grimpait sur la lame effilée du coutelas que deux officiants tenaient à bout de bras, au cours des cérémonies, afin de demander aux divinités des grâces pour les fidèles. Il servait d'intercesseur entre l'infinie bonté de celles-ci et la soif de dignité, de simple dignité, de ceux-là. Même les Blancs et les Nègres avaient recours à lui quand leurs dieux à eux se montraient incapables de solutionner leurs problèmes. Mais il fréquentait aussi l'église catholique comme tout un chacun, lâchant d'une voix guillerette :

— Entre notre Mariémen et leur Marie-Aimée, il n'y a guère de différence, vous savez !

Albert Andrassamy, contrairement à son habitude, prolongea sa visite jusqu'aux aurores. Il raconta son existence terrestre par le menu, n'oubliant aucun détail, aucune phrase qui pût avoir quelque importance, aucun événement, du plus futile au plus grandiose, aucun nom d'Indien-Kouli, de Nègre, de Béké, de mulâtre, de chabin, de Bâtard-Chinois et même de Syrien, car ces derniers avaient débarqué en masse à l'orée du siècle et saltimbanquaient à travers les campagnes, poussant des brouettes lourdement chargées de vêtements, de peignes, de sacs, de chaussures à bon marché, de parfums et de colifichets. Le père de Walid

Mansour fut l'un de mes meilleurs compères, conclut-il, avant de disparaître au moment exact où les premières lueurs du devant-jour traversèrent les persiennes de l'appartement.

— Pourquoi avez-vous d'abord menti sur votre nom, eus-je le temps de lui demander.

— Pour t'apprivoiser ! Ha-ha-ha... Un nom bien français, ça effraye moins qu'un nom d'Indien-Kouli, non ?

Je fus si-tellement épuisé par ce songe que je dormis jusqu'au soir, oubliant net que j'avais des cours à assurer à l'École de la Réussite foyalaise...

TROISIÈME BALLANT

Ceux qui parient sur l'écriture ne font, sans le savoir, que philosopher sur les traces de Pascal. Soit, en effet, celle-ci vous sauve du désastre, soit elle ne résout ni ne dénoue aucun des nœuds de votre vie.

Vérité vraie, oui!

Les mots allongés sur le papier (ou sur tout autre support) sont plus dangereux que leurs alter ego *qui tigent de nos bouches. C'est qu'une parole peut être innocente, ou en tout cas prononcée en toute innocence, alors qu'un signe écrit l'est toujours en toute connaissance de cause.*

C'est pourquoi les gens de jadis croyaient raide-et-dur qu'il y avait de la maudition dans l'écriture, oui…

14

Dès le surlendemain de son entretien avec le bibliothécaire en chef, Augustin se mit à la tâche après avoir rangé son orgueil sous le plat de ses pieds et tourné sept fois son stylo dans son encrier. Il écrivait encore avec cet instrument antédiluvien, n'acceptant de taper à la machine à écrire (avec un seul doigt!) qu'une partie de ses manuscrits, ceux dont il abreuvait régulièrement les éditeurs germanopratins et qui lui revenaient tous, deux ou trois semaines plus tard, avec le même courrier convenu lui annonçant que son texte n'entrait dans aucune de leurs collections, tout pétri de qualités qu'il fût. Depuis la publication, quatre ans plus tôt, de son roman chez cet éditeur déconsidéré qui n'en avait sorti que cinq cents exemplaires afin de n'avoir pas de droits d'auteur à lui verser, il avait, chaque année, avec une persévérance admirable, pondu une œuvre, persuadé que la chance finirait bien par lui sourire un jour. Ces manuscrits étaient précieusement enveloppés dans des chemises plastifiées et empilés dans une valise caraïbe placée sous son lit. Augustin avait conscience qu'ils constituaient son seul et unique bien sur terre, son père ayant déjà dû le déshériter au profit de sa sœur aînée, Louise-Amélie, un grand cheval qui avait fait fortune dans le business et qui était la fierté de la famille, créature dont Augustin n'avait pas croisé la route depuis l'époque où le Diable n'était qu'un petit garçon (expression favorite de leur nounou, Clémencia) et dont il n'avait des nouvelles qu'à travers la rubrique mondaine des journaux.

— Je suis donc enfin devenu ce que j'ai toujours été..., marmonna-t-il, un écrivailleur... un écrivassier... un scri-bouillard... un griffonneur...

Dans son amertume, il ne faisait que reprendre les termes dépréciatifs que son père lui voltigeait au visage chaque fois que ce dernier avait fait une tentative de le ramener dans le droit chemin. Avec les éditions Baldaquin, il avait le sentiment d'avoir désormais touché le fond. Même s'il savait pouvoir compter sur la discrétion totale du responsable de la bibliothèque Schœlcher, il ne manquerait pas d'être envahi par la honte chaque fois qu'à la librairie Clarac le hasard le ferait tomber sur un roman signé par un certain Lionel-Henri de Médrac. Sans compter qu'il frissonna à l'idée d'être devenu le nègre d'un auteur décédé. Passe encore d'être celui d'un vivant ! Mais là, outre la gêne d'avoir à imaginer des histoires stupides, il avait le sentiment d'usurper le rôle, si peu reluisant fût ce dernier, de l'ancien surveillant général du lycée Schœlcher. De marcher dans ses pas. D'endosser ses vêtements. D'être M. Julinat, quoi! Une nuit, il rêva étrangement de lui : l'homme était dans une buanderie en train de rouler en boule des draps qu'il s'apprêtait à mettre dans une machine à laver et était vêtu d'un pyjama rayé comme un uniforme de bagnard. Ce dernier était troué en trois endroits différents : sur la poitrine, à hauteur du nombril et sur la jambe gauche. Dans le trou du milieu grouillait une horrible colonie de poux de pois. Le surveillant général observait Augustin d'un air triste, lequel s'entendit lui dire :

— Je reviens de Paris la semaine prochaine, mardi 7... On pourrait déjeuner le lendemain, non?

Ce rêve hanta longtemps Augustin qui n'arriva pas à l'interpréter. De toute façon, il n'y avait plus moyen de faire machine arrière : le prochain volume devait être livré à l'éditeur, avait insisté le bibliothécaire en chef, au plus tard début novembre. Il ne lui restait donc qu'une poignée de semaines. Un contrat est un contrat ! Et d'ailleurs, le demi-frère de Julinat lui avait fait une avance sur ses droits d'auteur afin de lui permettre de tenir la brise. Augustin avait ainsi pu régler plusieurs mois de loyer en retard et diminuer son crédit chez le boutiquier chinois tout en espaçant ses piges à *La Voix des Antilles*. Quand venait son tour de payer la tournée aux membres de la Bohème, il s'exécutait à présent sans trop sourciller. La vie était donc belle! Plus de cheveux blancs à se faire pour ses finances durant les prochaines années, étant donné le nombre de volumes qu'il restait à écrire. Le seul problème en fait, c'est qu'il n'avait pas encore trouvé le plus petit début de commencement d'histoire pour le premier volume. Il s'était bien astreint à lire en cachette un bon paquet d'ouvrages publiés par Baldaquin qu'il s'était procuré chez le bouquiniste de la rue Ernest-Desproges, prétextant un cadeau à faire à une vieille dame, mais tout ce fatras d'émotions faciles, de chaudes larmes, de serments au clair de lune, de trahisons mélodramatiques et de fins forcément heureuses l'avait profondément ennuyé. Ennuyé et surtout plongé dans un découragement profond. Il se sentait tout simplement incapable de rédiger ne serait-ce que la première ligne de ce genre de romans. Incapable, oui…

Jusqu'à ce qu'un beau matin, par la grâce de Dieu (alors même qu'il ne priait jamais), lui vînt l'idée de raconter l'histoire de la jeune fille qui s'était suicidée vingt ou trente ans plus tôt, à Grand-Anse du Lorrain, parce que celui qu'elle aimait était tombé au combat dans les rizières d'Indochine. Jeune fille dont le fossoyeur Zoklet avait découvert le corps intact, totalement intact, lorsque quelques années plus tard, il avait ouvert la tombe pour y ensevelir la mère de la défunte, et qu'il était tombé fou amoureux de la première. Amoureux d'un cadavre! Les gens avaient dévidé tout un lot d'insanités à l'époque, tenant Zoklet à la fois pour un décérébré (« décérébralé », dans notre parlure à nous) et un sorcier, mais jamais le bougre n'avait cédé à la pression populaire. Des années durant, il allait répétant, dans un créole étonnamment doux :

— Elle est peut-être morte pour vous autres, mais pour moi, elle continue à vivre dans mon cœur.

Pour la première fois de sa vie, Augustin, décidé à taper directement son texte, délaissa stylo et bloc de feuilles blanches pour l'une des deux machines à écrire qui trônaient sur une table adossée à l'unique fenêtre de sa chambre. De là, on pouvait apercevoir la caserne Gallieni et, en se hissant sur la pointe des pieds, une partie de la Croix-Mission, qui servait de gare routière aux taxis-pays venus des communes de l'intérieur, ainsi que les caveaux pleins d'ostentation du cimetière des riches. Son unique doigt, le seul avec lequel il savait taper, l'index, frétillait d'aise, ce qui l'irrita quelque peu. Il n'eut aucune difficulté à trouver un prénom à son héroïne : Louisiane. Il comprit alors la magie que recélait le choix des noms et prénoms des personnages. Il suffisait qu'on ne fasse pas au départ le bon choix pour qu'on piétine tout au long du texte. Il avait longtemps hésité entre quatre prénoms féminins. Deux anciens, d'allure créole : Émérancienne et Sylvanise. Deux plus modernes et d'allure française : Caroline et Chantal. Pendant la rédaction des vingt premières pages, il avait changé deux fois le prénom du personnage principal féminin avant d'utiliser un troisième et en bout de course, un quatrième. Il comprenait maintenant que tant dans la vie réelle que dans la fiction, on ne changeait pas impunément d'identité. Cette sorte de leçon d'écriture le stupéfia. Qu'elle surgît alors qu'il était en train de s'adonner à une tâche alimentaire, à une basse besogne de littérature de bas étage, le stupéfia encore davantage et lui bailla force et courage pour aller de l'avant.

[DIABOLIQUE PASSION AUX ANTILLES.

Elle l'observait depuis sa fenêtre qui, sur la plage, face à l'Atlantique déchaîné, s'adonnait à des exercices de gymnastique compliqués. Il frappait l'air de ses bras, les poings fermés, ou de ses jambes qu'il levait très haut, comme s'il affrontait un adversaire invisible. Cela pouvait durer dix minutes ou une heure entière. Tout dépendait du temps qu'il faisait. Si l'on était en hivernage ou en carême. Il n'était pas le plus bel homme de Grand-Anse, ni par la figure, ni même par le corps, mais il était doté d'une élégance presque surnaturelle et quand il lui arrivait de sourire, il désarmait les plus hostiles.

— Mamzelle Louisiane, sortez de là ! lui faisait sa mère. Le vent va vous abîmer les yeux, oui !

La jeune fille ne répondait rien. Elle faisait descendre le rideau transparent qui protégeait sa chambre et continuait à admirer l'homme de ses rêves. Celui auquel elle n'avait jamais eu l'occasion d'adresser la parole, mais dont elle savait, dont elle était persuadée plutôt, qu'il était fait pour elle. Sa voix, qui l'avait subjuguée, elle l'avait entendue et écoutée des années durant lorsque enfant, elle allait charroyer de l'eau à la fontaine et que protégé par un haut mur, jamais sa figure ne se montra à elle. Mais cela avait suffi, le sublime de son timbre, sa douceur impérieuse, sa rage secrète aussi. Le temps avait chassé le temps et au final avait dévoilé un être réservé, sinon taciturne, qui s'il saluait tout un chacun se gardait bien d'entrer en amicalité avec quiconque, y compris les hommes encore jeunes de sa génération. Nulle femme ne semblait non plus accrocher son attention. Et ce n'est pas à dire qu'elles n'étaient pas nombreuses celles qui se lamentaient sur le fait qu'un homme si bien debout occupât une si belle demeure sans rien en faire.

— C'est un crève-cœur, oui..., entendait-on de leurs bouches amères.

Lorsque Louisiane le croisait dans le désert d'une ruelle de l'arrière-bourg, elle baissait les yeux. Mais ralentissait insensiblement le pas comme si elle voulait s'imprégner de son odeur et de son souffle et lui, moqueur ou romantique (allez savoir!) de lui glisser :

— Belle petite mamzelle, vous êtes encore trop jeune pour m'aimer. Je ne mérite pas cette grâce. D'ailleurs, dans peu de temps, je quitterai la Martinique. J'ai signé un engagement pour défendre la patrie en Indochine.

Ces mots ne voulaient rien dire pour Louisiane. Elle se refusait plutôt à les croire. Elle les rejetait même violemment une fois qu'elle avait dépassé l'homme et se retournait pour le contempler de dos. Il possédait une carrure d'athlète qui jurait quelque peu avec le velouté de sa voix. Elle sut qu'elle l'aimerait toujours quels que soient les chemins que prendraient leurs avenirs respectifs...]

Louisiane, le personnage de Louisiane, lui tenait désormais la plume. Ou plus exactement guidait son index sur les touches abîmées du clavier de la machine à écrire de marque Olivetti — la plus moderne, avait insisté Lisette — qui avait du mal à tenir sur la petite table où d'ordinaire Augustin griffonnait sur un carnet. C'était là une sensation à la fois dérangeante et douce. Dérangeante parce que le jeune mulâtre avait le sentiment d'être devenu une manière de médium, ce qui n'était à vrai dire pas pour lui déplaire puisque, dès son plus jeune âge, au grand dam de son père rationaliste et franc-maçon, il avait montré un penchant pour les choses occultes. L'industriel tenait son épouse et leur fidèle servante Clémencia pour responsables de ce qu'il qualifiait de penchant onirique malsain, leur reprochant vertement d'avoir encombré l'imagination de son rejeton d'histoires à dormir debout. Augustin avait toujours eu, en effet, le sommeil difficile et ne parvenait à fermer les yeux qu'après deux-trois histoires de Ti Jan l'Horizon et compère Diable racontées en créole par la servante et la lecture de quelque passage de Michel Zévaco ou Paul Féval, auteurs alors favoris de sa mère que, fort souvent, il ne comprenait qu'à moitié par manque de vocabulaire.

— Le résultat, il est là ! grommelait M. Valbon. Ce garçon ne s'intéresse à rien. Ni au sport, ni à la musique, ni à la politique, et bien évidemment ni aux chiffres et à l'économie. Beau travail, mesdames ! Vous pouvez me dire qui prendra ma relève à l'usine, hein ?

Lorsqu'il eut quatorze ans, son père l'emmena en consultation chez un psychologue qui déclara qu'avoir des hallucinations était chose normale chez certains garçons de son âge. Augustin se souvenait qu'après avoir tout de même réussi à sa licence en droit à l'Institut Vizioz, son père avait caressé un temps l'espoir qu'il s'éloignerait de ses chimères et entamerait une carrière d'avoué ou d'avocat, voire d'huissier. Espoir vite déçu, car il s'était mis en tête de devenir écrivain et passait le plus clair de son temps à noircir du papier jusqu'au jour où l'idée saugrenue de déménager au quartier mal famé des Terres-Sainville lui traversa l'esprit et que personne, ni sa mère ni Clémencia, en dépit de leurs supplications, ne parvint à le raisonner. Idée saugrenue avait été l'expression utilisée par son père. Les deux femmes, elles, avaient préféré le mot lubie, ce qui, à n'en pas douter, laissait à penser qu'un jour où l'autre Augustin ferait machine arrière. Elles multiplièrent d'ailleurs neuvaines, actions de grâces et messes à l'église de Redoute pour accélérer les choses, mais sans obtenir le moindre résultat.

Se laisser guider par Louisiane, tout invisible qu'elle fût, était également une sensation étonnante. Il avait l'impression que son souffle lui mignonnait les joues, souffle évidemment glacial mais vivifiant, que ses mains lui massaient la nuque, lui enserraient les tempes comme pour y ralentir le sang. Il tombait d'ailleurs dans une espèce d'hébétude qui trompait son monde. Lisette s'imaginait qu'elle lui avait enfin permis d'aborder aux rives de l'heureuseté. Man Édouarlise se réjouissait à l'idée qu'elle pourrait bientôt le ramener sur la voie de l'Église catholique, apostolique, romaine et humaine, comme elle ajoutait drôlement. Huang-Ho était persuadé que l'écrivain avait avancé sur l'Octuple

Noble Sentier, celui que le bouddhisme offrait comme seule échappatoire à la fragilité des choses. Quant à la Bohème, elle se gaussait de lui, le croyant définitivement immergé dans ce que Dampierre appelait la « joie animale de ceux qui n'ont d'autre préoccupation que le boire-manger-coquer-dormir ». De la plèbe, quoi !

Augustin était seul à savoir (et à mesurer) la transformation qui s'opérait en lui à mesure qu'il esquissait la figure hiératique de Louisiane, cela à l'aide de mots qui variaient du précieux au convenu, mais qui avaient l'insigne pouvoir de la lui révéler dans ce qu'elle était vraiment, c'est-à-dire une émanation de l'Invisible…

15

Dit de Zoklet.

Lorsqu'un esprit vient à toi dans la touffeur de la nuit, qu'il pénètre dans ta tête et se met à te parler, cela dépend. S'il est venu de lui-même, eh ben sache que c'est l'âme de quelqu'un qui fut sain sur terre, quelqu'un qui fut bon, plein de débonnaireté avec son prochain. S'il s'est approché de toi, ce n'est aucunement pour te faire du mal. Au contraire ! Il a besoin que tu lui rendes un service et il estime que toi aussi, tu es quelqu'un de bien et que tu es en mesure de faire bon accueil à sa demande. Dans ce cas-là, ne le repousse pas ! Ne crie pas sur lui ! Évite de l'injurier !… Bon, c'est normal qu'au début tu sois effrayé, que tu fasses caca sur toi, mais surmonte tout ça et ouvre tes oreilles de dix-sept largeurs pour écouter ce qu'il cherche à te proposer. En plus, l'âme de quelqu'un de sain n'est jamais ingrate. Elle ne te fera pas travailler pour elle sans te bailler une récompense quelconque et, en général, celle-ci est toujours plus que conséquente. Tenez, prenez Mme Nollier, la propriétaire de l'Atlantic-Hôtel, où croyez-vous qu'elle a trouvé autant d'argent pour pouvoir s'acheter son immeuble, hein ? Certes, elle est mulâtresse et donc fille de Béké, mais son père, que j'ai bien connu, était un chef-scélérat. J'ai été dix-sept ans muletier sur l'Habitation Fond Gens-Libres, dix-sept ans pendant lesquels j'ai travaillé sans regarder ni devant ni derrière, sans réclamer aucune augmentation ni congé. Et de quoi m'a-t-il gratifié en retour, ce vieux Blanc ? Rien, trois fois rien. Il m'a simplement lancé le jour de mon départ :

— Garde le mulet ! Il est à toi maintenant...

Pff ! Un animal qui était déjà si-tellement vieux que son poil tombait par plaques. Il avait d'ailleurs charroyé tant de piles de canne que son dos était esquinté. Il marchait même de travers. Impossible donc de le revendre ! Tel était le père de Mme Nollier. Donc, ce qui a sauvé cette dame, c'est qu'un bon esprit lui est venu en songe et lui a indiqué qu'à l'en-bas de l'immeuble, à l'époque où elle y était locataire, se trouvait cachée une jarre d'or. Au début, elle n'y a pas cru. Elle a failli devenir folle à force de ne plus pouvoir dormir jusqu'à ce qu'elle révèle l'affaire à son amant, un bougre pédant et de-ce-que-de qui portait toujours un nœud papillon et une chemise blanche immaculée. Un directeur d'école de la commune de Marigot... Alors, s'y mettant tous les deux, ils ont, sur les conseils de l'âme, creusé un trou sous le plancher de la maison et ont commencé à fouiller. Ça a duré un paquet de mois, car ils ont vite rencontré la roche dure, mais ils n'ont pas laissé le découragement s'emparer d'eux. Chaque soir, à partir de minuit, ils foutaient des coups de pelle à la terre jusqu'à ce qu'ils finissent, enfin, par apercevoir la jarre. Ils étaient, tu t'imagines bien, fous de joie ! Mais hon, le gardien du trésor veillait. Chaque fois qu'ils s'approchaient de la jarre, celle-ci s'enfonçait dix mètres plus bas et eux, enfiévrés à l'idée d'être si près d'une telle richesse, continuaient, chaque nuit, à creuser-creuser-creuser. Plus ils progressaient, plus la jarre s'enfouissait dans le ventre de la terre, si bien qu'ils ont fini par construire une galerie souterraine bientôt envahie par les rats et ont dû abandonner le combat.

Et puis, par hasard, Mme Nollier, lors de l'inhumation d'une de ses proches, a brocanté deux mots-quatre paroles avec moi à la sortie du cimetière. Je lui ai dit que j'acceptais de l'aider, quoique sans enthousiasme, car je n'ai jamais apprécié sa comportation de mulâtresse prétentieuse. D'abord, elle a haussé les sourcils, elle a joué à l'étonnée. Je ne comprends pas de quoi vous parlez ! m'a-t-elle lancé, assez irritée. Et puis, à force-à force, elle m'a entraîné à l'écart des gens qui sortaient du cimetière et a avoué que son amant et elle avaient trouvé cette fameuse jarre, mais qu'ils étaient incapables de la récupérer. Enfin, quand je dis « avouer », c'est pour rigoler, car leur histoire était un secret de polichinelle. Ils avaient beau se lever à minuit pour creuser, se croyant à l'abri des regards et des médisances des Lorrinois, tout un chacun dans la commune avait fini par savoir pourquoi des bruits pour le moins curieux s'élevaient de leur immeuble au plus noir de la nuit. Ils étaient les seuls donc à ignorer que tout le monde savait. Ha-ha-ha !

J'ai donc passé une sorte d'association avec Mme Nollier. Si je parvenais à attraper ce foutu trésor, elle m'en rétrocéderait le quart. Après tout, c'est pas moi qui m'étais esquinté le dos à creuser sous sa maison durant des mois et des mois! Ils avaient abattu le gros du travail, son amant et elle, sauf qu'ils ignoraient comment faire pour apaiser le gardien du trésor. Apaiser, puis amadouer. Pour l'apaiser, il y a un certain nombre de prières-Kongo qu'il faut psalmodier à très haute voix, les yeux fermés, en retenant au maximum sa respiration. C'est mon grand-père qui m'a appris ça! Il est né onze ans avant l'abolition de l'esclavage à ce qu'il m'a dit. Il a donc connu le temps de la scélératesse infinie et celui de la liberté inutile. Ensuite, pour amadouer le gardien, faut passer à des prières chrétiennes cette fois, mais pas à celles qu'on jargouine à l'église le dimanche. Du tout pas! Ce sont des prières secrètes que seuls les exorcistes, les évêques, les cardinaux et le pape connaissent. Ma chance, c'est qu'enfant, ma mère a été un temps servante au presbytère. Son cul était plein de travailler sous le soleil chaud à amarrer la canne pour les Békés, alors comme elle était en formes comme pas possible — tous les hommes salivaient sur son passage —, elle est allée voir le monsieur l'abbé de l'époque, le père Firmin, un vieux Blanc qui avait appris à parler créole comme un Nègre, et lui a proposé de brosser-repasser-faire à manger pour lui. Il a accepté là-même, le cochon! Il n'a pas tardé à fretinfretailler avec ma mère et à lui faire deux petits mulâtres. Eh oui, j'ai deux frères au teint couleur de cassave avec des cheveux bouclés. Ils vivent à Fort-de-France où l'un est devenu avocat et l'autre, je ne sais foutre pas ce qu'il fait. Aucun d'eux ne s'occupe de moi évidemment. À savoir même s'ils savent si je suis encore en vie, hon! Donc l'abbé Firmin était aussi exorciste et je l'entendais répéter ces prières secrètes, la nuit, alors que ma mère épuisée dormait comme un ours-mamé. Il faisait les cent pas sur la véranda du presbytère en les récitant à haute voix comme si ça l'aidait à retenir ces paroles effectivement drôles. Comme j'avais une mémoire de mangouste, je les ai toutes retenues. Final de compte, et pour aller vite, j'ai réussi à capturer la jarre d'or et Mme Nollier m'a remis la part qui me revenait. C'est comme ça qu'elle a pu racheter tout l'immeuble et qu'elle en a fait l'Atlantic-Hôtel. Le seul problème, c'est que trois mois plus tard, son amant décédait. Pourquoi ? Personne ne sait. En tout cas, c'est moi qui ai fouillé la tombe du bonhomme et je peux vous dire que la nouvelle hôtelière n'a pas versé une seule larme !

Quant à moi, hon ! La somme, pourtant énorme qu'elle m'a reversée, a fondu entre mes doigts sans que je comprenne ni comment ni pourquoi. Quoique j'aie eu la présence d'esprit de m'acheter quelques carreaux de terre ingrate à Morne L'Étoile.

Je vous disais donc que si l'esprit vous vient en songe de lui-même, c'est un bon présage pour vous. Mais si par contre, il est envoyé par quelqu'un, par un mauvais vivant, un quimboiseur, eh bien là, c'est tout-à-faitement différent.

Gare à vos fesses, oui !...

16

Entre les travaux forcés que constituait, de jour, l'écriture du roman pour les éditions Baldaquin, que j'avais donc provisoirement intitulé *Diabolique passion aux Antilles*, imitant en cela les onze romans que M. Julinat avait eu le temps de publier, et les assauts nocturnes répétés du prêtre hindou qui avait été enterré dans l'allée centrale du cimetière de Grand-Anse, je ne parvenais plus à trouver une minute de repos. J'étais d'ailleurs devenu insomniaque et aucun des cachets que m'avait prescrits un de mes cousins médecin ne parvenait à me faire trouver le sommeil. C'est à dater de ce moment-là que Lisette commença à s'écarter de moi sans que je me sente capable de faire le moindre effort pour la retenir. Au Tango-bar, elle ne s'attardait guère à notre table, lassée sans doute de la maussaderie qui s'affichait sur mon visage même quand Federico, le maestro cubain, nous gratifiait d'un de ces airs de guitare sublimes dont il avait le secret. Le temps semblait suspendre son vol à ces instants-là et chacun pardonnait à la vie de n'être qu'un lot de méchantises et de scélératesses.

— Tu es en train de te transformer en zombi, Augustin, m'avait-elle simplement lancé d'un ton empreint tout à la fois de douceur et de découragement.

En fait, tout comme Man Édouarlise, ma propriétaire, Bertine, ma voisine du haut, le boutiquier chinois Huang-Ho ou encore le fier-à-bras Bec-en-or, lequel avait fini par m'accepter, Lisette s'imaginait que je regrettais mon monde. Que je m'en voulais d'avoir quitté l'univers feutré de la petite bourgeoisie dans lequel on jargonne du beau français académique et se lave les mains avant de passer à table pour celui de la négraille des Terres-Sainville. Ici-là, en effet, point de manières. Point de chichis ni de flaflas. Juste la vie brute, au jour le jour. La vie sans tirer des plans sur la comète ni s'appesantir sur les déboires du passé. Chaque jour y est un combat. Chaque combat y est une joute à mort. Mort physique ou mort sociale, c'était selon. Ainsi Fils-du-Diable-en-personne respirait encore, il se déplaçait sur des béquilles à la manière d'un crabe-c'est-ma-faute, il lui arrivait d'aller boire un verre de rhum sec dans quelque caboulot du quartier, voire même de risquer un commentaire flatteur à l'endroit d'une drôlesse bien en chair, mais aux yeux de tout le monde, il n'existait plus. Ici-là, pas de pitié, foutre !

En fait, ils se trompaient. Je n'avais aucun désir de réintégrer les salons bourgeois de Foyal, ni d'assister aux anniversaires, baptêmes et autres mariages entre ces gens qui se flattaient d'être « du même monde ». La fréquentation hebdomadaire de la Bohème me suffisait pour garder le contact avec eux et pour renforcer ma détermination de ne jamais plus me conformer à leurs mœurs. De toute façon, l'aurais-je voulu que c'eût été de l'ordre de l'impossible, car ma réputation était faite depuis longtemps : « Augustin Valbon, l'écrivain raté », « Augustin Valbon, l'ami des gueux et des putaines », « Augustin Valbon ceci, Augustin Valbon cela ». Jamais il ne me serait pardonné d'avoir tenté un jour de ne plus être ce que la société avait prévu que je devienne. On me le faisait comprendre à mots couverts les rares fois où j'avais affaire avec tel ou tel membre de la caste, soit que je vinsse négocier un découvert à la banque, me faire soigner les dents ou solliciter un avocat la fois où l'École de la Réussite foyalaise avait cherché à me licencier.

Réprouvé j'étais devenu par mon propre gré, réprouvé je resterais.

Mon état d'épuisement provenait surtout de l'acharnement que mettait l'Indien-Kouli à me détailler les péripéties de son long passage en ce bas monde. Si je trouvais de l'intérêt à découvrir les qualités et attributions des différentes divinités hindoues et si j'étais en passe de devenir un expert en matière de coupe de la canne à sucre (« Chaque canne doit être coupée en trois tronçons dont chacun doit faire un mètre de longueur, tronçons qui sont attachés par paquet de dix, etc. »), j'avais hâte de connaître le pourquoi de ses visites.

— Je n'ai donc plus le droit de rêver! lui avais-je lancé une nuit que je n'en pouvais plus.

— Mais oui, mon bon ami! Vous êtes justement en train de le faire. C'est d'ailleurs pourquoi il vous est loisible de parler à quelqu'un qui a quitté ce monde bien avant votre naissance...

— Je ne peux plus rêver d'autre chose que de votre personne, me repris-je, c'est agaçant à la fin!

Le prêtre hindou émit un petit rire chevrotant. À la question que je lui posai de savoir pourquoi il m'avait choisi moi plutôt que n'importe qui d'autre, il avait répondu, soudain fâché, qu'il savait ce que je recherchais depuis un bon paquet de temps et que ce n'est pas lui que j'allais couillonner.

— Et je cherche quoi? avais-je ironisé.

— Une jarre remplie non pas d'or, mais de livres bannis!

Je faillis me réveiller en sursaut. Je n'avais parlé de la mystérieuse enveloppe violette à personne autour de moi, du moins pas aux Terres-Sainville où je savais les gens prompts à croire au surnaturel. Seuls mes amis de la Bohème étaient au courant, mais ils n'avaient pas trop pris la chose au sérieux et d'ailleurs n'étaient plus jamais revenus sur le sujet.

— Je pourrais vous aider, Augustin, mais à une condition : que vous m'aidiez d'abord! me lança l'esprit.

— Qu'est-ce qui me prouve que vous respecterez votre parole?

— Vous n'avez pas le choix de toute façon. Si

vous n'acceptez pas de faire déterrer mes restes de l'allée centrale du cimetière de Grand-Anse et si vous ne vous débrouillez pas pour qu'on les brûle, je viendrai hanter vos rêves jusqu'à la fin de vos jours et nul doute que vous deviendrez fou de la bonne qualité de folie, oui.

Enfin, l'Indien-Kouli formulait sa requête ! Enfin-enfin-enfin ! J'en fus si content que j'en pleurai presque. Il ne supportait pas qu'on lui marche dessus. Qu'à chaque procession d'enterrement des dizaines de pieds lui pilent le corps ou ce qu'il en restait. Que parfois certains hommes pissent sur lui, ne pouvant se retenir à cause d'une prostate trop gonflée. Lui, le serviteur du dieu Maldévilin, le si puissant Maldévilin qui avait, au siècle dernier, enjambé deux océans depuis l'Inde pour arriver jusqu'à la Martinique. Vélaye, le balayeur municipal indien avec lequel il m'arrivait de partager un verre de rhum sec, me le confirma. Dans le pays de leurs ancêtres, on n'enterrait pas les corps, mais on les livrait aux flammes sur des bûchers, au bord des fleuves où leurs cendres étaient jetées.

— Mon arrière-grand-père se souvenait du Gange…, me fit-il, l'air lointain.

À la question posée par moi de savoir pourquoi le défunt m'avait choisi, moi, plutôt que quelqu'un de sa race, pour déplacer ses restes, Vélaye apporta une réponse confuse : sans doute aurait-il eu honte qu'un des siens le vît dans cette posture humiliante mais aussi parce qu'il était un érudit, qu'il savait où se trouvaient les derniers exemplaires des « poustengon », ces livres sacrés de l'hindouisme qui avaient été apportés par les premiers arrivés un siècle plus tôt et que l'usure du temps, les déménagements, les pertes ou les vols avaient transformés en objets à la fois rarissimes et précieux.

— C'est quelqu'un qui est entiché des livres tout comme toi, fit Vélaye en souriant. Et puis, vous êtes tous deux natals de Grand-Anse même s'il y a vécu très longtemps avant que ta mère te mette au monde. Enfin, ne cherche pas trop d'explications, Augustin ! Fait ce qu'il te demande, foutre ! Tu verras après..., conclut-il.

Un beau jour, je me décidai à rendre justice à Andrassamy. Pour des raisons connues de mon seul inconscient, j'avais toujours répugné, devenu adulte, à revenir dans ma commune d'origine, celle qu'au temps de l'antan, j'avais pourtant adorée. Quand j'y débarquai, je ne reconnus pas grand-monde, hormis une poignée de vieux-corps qui m'assaillirent comme si j'avais été l'enfant prodigue et me couvrirent de baisers mouillés. Pourtant, rien n'y avait vraiment changé. C'était le même bourg à l'étonnante laideur avec sa Rue-Devant et sa Rue-Derrière, ses minuscules quartiers dont les habitants veillaient jalousement à ce que le territoire de chacun fût respecté. Et l'Atlantique continuait d'y déverser sa rage sur une plage de sable aussi noir que de l'obsidienne, totalement déserte. À la mairie, on m'indiqua l'adresse du fossoyeur. Il s'agissait d'un homme assez jeune, au visage soucieux, qui ne mit guère d'enthousiasme à m'accueillir, me fit vite comprendre que les temps avaient changé et qu'on ne faisait plus négoce de crânes, tibias et autres clous de cercueil comme à l'époque des Charlemagne ou Zoklet.

— On est devenus civilisés aujourd'hui... Les gens d'En-ville devraient le savoir quand même, ronchonna-t-il.

— Je suis d'ici...

— Quelle famille ?

— Famille Valbon. De Macédoine...

L'homme se détendit quelque peu. Pendant que nous conversions, il n'avait pas cessé une seule minute d'empailler une chaise avec une dextérité surprenante. Autour de nous, dans ce qui devait être son atelier, s'entassaient fauteuils, commodes, armoires et lits en attente visiblement d'être rafistolés.

— Les Valbon ont deux tombes, si je crois bien... Une pour ceux de Morne Carabin et l'autre pour les gens de Macédoine. C'est ça, non ?

— Je ne suis pas venu pour ça, fis-je, un peu gêné... J'ai un... un service à vous demander. Ça n'a rien à voir avec le quimbois, rassurez-vous... C'est pour un déplacement de corps...

Le fossoyeur lâcha ses outils et, me fixant droit dans les yeux, lâcha :

— Pour ça, il faut obligatoirement une autorisation municipale. Et puis, ne croyez pas que la mairie acceptera si vous n'avez pas une raison valable. On ne va tout de même pas se conformer aux caprices des gens. Faut laisser les morts dormir un peu quand même !

— Dix mille francs, ça vous va ?

— Ha-ha-ha !... Même pour un million, je ne bougerais pas, cher monsieur. La loi, c'est la loi, je vous répète. Le temps où le Nègre de la campagne vivait comme un sauvage est fini et bel et bien fini. Vous, les gens d'En-Ville, vous devriez vous mettre ça dans la tête une fois pour toutes, tonnerre de Brest !

De retour aux Terres-Sainville, je redoutais la visite nocturne d'Andrassamy. Bizarrement, durant les deux premières nuits, il ne se manifesta pas. Je crus qu'il avait renoncé à faire incinérer ses restes et me sentis du coup plus léger. Je pus avancer dans la rédaction de *Diabolique passion aux Antilles* que je ne désespérais plus de pouvoir boucler à la date que m'avait imposée le bibliothécaire en chef. La énième date-butoir, devrais-je dire, pour être honnête. Mais un soir, au Tango-bar, Vélaye, qui n'était pas saoul comme à son habitude, s'assit à ma table et, me tenant fermement le poignet, me souffla :

— Pour celui qui t'enquiquine dans ton sommeil... Andrassamy... eh ben, tu ne vas pas y arriver, si tu ne fais pas une cérémonie.

— Une cérémonie ?

— Oui... en l'honneur de Maldévilin. Il t'a bien dit que c'est ce saint-là qui le protégeait de son vivant ?

— Il me semble, oui...

— Je peux t'organiser ça d'ici deux ou trois semaines. En attendant, apprête-toi à suivre un jeûne sévère, Augustin. Ni viande, ni alcool, ni femmes, ni jeu, ni rien. Tu es d'accord ?

Je n'avais pas le choix. Je dus débourser quarante mille francs pour l'achat des cabris, coqs, sacs de riz et autres bouteilles de rhum nécessaires à ce que Vélaye appela un « sacrifice ». De retour à Grand-Anse quelque temps après, j'eus l'immense surprise de constater que le même jeune fossoyeur avait changé du tout au tout. Il se chargea de déplacer le corps du prêtre hindou et de faire brûler ses restes sans exiger de moi le moindre centime !

17

La Diablesse — Augustin était sûr et certain à présent qu'il s'agissait de cette créature improbable et de personne d'autre tant sa belleté était affolante, le harcelait :

— Vas-y, creuse ! Creuse !

Il se mit à pelleter le sol humide, couvert de feuilles mortes, avec une énergie qui le surprit lui-même. La lune éclairait directement l'endroit que la sublime apparition lui avait désigné : le flanc d'un petit monticule couvert de fougères arborescentes. Il buta d'abord sur des roches, énormes, qu'il lui fallut enlever à la force de ses bras et qui roulèrent avec fracas dans la sombre ravine qui bordait l'endroit et d'où l'on entendait monter ces étranges vagissements des tiges de bambou lorsque le vent les frotte les unes contre les autres. Ce labeur épuisant dura un paquet d'heures jusqu'à ce que la pelle cogne quelque chose et lui échappe des mains. La jarre ! La jarre de livres bannis ! Il la voyait. Oui, lui, Augustin Valbon ! Il pouvait admirer leurs tranches dorées, leurs couvertures en cuir qui ne portaient aucune inscription. Il s'agissait d'une jarre d'une taille plus considérable que celles que l'on place sous les gouttières afin de recueillir l'eau de pluie. Il s'agenouilla au bord du trou, tétanisé. Incapable de faire un geste. Aussitôt, la Diablesse se mit à virevolter à son entour, lâchant des ricanements saccadés ou des bouts de phrases dans un idiome incompréhensible. Elle semblait très énervée. Presque hors d'elle.

— Continue à creuser, mon bougre ! lui hurla-t-elle dans chaque oreille, chose qui le fit sursauter et manquer de tomber à la renverse.

Il se mit à dégager la terre autour de la jarre jusqu'à faire apparaître son ventre bombé de couleur jaune pâle, strié de petites taches marron. Une odeur suffocante s'en dégageait, difficile à définir. Une odeur qui se situait entre le renfermé et le nauséabond et qui le prit à la gorge, l'arrêtant à nouveau dans son élan. Reprenant alors ses esprits, il eut le sentiment, plutôt désagréable, de se trouver dans la peau d'un violeur de sépulture. Certes, ce qui avait été inhumé là, ce n'étaient point des êtres humains, mais des livres, de simples assemblages de papier et de carton qui passaient de main en main et qui finissaient tôt ou tard, perdus ou jetés, dans l'indifférence de ceux qui les avaient possédés. Sauf que — lui, Augustin, il en prenait soudainement conscience — les livres, tout comme les humains, avaient une vie, menaient chacun une existence particulière, changeaient de domicile, avaient le pouvoir d'enchanter une journée ou au contraire de l'assombrir, servaient de cachette pour les secrets avouables et inavouables, se posaient parfois en reproche muet, tombaient pour s'ouvrir à une page à laquelle on jetait un regard distrait, sursautant quand on se rendait compte que celle-ci livrait la réponse à une interrogation qui vous taraudait depuis etcetera de temps et donc les livres finissaient aussi par mourir. Quoi de plus normal à ce qu'ils soient enterrés ? La plupart finissaient certes dans cette fosse commune qu'est la décharge publique, mais certains, précieux entre tous, pouvaient recevoir une sépulture plus digne, plus en rapport avec la valeur qu'ils avaient eue durant leur vie ou les hauts faits qu'ils avaient accomplis. Ou, tout au contraire — et sans doute était-ce le cas pour les livres bannis qui se trouvaient dans cette jarre — les méfaits qu'ils avaient aidé à commettre.

— Les livres sont des personnes vivantes ! murmura-t-il, abasourdi par cette découverte.

Une violente poussade dans le dos le fit trébucher. La Diablesse, hors d'elle, cherchait à le jeter dans le trou où apparut, à côté de la jarre, un crâne qui semblait ricaner. Bientôt, un squelette presque entier émergea du sol mouillé. Il étreignait les anses de la jarre comme s'il craignait qu'elle ne prenne son envol. Le gardien du trésor ! Il se souvint alors des soliloques des deux fossoyeurs de Grand-Anse, Zoklet et Charlemagne, soliloques en forme de parabole qui avaient bercé son enfance quelques décennies plus tôt et qui s'étaient durablement imprimés dans sa mémoire, cela bien que la marmaille et lui-même n'y croyaient qu'à moitié. Comment, en effet, les différencier des contes de zombi, de Grand Géant ou de Mme Personne qu'aimait à raconter Tonton Servius sur la véranda de sa maison qui, portes et fenêtres toujours ouvertes, défiait la rage de l'Atlantique ?

Il voulut crier, appeler à l'aide, mais aucun son ne sortait de sa gorge. Soudain, le squelette et la jarre s'enfoncèrent dans le sol humide, élargissant du même coup l'excavation. Des entités immondes se mirent à pulluler autour de sa personne : des têtes-sans-corps ! Elles ricanaient, gloussaient, poussaient des grognements, lançaient des proférations. La Diablesse le poussa à nouveau dans le dos et à l'instant où il atteignit à nouveau la jarre, il la vit s'enfoncer encore plus profondément dans les entrailles de la terre, protégée par son squelette de gardien. Des livres s'en étaient échappés et les pages en étaient tournées de manière erratique par un vent descendu des frondaisons des grands arbres environnants parmi lesquels se détachait un fromager majestueux. L'arbre des esprits ! Le receleur de toutes les turpitudes de l'âme humaine lorsqu'elle a passé un pacte avec Satan ! Des pages s'élevèrent alors des voix, toutes sortes de voix, masculines et féminines, douces et rauques, aiguës comme argentines. Elles apaisèrent aussitôt les lieux. Le vent tomba. La Diablesse et son regard vert disparurent. Le ciel se dégagea.

Il en ressentit l'intense d'un bonheur.

La voix de Louisiane, celle de la jeune fille qui, il y avait un siècle de temps, s'était suicidée avec un détergent, ou plutôt la voix de ce personnage qui s'était peu à peu imposé à lui depuis qu'il s'était mis à écrire *Diabolique passion aux Antilles,* ce personnage dont il était devenu, à son corps défendant, fou amoureux, couvrit peu à peu toutes les autres. Il comprit à cet instant-là que les créatures de papier étaient aussi des êtres vivants. Certes, pas de la même façon que celles qui sont faites de chair et d'os, mais qu'en elles, il y avait une force, une énergie qui avaient le pouvoir d'ébranler l'être le plus obtus. Il n'était donc pas devenu dérangé du cerveau comme ses amis de la Bohème le croyaient ou comme le lui reprochait Lisette. Ses hallucinations d'adolescent ne s'étaient point aggravées et Louisiane, le personnage de Louisiane, n'était pas une simple chimère ! Elle l'habitait jour et nuit, conduisait ses pensées, agissait sur ses réactions, modifiant donc jour après jour le cours de son existence.

Au matin, il réalisa qu'il était entièrement nu. Aucune trace de ses vêtements ni de ses chaussures dans les parages. Plus de pelle non plus ! Le trou qu'il avait creusé la veille avait d'ailleurs été rebouché. Un soleil rieur insufflait à cet endroit de la forêt de Balata un air presque idyllique. Lui, Augustin, avança d'un pas prudent jusqu'à la route asphaltée, encore déserte à cette heure. Il la longea, veillant à demeurer caché dans les halliers, jusqu'à ce qu'il atteigne un petit hameau composé de quatre ou cinq cases disposées en cercle autour d'une cour en terre battue parfaitement balayée. Nulle présence humaine n'y était décelable. Hormis que sur des lignes tendues entre les arbres séchaient chemises, shorts, corsages, pantalons et draps de lit. Il enfila le premier tricot, trop ample pour lui, qui lui tomba sous la main ainsi qu'un pantalon-trois-quarts et prit la discampette, pourchassé par des chiens créoles hargneux qu'il dut mettre en déroute à l'aide de deux-trois coups de roches. Cette fois, il décida de marcher sur le bord de la route asphaltée.

En direction de l'En-Ville dont on commençait à percevoir au loin, par-delà l'église de Balata, réplique en plus modeste de celle de Montmartre, les toits rouge foncé…

18

Je connaîtrais bientôt l'enfer. Pas celui de l'Évangile où des âmes brûlent sans répit pour l'éternité, ni celui, plus prosaïque, de cette bonne ville provinciale et coloniale à la fois qu'est Fort-de-France, où l'on périt d'ennui sous un soleil implacable. Non, l'enfer de la fameuse bibliothèque Schœlcher ! Le chantage du demi-frère de M. Julinat n'avait que trop duré : cinquante pages de *Diabolique passion aux Antilles* contre quelques renseignements sur l'endroit secret où, depuis etcetera de temps, selon ses dires (manière pour lui d'éviter d'en porter une quelconque responsabilité), l'on cachait des livres soit offensants pour la pudeur publique, soit sentant le soufre, celui qu'aimait à utiliser le Malin évidemment. Je m'étais péniblement acquitté des vingt-sept premières pages de ce roman à l'eau de rose, mais cela n'avait pas suffi à convaincre mon commanditaire qui marmonnait, jésuitique à souhait :

— Plus tard ! Plus tard, mon cher Valbon ! Quand vous serez plus avancé dans la tâche qui vous a été impartie, nous en reparlerons.

De guerre lasse, je m'étais mis en tête de séduire cette jolie aide-bibliothécaire qui faisait montre d'une amabilité pour le moins parcimonieuse envers ceux qui, comme moi, fréquentaient les lieux de manière épisodique alors qu'elle était sirop-miel avec les assidus. Tête-Coton, le jeune médecin raté, faisait partie de ces derniers. Il avait sa place réservée non loin d'un ventilateur, place où le bougre installait ses cahiers, ses stylos et ses bouteilles d'encre dès huit heures trente du matin pour n'en sortir que tard dans l'après-midi, quelques minutes en fait avant l'heure de la fermeture. Si je voulais atteindre la jeune Négresse, il me faudrait de toute évidence passer par lui. Le problème n'était pas simple : Tête-Coton était d'humeur fort instable, passant de l'hilarité à la colère ou de l'abattement à l'agitation frénétique en un virement de main. Certains jours, il se faisait une fête de me voir arriver et se mettait aussitôt à conciliabuler avec moi sur ses sujets de prédilection ; d'autres fois, il m'ignorait ou faisait semblant de ne pas me connaître. Il avait cependant été formel :

— Il existe bien un enfer dans cette bibliothèque. Aucun doute là-dessus ! Comme je vous l'ai déjà dit, je crois, j'ai pu y avoir accès une fois. Une seule ! Ça s'est passé juste après mon retour de Bordeaux, il y a bien une dizaine d'années... Qui m'y a conduit et où se trouve cet endroit protégé ? J'avoue, cher Augustin, ne plus m'en souvenir du tout.

En attendant de pouvoir sympathiser avec

Claire-Élise (c'était le nom de l'aide-bibliothécaire), je me plongeai dans des recherches à propos de Fort-de-France, sa construction, ses différents monuments, pour découvrir qu'en fait, une bonne moitié de la ville avait été érigée sur du terrain gagné sur la mer. Au XVIIIe siècle, toute la partie où se trouvaient aujourd'hui la place de La Savane, la cathédrale et même la bibliothèque Schœlcher n'était qu'une vaste mangrove qui avait été comblée au fil des ans, mais que de temps à autre la mer reconquérait. Par temps de cyclone, les vagues bousculaient la Jetée et se répandaient à travers les rues, inondant magasins et immeubles d'habitation. En fait, le centre-ville reposait sur du terrain instable, marécageux même, et il n'était guère envisageable que les maisons y disposent de caves. L'enfer de la bibliothèque Schœlcher ne pouvait donc en aucun cas se trouver à l'en-bas de l'imposant bâtiment. Mais il était tout aussi improbable qu'il se trouvât en un lieu par trop éloigné de ce dernier.

Je me mis à fréquenter quasiment chaque jour les sombres travées où se pressaient lycéens turbulents, retraités et érudits locaux, multipliant les courbettes et attitudes obséquieuses envers Claire-Élise qui demeurait de marbre. Je finis par comprendre, aux conseils qu'elle prodiguait aux lecteurs en quête d'ouvrages, qu'elle était une adepte fervente de la Négritude et qu'à ses yeux, Aimé Césaire incarnait une sorte de demi-dieu. Sans doute m'assimilait-elle à cette bourgeoisie mulâtre aliénée que le poète avait vouée aux gémonies, à ces rimailleurs exotisants de la fin du XIXe siècle, ces Daniel Thaly ou Osman Duquesnay qui avaient passé leur vie à chanter cette « île où l'air a des odeurs de sucre et de vanille », son ciel bleu, sa mer toujours chaude, ses colibris et ses fleurs tropicales, ses belles doudous aux poses lascives. Comment convaincre l'aide-bibliothécaire que je n'avais rien à voir avec eux et que, moi aussi, j'affectionnais le surréalisme et l'écriture automatique ? Elle m'aurait ri au nez : tout cela datait des années trente c'est-à-dire de presque un demi-siècle plus tôt. Je n'étais qu'un surréaliste tardif. Ou plus exactement attardé ! De plus, elle avait dû vérifier les titres des ouvrages que j'empruntais régulièrement et s'esclaffer en constatant que je donnais non plus seulement dans le mysticisme mais aussi et surtout dans l'occultisme, la sorcellerie et autres billevesées comme disait son supérieur hiérarchique.

Mais, fort heureusement, Claire-Élise avait deux points faibles : elle se défrisait les cheveux et arborait une chaîne au bout de laquelle se trouvait un petit christ sur sa croix en or ou plaqué-or. La manière douce ne m'ayant procuré aucun résultat, j'essayai l'attaque frontale. À cette époque, les Négresses martiniquaises utilisaient un instrument quasi barbare, un gros peigne en fer qu'elles mettaient à chauffer sur du charbon de bois ou sur une gazinière et qu'elles enfouissaient dans leur chevelure, une fois l'instrument rougi, pour étirer celle-ci en forme de baleine de parapluie. Ou en queue de crapaudladre pour celles que Dame nature avait moins bien fournies. Inutile de préciser qu'une assez désagréable odeur de pneu calciné empestait aussitôt les lieux (ou de peau brûlée si la demoiselle avait manqué de doigté) et que le résultat, la plupart du temps, n'était pas des plus heureux. Or, Lisette ramenait de ses pérégrinations insulaires des produits venus des États-Unis, notamment des crèmes à défriser extrêmement efficaces et aucunement douloureuses que toutes les pacotilleuses prétendaient être utilisées par les grands chanteurs ou musiciens noirs américains du genre Louis Armstrong ou Nat King Cole. Bien entendu, du point de vue purement esthétique, le résultat était à peu près le même (les hommes ressemblaient à des tapettes en goguette et les femmes à des guenons à moitié apprivoisées), mais au moins ces crèmes étaient-elles d'un usage beaucoup plus aisé et surtout plus rapide que l'horrible fer à défriser. Un après-midi, alors que la faune habituelle des lycéens s'était réduite, sans doute à cause de la pluie, j'abordai Claire-Élise sans façon :

— Mademoiselle, me permettez-vous de vous dire deux mots ?

— À quel sujet ?

— Vos cheveux méritent mieux. Tenez, pourquoi ne pas essayer ce produit ?

— Je vous ai demandé quelque chose, moi ?

Mais derrière son agressivité, je perçus, dans son regard, une lueur d'intérêt. Au moins ne m'avait-elle pas tourné le dos comme à son ordinaire.

— Je suppose que vous lisez l'anglais... « Fair Hair » est fabriqué à Miami. Tenez, regardez!

Claire-Élise hésita, me toisa avant de baisser la garde. Elle prit le tube de crème, le tourna et retourna, le déboucha et huma son odeur, d'un air interrogateur.

— Il est à vous! Je vous l'offre. Petit cadeau d'un admi-rateur...

— Vous... vous m'admirez, moi?

— Et pourquoi pas?

— Première nouvelle! Depuis quand les bourgeois s'intéressent-ils aux petites Négresses telles que moi? Ha-ha-ha!...

Je compris à son rire, un peu nerveux, que je venais de gagner la partie. Pour enfoncer le clou, je l'attaquai sur sa chaîne et le petit Jésus sur sa croix qu'elle arborait.

— Savez-vous qu'il n'y a aucune preuve que Jésus était blanc?

— Quoi?

Cette fois, peut-être étais-je allé trop loin. Je craignis de perdre mon avantage et m'apprêtais à battre en retraite en prétextant qu'il s'agissait d'une simple plaisanterie lorsque Claire-Élise s'exclama d'une voix enfantine :

— J'ai toujours pensé ça, mais j'ai jamais osé le dire...

Je lui promis de lui indiquer des titres d'ouvrages récents sur la question qui bien entendu n'étaient pas encore arrivés à la Martinique et n'étaient pas près de le faire. Elle se laissa inviter le soir même à dîner dans un restaurant, sans chichis mais correct, du boulevard de La Levée.

Claire-Élise était originaire de la commune du Prêcheur, dans le nord du pays. Seule enfant d'une fratrie de onze à avoir réussi à ses deux parties de baccalauréat, elle avait dû renoncer à partir faire des études à Bordeaux faute de moyens (son père était agriculteur et sa mère couturière) et avait passé le concours d'aide-bibliothécaire qu'elle avait réussi du premier coup. Depuis, elle était devenue à la fois la fierté et le soutien (le « poteau-mitan », dit-elle) de tous les siens, cousins éloignés compris.

— De lourdes responsabilités pèsent sur vos frêles épaules…, murmurai-je, manière d'alimenter la conversation.

— Frêles ? Ne me dites pas que vous croyez à ces histoires de sexe faible ! Vous me décevriez…

— Charmantes épaules ai-je voulu dire…

— Je préfère !… Au fait, après, nous allons où ? Chez vous ou chez moi ? Je ne vous cache pas que je préfère la deuxième solution. Je ne suis pas très à l'aise dans les endroits que je ne connais pas.

J'en demeurai bec coué. La jeune femme bien sous tous rapports, qui officiait en tailleur strict à la bibliothèque Schœlcher et demeurait sur son quant-à-soi face à la gent masculine, était, hors de son travail, une viveuse sans complexes. Elle se chargea de me déshabiller, de me pousser sous une douche froide avant de me sécher à l'aide de sa langue, ne négligeant aucun recoin de mon corps pour finir par m'asperger de parfum et me grimper dessus à la califourquette en poussant des hurlements de jument en rut. Par bonheur, son logement, situé au dernier étage d'un immeuble de la rue Garnier-Pagès, n'avait pas de voisin immédiat. Sur son palier, tous les autres appartements avaient été transformés en dépôts de marchandises, le quartier étant occupé par des magasins de vêtements ou de chaussures. Entre deux parties de jambes en l'air, elle allait et venait, nue, transportant d'une pièce à l'autre, de manière triomphale, un arrière-train presque stéatopyge qui avait le don de maintenir mon braquemart en position de sabre au clair. Je ne m'en privai pas. Oubliée Lisette et ses minauderies. Au diable les catins du Perroquet bleu et leur gentillesse tarifée ! Mais Claire-Élise me chassait au petit matin et lorsque je rentrais chez Man Édouarlise, sur la pointe des pieds, celle-ci, qui parfois m'avait attendu toute la nuit, me rabrouait, usant d'une expression créole énigmatique :

— C'est toi l'homme-tonnerre, hon !

Sans doute celui qui arrive sans crier gare. En tout cas, elle se faisait du souci pour moi, les rues n'étant plus sûres après dix-huit heures à Fort-de-France. À ces moments-là, elle me rappelait ma nounou, Clémencia, qui, quoique pratiquement octogénaire, était encore au service de ma famille. Bien des choses les rapprochaient, à commencer par cette affection débordante que toutes deux nourrissaient pour ma personne. Ma bien insignifiante personne, me disais-je. Je m'employai à rassurer ma logeuse, inventant des soirées littéraires chez des amis poètes, glissant le nom de Dampierre qu'elle pouvait avoir entendu à la radio. Man Édouarlise ne fut pas dupe :

— Attention à tes fesses, mon garçon ! Cette fille risque de te mener par le bout du nez.

Elle était dotée d'une intuition généralement infaillible. Or donc, moins de deux mois après notre première et volcanique rencontre charnelle, l'aide-bibliothécaire m'attaqua en ces termes :

— Si donc Jésus était noir, cela signifie que... Dieu lui-même est noir, non ?

— Peut... peut-être bien..., balbutiai-je, désarçonné.

— Jésus et Dieu étant noirs, il faudra bien qu'un jour on respecte la race nègre, non ?

— C'est... c'est évident, oui...

— Et toi, tu dois d'abord commencer par me respecter ! Depuis le temps que tu me montes sur le ventre, tu n'as pas encore daigné me donner une date. Ce n'est pas normal, ça !

Je fus contraint et forcé de promettre le mariage à Claire-Élise. J'étais trop près du but pour pouvoir faire machine arrière. Elle était la seule employée en mesure de me faire accéder à l'enfer de la bibliothèque Schœlcher. En fait, j'avais vu juste, cet endroit mystérieux ne se trouvait pas sous le bâtiment de la bibliothèque Schœlcher, mais en face, dans une belle demeure en bois, entourée de vérandas, dont le style créole détonnait quelque peu avec les constructions en béton de type européen qui l'environnaient. Elle avait appartenu à un riche industriel de la canne à sucre, un certain M. Bougenot, qui, quoique d'origine métropolitaine, s'était, par la grâce du mariage et par la force de ses innovations technologiques, transformé en un Blanc créole. Sa gloire datait du siècle dernier. Entre-temps, ses héritiers avaient dilapidé sa fortune. La villa Bougenot avait donc été achetée par le Conseil général de la Martinique et servait épisodiquement de dépôt pour certaines archives.

— C'est en réalité plus une case à chauves-souris qu'autre chose, avait prévenu Claire-Élise, quelque peu inquiète de l'excitation qui m'avait gagné, moi son futur conjoint.

Il arrivait donc que la bibliothèque Schœlcher y entreposât des ouvrages sulfureux, chose qui, précisa-t-elle, ne se produisait que rarement, lesdits ouvrages ne provenant évidemment pas de commandes effectuées par l'établissement, mais se trouvant au mitan des legs que lui faisaient de temps à autre des bibliophiles sans descendance, pour la plupart blancs créoles, avoua-t-elle en troussant les lèvres. Une nuit, elle accepta de m'y conduire. Nous fûmes obligés d'escalader la grille d'entrée, chose qui me fut plus difficile qu'à l'aide-bibliothécaire qui était d'une souplesse époustouflante. Lorsqu'elle dirigea la lampe de poche, qu'elle tenait dissimulée jusque-là, sur la serrure de la porte, elle sursauta et recula vivement, me heurtant de front.

— Elle... elle est ouverte...

— Ce n'est pas normal ?

— Bien sûr que non, idiot ! chuchota-t-elle un brin agacée. On fait quoi ?

Jouant à l'Artaban, je me dirigeai vers la porte que je poussai du pied avant de passer la tête à l'intérieur de la villa. Ce que j'entraperçus me terrifia au point que je faillis tomber de malcaduc. Saisissant Claire-Élise par le bras, je m'écriai :

— Allons-nous-en d'ici ! Vite ! Vite !

Je venais de voir Grand Z'Ongles, pourtant décédé depuis des mois, en grand conciliabule avec la Diablesse, cette bellissime créature qui me fixait des rendez-vous au Pont-de-Chaînes le vendredi soir avant trois heures du matin !...

QUATRIÈME BALLANT

Refuser d'admettre l'Invisible revient à nier, non pas qu'un ou tout un paquet de dieux et déesses veillent sur nos têtes de pauvres mortels, mais bien que nous n'avons pas été pétris avec la seule glaise du quotidien. Qu'à côté de lui, nous cheminons, sans toujours le savoir, dans une dimension que certains beaux esprits qualifient de cachée, mais qui n'est que silencieuse.

L'Invisible se tait.

Il n'affectionne pas les grandes démonstrations ni les plaidoiries inutiles. C'est pourquoi les sorciers braillards ne sont qu'un lot de charlatans et de bonimenteurs.

L'écriture est, parfois, un révélateur de l'Invisible…

19

Le bibliothécaire me baillait des rendez-vous à date fixe, non pas sur son lieu de travail afin de ne pas éveiller de soupçons, mais à la Maison du Sport, bâtisse peinte en jaune dotée d'un escalier monumental, située sur la place de La Savane, à quelques encablures du fort Saint-Louis et donc de la minuscule plage de La Française où, de bon matin, djobeurs et autres colporteurs faisaient de hâtives ablutions. L'homme s'astreignait à y pratiquer l'escrime en dépit de sa soixantaine avancée et de maux de dos récurrents. Toutes sortes de disciplines athlétiques y avaient cours à partir de l'après-midi, notamment l'haltérophilie qui connaissait un franc succès chez les jeunes gens des quartiers populaires, sans doute influencés par les films d'Hercule ou de Maciste que le Bataclan et le Parnasse, salles fréquentées par la négraille, passaient désormais plus souvent que les habituels films de cow-boys.

J'étais assez surpris de découvrir un autre homme que celui qui faisait les cent pas vêtu d'une blouse grise entre les bancs de la bibliothèque Schœlcher, l'œil sévère lorsqu'il observait des lycéens, l'air accommodant à l'inverse lorsqu'il s'agissait d'habitués ou d'érudits. En tenue d'escrimeur, il avait fière allure et se déplaçait avec agilité sur le tapis, face à des adversaires plus jeunes que lui, et lorsqu'il ôtait son masque, il aurait pu passer pour une manière de d'Artagnan des Tropiques.

— Attendez-moi à la buvette ! me faisait-il. Je me change…

Son ton ne laissait jamais rien présager de bon depuis que je ne lui avais pas fourni les cinquante premières pages de *Diabolique passion aux Antilles* que je lui promettais depuis le début du mois de novembre. Je devinais qu'il commençait sérieusement à s'inquiéter, se demandant sans nul doute s'il avait choisi la bonne plume. Le bon Nègre, aurais-je dû plutôt dire. Je m'installai, inquiet, au comptoir de la buvette où d'autres fines lames jouaient aux matamores devant des dames énamourées, vantant tel ou tel geste dans un langage technique qui m'échappait. Le serveur, un gros bougre au teint bilieux, qui roulait des yeux à la manière d'un trompettiste de jazz, ne faisait guère preuve d'amicalité à mon endroit, sans doute parce que je n'étais pas du tout sportif. Il est vrai que je devais faire pâle figure au mitan de tous ces boxeurs, souleveurs d'haltères, manieurs de sabre et autres trapézistes qui, souvent torse nu ou ce dernier mis en valeur dans un tricot moulant, parlaient haut et fort tout en cognant leurs verres à la santé d'untel ou untel.

— Des problèmes ? me fit le serveur curieusement aimable ce jour-là.

— Oh, cette vie n'est faite que de ça, n'est-ce pas ?

— Vous avez bien tort de la prendre du mauvais côté. Et puis, faites un peu d'exercice, mon cher monsieur, ça vous changera les idées. Moi, dès que je finis mon service, allez, hop ! Je file à la salle de gym…

Le bibliothécaire arriva entre-temps. Il n'avait pas l'air très content de me voir converser avec le serveur à qui il commanda un « sec », sans lui adresser un regard. Je m'étais étonné que lui comme bon nombre d'athlètes fréquentant la Maison du Sport n'aient aucune hésitation à s'envoyer des verres d'alcool de canne. Il m'avait rétorqué que ce dernier est le seul qui s'évapore quand on vient de se livrer à un effort intense.

— La date fatidique approche, Augustin, maugréa-t-il, le visage fermé, une fois que nous nous fûmes assis.

Autour de nous, des plaisanteries fusaient ici et là, certains se flanquaient de grandes tapes dans le dos ou faisaient assaut de galantise auprès des dames. C'était un petit monde dénué de soucis, à l'exact contraire des gens des Terres-Sainville qui tirent le diable par la queue, un monde auquel j'aurais pu, j'aurais dû plutôt, appartenir. D'ailleurs, certains de mes condisciples de lycée, se souvenant encore de moi, me faisaient de brefs saluts de la main d'un air gêné.

— Vous m'avez apporté quelque chose ? reprit le demi-frère de M. Julinat.

— Bien sûr…

— Vous avez les cinquante pages comme promis ?

— Pas… pas exactement. J'en ai une trentaine. C'est plus difficile que je ne le pensais… cette littérature de gare, elle n'est pas si…

— Ttttt ! Augustin, pas de ça avec moi, d'accord ?

L'homme était si furieux que l'on pouvait voir les veines de ses tempes dont l'une menaçait d'éclater. Je ne l'avais jamais vu dans pareil état. En plus, il était dans son bon droit, car il m'avait versé la somme, assez considérable, qu'il m'avait promise en guise d'avance sur mes droits d'auteur, somme qui m'avait permis d'échapper aux houspillages de ma logeuse dans un premier temps et qui, dans un deuxième, m'avait fourni les moyens de continuer à mener une vie normale auprès de Lisette et de la Bohème. Il est vrai qu'aussi bien ma dulcinée que mes amis poètes s'interrogeaient sur mes moyens de subsistance puisque les frasques du directeur de l'École de la Réussite foyalaise avaient fait la une des journaux et que Radio-Martinique en avait fait des choux gras durant des semaines, racontant par le menu comment M. Bardet détournait depuis des années les subventions accordées à son établissement afin de se livrer à des parties de poker clandestines avec des commerçants levantins.

Lisette me répétait sans arrêt :

— Tu ne me feras pas avaler que ce sont les deux francs-quatre sous que tu gagnes à *La Voix des Antilles* qui te permettent de tenir la brise !

Je demeurais silencieux mais avec la Bohème, c'était pire.

— J'espère que tu n'as pas recommencé à vivre aux crochets de ton cher paternel ? m'avait fait Dampierre, fielleux.

— Mais non ! avait rigolé Fanfan, notre bon Augustin Valbon, poète méconnu et romancier raté, a fini, Dieu soit loué, par trouver sa voie.

— Il s'est fait bedeau à l'église des Terres-Sainville, c'est ça ? Ha-ha-ha !... Et il se sert dans les troncs ! avait renchéri Honoré.

— Qu'est-ce que vous racontez ? Il a dû prendre la succession de Grand Z'Ongles ! avait surenchéri Jacques-Alexandre.

Comme je me refusais à satisfaire leur curiosité, ils revenaient régulièrement sur le sujet, Dampierre allant jusqu'à supposer — chose qui ne fut pas sans me heurter — que je servais de rabatteur au Perroquet bleu, le boxon de la rue Bolívar, endroit où il arrivait à la Bohème de s'encanailler et qui battait de l'aile depuis un certain temps. Final de compte, je me résolus à leur avouer une partie de la vérité :

— J'ai trouvé... de l'argent. Voilà !

— Comment ça, trouvé ? écarquilla les yeux Honoré.

— Ben, pas compliqué du tout ! se gaussa Fanfan. N'oublions pas qu'Augustin habite non loin de la caserne Gallieni ! Il a dû dévaliser le coffre-fort du commandant. Ha-ha-ha !

Ils avaient ri si bruyamment que des clients du bar de L'Impératrice avaient demandé silence. La serveuse elle-même, pourtant habituée à nos excès, nous avait gourmandés, elle qui nous considérait comme une bande de parasites, mais qui n'ignorait pas que notre seule présence contribuait à animer l'établissement et donc à y attirer des soiffards.

— J'ai fait un rêve et…

— Je suis belle, ô mortels, comme un rêve de pierre ! ricana Jacques-Alexandre.

— Laisse-le terminer ! intervint Dampierre.

— Toutes les nuits pendant deux mois, j'ai fait le même rêve… un homme très noir me demandait de lui rendre un service. Je ne le connaissais pourtant pas. Son visage ne me disait absolument rien… Il disait avoir été enterré dans l'allée centrale du cimetière du Lorrain et voulait que je fasse changer de place son cadavre… Alors, je me suis exécuté…

La Bohème redevint soudain sérieuse et écouta le restant de mon histoire bouche bée. Aucun d'eux ne douta de sa véracité. Même Fanfan ne fit aucune allusion au fait que, de tout temps, j'étais réputé avoir des hallucinations ! Dampierre me déclara même qu'en plus, je tenais là un excellent sujet de roman, peut-être le sujet qui allait enfin me faire connaître, voire même me permettre d'investir avec fracas la scène littéraire à la fois insulaire et germanopratine. Ils étaient sincèrement contents pour moi, chose qui me surprit agréablement. Mais, ô paradoxe, il m'était plus difficile d'utiliser ce bobard avec Lisette, Bec-en-or ou Bertine, ma voisine du dessus, qui n'avaient de cesse de s'inquiéter pour moi depuis la fermeture de mon école. Ou bien ils ne m'auraient pas cru ou bien ils auraient imaginé que j'avais passé un pacte avec le Diable, ce qui du même coup me transformerait en personne infréquentable. J'avais dû inventer une histoire abracadabrante d'héritage légué par une vieille tante pour pouvoir avoir la paix.

— Trente pages ? reprit le bibliothécaire après un long silence perplexe. Ce n'est pas tout à fait ce dont nous étions convenus, Augustin... Ne seriez-vous donc pas un homme de parole ?

— Si... si-si... mais je ne suis pas, comme vous le saviez, très familier de ce genre de littérature. Écrire simple est beaucoup plus complexe qu'on ne se l'imagine.

Le serveur nous apporta deux porto, la boisson favorite du bibliothécaire après le rhum. Des gymnastes s'amusaient à utiliser des chaises hautes en guise des barres parallèles sous le regard faussement courroucé des dames dont certaines poussaient de petits cris d'effroi. Je me demandais si tous ces gens avaient conscience qu'à côté de leur monde feutré et insouciant existait un autre, violent, implacable, désespéré parfois, un monde de dénantis, de guenilleux même, d'ouvriers sous-payés, de mères incapables de nourrir correctement leur progéniture, de voyous sans foi ni loi et d'étrangers en perdition. Ce monde que j'avais fait mien, celui des Terres-Sainville et des autres lieux plébéiens de l'En-Ville qu'il m'arrivait de fréquenter grâce à Lisette qui y connaissait les casinos où l'on pouvait danser jusqu'à une heure tardive quel que soit le jour de la semaine. Le Marguerite des Marins sur la route menant au port où l'on passait de la rumba et du guaguanco. Chez Titi à la Cour Fruit-à-Pain, fief de la biguine et de la valse créole. Anba Tol-la, bouge du Bord de Canal, où l'on pouvait coquer des vagabondes pour cinquante francs debout — cent francs couché entre deux envolées de mazurka créole. Et encore Le Canapé rouge sur la face du Morne Pichevin donnant sur le quartier de Sainte-Thérèse et, plus loin, à Kerlys, un endroit obscur qui n'avait pas de nom et que l'on surnommait le « Sauté-maté ».

— Bon, ça ira pour cette fois, fit le bibliothécaire d'un ton las, mais mardi, j'exige la suite…

20

Lisette lui faisait des scènes de ménage de plus en plus violentes. Elle ne supportait pas de le voir passer des jours entiers assis à son bureau et même des nuits, à écrire ces livres dont il ne voulait jamais parler. Elle avait exigé qu'Augustin lui « résume » celui dont elle avait aperçu le titre, *Diabolique passion aux Antilles*, et quand celui-ci avait fini par lui révéler qu'il s'agissait de l'histoire d'une certaine Louisiane, la danseuse de tango était entrée dans une rage folle :

— *Sé épi'y ou ka kònen mwen kon sa yé a?* (C'est avec elle que tu me trompes alors?)

— Qu'est-ce que tu racontes? C'est juste un personnage de roman...

— Ne me prends pas pour une nigaude! Je ne suis qu'une simple dactylo qui n'a que le brevet des collèges, mais je sais au moins une chose : ce que disent les livres est vrai. Ou, en tout cas, ils contiennent toujours une part de vérité! Donc ta Louisiane là, je...

— Excuse-moi de t'arrêter, fit Augustin, malicieux. Tu confonds vrai et vraisemblable, très chère. La vie est vraie tandis que la fiction n'est que vraisemblable.

Lisette tomba soudain dans un abîme de perplexité. Chaque fois que son homme commençait à parler de choses trop abstraites, elle se cousait la bouche, sachant qu'elle n'aurait pas le dernier mot. Elle lui damait assez le pion au niveau des choses pratiques pour lui permettre quelques petites victoires symboliques sur le plan de ce qu'elle appelait comiquement « tes affaires de grand-grec ». En réalité, sa sensibilité féminine ne l'avait pas trompée : Augustin Valbon était bel et bien tombé en amour pour son personnage. Pourtant, entre la personne réelle qu'il n'avait fait qu'apercevoir lorsqu'il était enfant à Grand-Anse du Lorrain et la créature de papier qu'il avait imaginée à partir d'elle, il y avait un monde. La jeune fille qui s'était suicidée au Rubigine parce que celui qu'elle aimait était tombé au front pendant la guerre d'Indochine était apprentie-couturière et passait ses journées au premier étage d'une grande bâtisse en bois de la Rue-Derrière, rivée à une machine à coudre Singer. Pour tromper l'ennui, on la voyait, de temps à autre, s'accouder au balcon, mais elle ne prêtait pas attention à la marmaille. Les plus délurés des garçons la surnommaient « la belle câpresse » et, pour de vrai, dans le souvenir d'Augustin, elle avait une peau de sapotille mûre et des cheveux en boucles, mais il n'avait jamais entendu le son de sa voix. Il ne savait pas si elle aimait lire des romans-photos ou écouter la radio. Il ignorait si son rêve secret, comme beaucoup de jeunes filles des années soixante, était de trouver un bon job en France afin de pouvoir fuir l'ennui massif qui pesait sur Grand-Anse. À la vérité, pour le petit Augustin, celle dont il ne se souvenait même pas du nom (à moins qu'il ne l'ait jamais su) était une forme un peu irréelle, presque vaporeuse, à l'en-haut d'un balcon branlant. Par contre, la Louisiane que l'adulte Augustin avait imaginée était, elle, bien vivante. Elle avait des émotions, une voix, des gestes familiers comme celui de se pincer le nez, un corps surtout. Un magnifique corps de femme faite. D'ailleurs, une fois qu'Augustin eut fait un sort au service que le prêtre indien lui demandait avec tant d'insistance, une fois donc qu'Andrassamy fut inciméré, ce fut au tour de Louisiane de venir hanter les rêves de l'écrivain raté. Il ne s'agissait plus, là, de rêves nocturnes, mais du rêve éveillé, de la douce rêverie qui s'empare de nous lorsqu'on s'adonne à une activité routinière ou que le temps passe trop lentement.

À force-à force, l'image fictive de Louisiane avait fini par ravir la place de celle, pourtant bien réelle celle-ci, de Lisette dans le cœur d'Augustin. À son corps défendant, car il avait lutté, désespérément lutté, contre cette invasion qui s'était déroulée de façon progressive, mais implacable. Inarrêtable en tout cas.

[DIABOLIQUE PASSION AUX ANTILLES.

Elle portait au front, sur son madras couleur de flammes, une épingle tremblante qui oscillait à chacun de ses mouvements et à l'intérieur de laquelle étaient serrés deux brins de cheveux de l'Aimé. Ses amies la traitaient de « vieille femme avant l'heure » parce que ce bijou créole n'avait plus guère les faveurs de la gent féminine. Du moins chez les jeunes filles qui lui préféraient des colifichets, achetés à la boutique du Syrien Assad, dont la seule origine étrangère en faisait, à leurs yeux de campagnardes, des objets de haute valeur. Louisiane avait toujours été une entêtée. Ainsi sa mère n'avait pu l'empêcher de quitter l'école malgré moult supplications et admonestations. Je sais désormais lire et compter, lui avait asséné la câpresse, donc leurs histoires de « nos ancêtres, les Gaulois » et du Bassin aquitain, très peu pour moi !

À la vérité, elle avait été subjuguée par une voix masculine alors qu'elle se rendait à la fontaine, comme chaque beau matin, pour ravitailler la maison en seaux d'eau. Il lui fallait, pour ce faire, traverser la Rue-Derrière, bifurquer en direction du cimetière et remonter deux ruelles plus haut, parcours que la marmaille affectée à cette corvée ne trouvait pas épuisant, car il était l'occasion de chamailleries, de fous rires et de courses-courir. De baignades forcées surtout. Louisiane avait été la seule à prêter attention à cette voix qui chantait du Tino Rossi avec des trémolos qu'on aurait juré infinissables. Elle s'élevait de la cour intérieure d'une villa à étages pourvue d'une véranda sur tout son pourtour. Sans doute cette cour était-elle ornée d'un jardin, car des bougainvillées escaladaient le mur, retombant du côté de la rue.

Combien d'années la jeune fille écouta-t-elle cette voix sans visage ? Elle n'aurait su le dire elle-même. Plusieurs en tout cas. Jamais elle n'avait poussé l'audace jusqu'à interroger le monde sur l'occupant de cette maison (d'évidence, il y habitait seul) de peur que l'on ne découvrît son secret. Son petit et grand secret : elle était subjuguée par la voix de l'homme qui la possédait sans avoir encore pu apercevoir la figure de ce dernier. Tout juste parvenait-elle à grappiller et à coller des bribes d'informations à son sujet. Ses parents étaient décédés lors d'un accident de la route du côté de l'Ajoupa-Bouillon ; c'étaient des gens aisés qui exerçaient le métier de fonctionnaire (le père était inspecteur des contributions) ; il était leur seul et unique enfant ; étudiant en France, il était revenu en catastrophe à la Martinique et depuis ne sortait plus de la maison familiale, une tante s'occupant de son ménage ; sans doute avait-il perdu la raison car il passait ses journées à chanter à tue-tête.

Plus Louisiane rassemblait des éléments sur lui, plus sa passion pour lui décuplait. Vint l'âge où elle échappa à la corvée d'eau et où sa mère la mit en apprentissage chez une couturière de renom. Chance inouïe, la maison de cette dernière se trouvait à portée de voix (c'était le cas de le dire !) de celle du jeune homme. Louisiane n'avait donc plus qu'à feindre d'avoir trop chaud à l'intérieur pour gagner le balcon en fer forgé d'où elle pouvait écouter à loisir celui qu'elle ne désignait plus que sous le beau nom de l'Aimé...]

Investi de tous côtés par son personnage, Augustin ne quittait désormais plus sa chambre que pour aller se ravitailler chez le Chinois Huang-Ho. Une boîte de corned-beef, un pain et une bouteille de Royal Soda au parfum grenadine lui suffisaient, mais il arrivait que, par un élan de charité inouï, la femme du boutiquier l'obligeât à accepter une gamelle remplie de mets succulents mais un peu trop épicés pour son estomac devenu fragile à cause de la fréquentation, tout au long de ces années, du bar de l'hôtel L'Impératrice. Toutefois, l'écrivain raté évitait soigneusement de passer aux abords du cinéma Le Bataclan où il savait que quelqu'un ne manquerait pas de l'interpeller. Alors que les séances ne commençaient qu'à dix-huit heures en semaine, toute une foison de bougres désœuvrés en assiégeaient l'entrée dès la fin de l'après-midi de façon à pouvoir être les premiers à acheter leurs tickets et donc à s'installer sur les sièges du fond de la salle. C'est qu'Augustin, entre le moment où il avait perdu son poste à l'École de la Réussite foyalaise et celui où le responsable en chef de la bibliothèque Schœlcher lui en avait proposé un, avait été très assidu au Bataclan alors même que, certaines semaines, le même film repassait tous les soirs. Personne ne s'en plaignait. On pouvait regarder *Règlement de comptes à OK Corral* ou *Spartacus* etcetera de fois sans se lasser (sans compter que beaucoup se rêvaient en Kirk Douglas) et d'ailleurs, pour Augustin, le spectacle était autant dans la salle que sur l'écran. Le fier-à-bras des Terres-Sainville, Bec-en-or, régnait sur les bancs du milieu, réputés plus confortables, ne laissant à ses *alter ego* du Bord de Canal, à savoir Waterloo Gros-Lolo, et du Morne Trénelle, Lapin Échaudé donc, que ceux placés sur les côtés d'où il fallait parfois se tordre le cou pour voir correctement l'écran. Bec-en-or n'autorisait quiconque à commenter les films avant lui. Il était celui qui critiquait tel cow-boy trop lent à la détente à son gré ou telle actrice — Gina Lollobrigida était son souffre-douleur — qui s'éternisait en minauderies. En général, le public éclatait de rire ou applaudissait, ce qui donnait le signal de commentaires émanant d'autres spectateurs. Une fois que ces derniers avaient vu le film le lundi et le mardi, tout le reste de la semaine, ils délaissaient l'écran pour s'envoyer des piques d'une rangée à l'autre ou, s'agissant des baliverneurs, pour tenter de sucrer les oreilles de quelque bougresse venue seule. Augustin avait fini par être surnommé « Tête-Pain » parce qu'il n'ouvrait jamais la bouche. Il n'en avait pas pris ombrage du fait que la plupart des gens l'employaient sur un ton mi-badin mi-affectueux. En outre, c'était la preuve par neuf qu'il avait fini par être accepté dans le quartier tout mulâtre petit-bourgeois qu'il était.

Si Louisiane détourna Augustin du Bataclan, c'est qu'elle surpassait en belleté et prestance les quatre reines du grand écran qu'étaient Sophia Loren, Gina Lollobrigida, Rossana Podestà et Sylvana Mangano à qui tout homme normalement constitué ne pouvait vouer qu'un culte déborné. Ou plus exactement le visage de la câpresse se surimposait à celui de ces divas italiennes chaque fois que, faisant un effort sur lui-même, conscient de la réclusion qu'il s'était imposée, Augustin s'octroyait une séance de cinéma. Mais il était désormais habité par un doute : dans son enfance, il était si courant que les jeunes filles mettent fin à leur vie à cause d'un chagrin d'amour et surtout utilisent ce détergent très en vogue à l'époque, le Rubigine, qu'il pouvait très bien avoir confondu Louisiane avec une autre. D'ailleurs, ce prénom était lui aussi fort achalandé et il n'était pas impossible du tout que la commune de Grand-Anse comptât deux, voire trois Louisiane au sein de ses trois ou quatre mille habitants. L'écrivain savait qu'il lui aurait été facile de trouver réponse à ses interrogations. Il lui suffisait de se rendre là-bas, d'interroger les anciens et de parcourir les registres de décès. Mais quelque chose en lui, au plus profond de lui, l'en empêchait. Comme si vivre avec le doute contribuait à nourrir son imagination et à guider sa plume, chose bienfaisante car le bibliothécaire en chef était devenu de plus en plus intraitable quant aux dates de remise des manuscrits…

21

Dit de Charlemagne.

Qui se souvient du temps où l'on agonisait au fin fond de nos campagnes alors qu'on n'y disposait pas encore de route asphaltée ni d'électricité ? De ces docteurs à nœud papillon montés du bourg à cheval, et qui, pressés de repartir, examinaient les corps à la vivement-dépêché avant de signer, d'un air ennuyé ou absent, leur certificat de décès ? En ce temps-là, la mort était traîtresse. Elle faisait mine de vous happer, diminuait le battement de votre cœur jusqu'à ce qu'il devienne indétectable, ramenait votre souffle à l'imperceptible et vous enveloppait dans cette froidure terrible qui rend si pénible, même pour des proches, le contact avec les décédés.

Le plus terrifiant était le temps de la lèpre. Cette maladie vicieuse se cachait des années durant avant de surgir sans crier gare et de provoquer des dévastations inouïes. Arrivait le dernier stade de la maladie, quand la personne ne pouvait même plus bouger et que son flux vital diminuait au point qu'on l'imaginait volatilisé. Alors, on se dépêchait de l'enterrer de même que tous ceux qui se trouvaient dans un état semblable, sans trop faire attention à qui était encore accroché à ce monde. Il fallait enrayer la contamination là-même. Si bien que nous, les fossoyeurs, il était habituel qu'en ce temps-là, nous découvrions des squelettes recroquevillés, des bras tendus, désespérément tendus, des mains agrippées à la paroi du cercueil.

Quoi de plus terrifiant que d'être enterré tout vivant et de se voir glisser dans l'inexorable ?

Bon, je vous le répète : un mort possède quatre-vingt-dix pouvoirs de plus qu'un vivant. Par exemple, vous vivez en harmonie avec votre femme, vous êtes comme deux petits poissons dans l'eau, eh ben supposons que quelqu'un veuille mettre la malentente, la zizanie, si tu préfères, entre vous, il commande à la tête de mort de trouver un moyen d'y parvenir. Ce malveillant vient repérer votre maison, il observe bien les alentours, note les va-et-vient et transmet tout cela à la tête de mort, laquelle part aussitôt en mission. Non qu'elle se déplace physiquement, c'est l'esprit qu'elle contient qui le fait à la suite de la prière que son possesseur lui aura adressée. Une prière tout-à-faitement spéciale que n'importe qui ne peut pas s'imaginer connaître. Mais, parfois, l'esprit du mort peut décider de visiter un vivant de son propre chef. Il n'est pas esclave de celui qui a acheté le crâne. Faut jamais croire ça ! C'est comme ça qu'un cousin à moi, un Nègre long comme le Mississippi qui travaillait comme arrimeur sur l'Habitation Arcahaie, du côté de Basse-Pointe, m'est apparu une nuit pour m'indiquer l'endroit où il avait caché son argent. Il m'a indiqué les ruines d'une distillerie dont l'un des murs de pierre était encore debout. Pour trouver la cachette, il fallait compter trente-deux roches de long et cinq de large. Là, il suffisait d'enlever la roche, ce que j'ai fait, pour découvrir le trésor de mon cousin. Oh! C'était pas grand-chose : un etcetera de grosses pièces de cinq francs en argent. Mais c'était mieux que rien, non? Ha-ha-ha!

En fait, nous ne comptons pas notre temps de vie et de mort à la façon des Blancs. Pour nous, la vie de quelqu'un, c'est tout le temps que nous avons vécu sur terre plus tout le temps dont nos parents ou nos amis se souviendront de nous, parleront de nous, nous invoqueront lorsqu'un problème se dressera devant eux. Quand donc, tu achètes une tête de mort, même si tu n'as pas connu la personne qui la possédait, tu prolonges ainsi sa vie tout le temps que tu l'abriteras dans une chapelle, que tu lui donneras à manger une bougie verte et à boire un verre d'eau fraîche. Il y a ainsi des gens qui ne meurent jamais. Les grands savants, les papes, les rédacteurs de livres de grande renommée, les prophètes bien sûr. Chaque fois que nous prononçons leur nom, nous leur accordons, sans le savoir, une grappe d'années de vie supplémentaire.

Ainsi, la jeune Négresse qui avait fait chavirer-tomber le cœur de mon collègue Zoklet n'est toujours pas effacée des mémoires. Un mandoliniste en a fait une chanson triste qui fit succès des années et des années durant avant d'être gravée sur un disque et de passer à la radio. Ses paroles sont comme ça :

Louisiane ô! Belle créature
À la chevelure de soie,

Aux paupières en ailes de papillon
Pourquoi as-tu mis mon âme en cage ?

Enfin, quelque chose de la sorte, car je n'ai guère de mémoire pour ce genre de futilités. À ce qu'il paraît, cette chanson a été reprise et remaniée dernièrement et qu'elle a fait vibrer les cœurs jusqu'à Paris et à New York.

Louisiane vivra donc éternellement…

22

L'invitation me fut transmise par le truchement de Lisette bien que nos rapports se fussent distendus au point que je ne fréquentais le Tango-bar que lorsqu'il me revenait qu'elle était en voyage à travers la Caraïbe. En fait, depuis un certain temps, elle sollicitait des congés de plus en plus fréquents auprès de son avocat pour pouvoir accompagner une pacotilleuse à Saint-Domingue, à Trinidad ou à Bénézuèle d'où elle rapportait tout un lot de marchandises dont la revente lui rapportait en une semaine, selon ses propres dires, ce qu'elle gagnait en un mois en tant que dactylo. Il s'agissait pourtant de colifichets, de parfums aux senteurs vulgaires, de pommades à défriser les cheveux, d'onguents contre la migraine ou les rhumatismes, de chaussures à talon aiguille ou encore de baume chinois, réputé plus efficace que notre bois-bandé créole. Lisette avait des clients attitrés qui à Terres-Sainville, qui dans d'autres quartiers où l'on n'était pas très regardant sur la qualité de ce que l'on achetait dès l'instant où cela brillait ou pouvait épater le voisin. Man Édouarlise faisait évidemment partie de ceux-ci et elle en était même venue à me gronder d'avoir rompu avec « une jeune femme si-tellement pleine de débrouillardise ».

— Nostre homme te fait dire qu'il est pressé de te rencontrer..., m'avait lancé Lisette un jour qu'elle était venue effectuer une livraison chez ma logeuse.

Nous étions, elle et moi, les seuls à savoir qu'il s'agissait d'un Blanc créole un peu excentrique qui vivait en quasi-ermite sur sa propriété du Gros-Morne et avec lequel ma dulcinée avait eu, dans sa prime jeunesse, une liaison qu'elle décrivait comme torride. Un certain Simon Fernay de Moncourt qui se vantait de descendre d'une des toutes premières familles de colons à s'être installées à la Martinique, en 1639 aimait-il à préciser, famille originaire de Normandie. Un soir d'avant l'époque de l'amiral Robert, il était venu s'encanailler au Tango-bar, lequel avait ouvert ses portes depuis peu et n'avait donc pas encore la réputation des autres casinos de l'En-Ville, notamment le célébrissime Petit Balcon, sis route de la Folie. Inutile de dire que les Nègres ouvrirent des yeux grands comme des soucoupes en voyant y débarquer, entièrement vêtu et chapeauté de blanc, cet homme également blanc, qui non seulement maniait un créole zéro-faute, mais ingurgitait folibar de rhum sur folibar de rhum sans perdre ses esprits ni trébucher le moins du monde.

— *Yo di mwen sé isiya moun ka viv kò-yo* (On me dit qu'ici, c'est la belle vie), fit-il, rigolard.

Les deux seuls musiciens qui officiaient à l'époque, un guitariste et un accordéoniste dont le talent était plus que douteux, se mirent à suer à grosses gouttes. La propriétaire du Tango-bar, quant à elle, trépignait derrière son comptoir, partagée entre la fierté d'accueillir un personnage aussi considérable qu'un Béké et effrayée à l'idée que ce dernier pût ruiner d'une simple sentence la réputation naissante de l'établissement. Mais de Moncourt était loin d'être ce qu'il y avait de pire au sein de la caste blanche créole. À la vérité, l'homme s'était toujours montré bon bougre avec son personnel, là-haut, à la campagne du Gros-Morne, comme Lisette s'en rendrait compte. Veuf assez jeune, aux approchants de la quarantaine, il n'avait pas repris femme dans son milieu, se satisfaisant de relations ancillaires avec des Négresses ou des mulâtresses avec lesquelles il avait une pléthorique progéniture. Chose qui explique d'ailleurs que les Gros-Mornais l'appelaient « Papa Béké », y compris ceux dont il aurait pu être le fils. Il avait tout de suite été hypnotisé par la belleté de chabine de Lisette et son visage joliment tiqueté, sous ses yeux verts, de taches de rousseur. Elle n'avait que seize ou dix-sept ans à l'époque, rapporta-t-elle à Augustin, et ne connaissait pas encore les malplaisances de la vie. Tout lui semblait beau, nouveau, voire exaltant, elle dont la mère s'était esquintée sur une habitation cannière de Rivière-Salée et avait enfanté pour un Blanc-France — le père de Lisette donc — qui officiait comme contrôleur des Services de l'Agriculture. Un beau jour, sans dire ni couic ni couac, la jeune fille en avait eu assez de croupir dans une case immonde de Petit-Bourg, avait acheté un billet pour le bac qui reliait la commune à Fort-de-France et s'en était allée à l'aventure malgré les pleurs et gémissements de sa génitrice. Elle était moins diserte sur les premiers temps qu'elle avait passés dans l'En-Ville mais Augustin devinait, à certains trémolos dans sa voix, les rares fois où il lui arrivait de les évoquer, que ceux-ci avaient dû être effroyables.

— Combien de fois j'ai été obligée de dormir sur un banc de La Savane ? Hon !... Je ne les ai même pas comp-tées..., faisait-elle, rêveuse.

Toujours est-il que Simon Fernay de Moncourt avait attendu au-delà de minuit, le temps qu'elle eût fini d'aider la propriétaire du Tango-bar à ranger l'endroit, pour lui faire la proposition la plus invraisemblable de sa jeune existence : prendre ses quartiers chez lui, à l'Habitation Belles-Feuilles. Soixante hectares plantés en canne à sucre. Oui, avec lui ! Elle l'avait dévisagé, incrédule, sur le trottoir qu'éclairait faiblement un poteau électrique. La rue était déserte, hormis la traction avant noire du Béké sur laquelle il était négligemment appuyé. La jeune chabine hésita lorsque celui-ci lui ouvrit d'un geste cérémonieux la porte du véhicule en lui lançant d'une voix passablement alcoolisée :

— Mamzelle dont je ne connais ni le nom ni le prénom mais dont la splendeur a chamboulé mon cœur, me feriez-vous l'honneur d'accepter de partager, à compter de cette nuit sans lune, les travaux et les jours de ma modeste engeance ?

À l'époque, avant le règne de l'amiral Robert donc, être beau ou bien habillé ne suffisait pas pour réussir à faire tomber les défenses de la gent féminine. Pas plus qu'être riche ou puissant. Ni même blanc ou clair de peau. Certes, tout cela constituait des atouts considérables, mais si on n'avait pas du bel français sous sa langue, si on n'était pas capable de jongler avec les subtilités du dictionnaire et les complexités de la grammaire, on avait peu de chances de parvenir à ses fins. La virtuosité langagière de Fernay de Moncourt conquit sans coup férir une Lisette qui se vit monter dans la traction avant d'un pas presque somnambulique et accepter que le Béké lui pose un baiser sur la pointe du nez. La suite est évidemment plus prosaïque : Lisette vécut en seigneuresse douze années durant sur l'Habitation Belles-Feuilles, baillant des ordres et distribuant des réprimandes à la nuée de servantes, lingères, repasseuses et femmes de chambre qui foisonnaient dans la grande bâtisse coloniale à deux étages que Fernay de Moncourt avait héritée de ses arrière-grands-parents. La chabine fut vite redoutée parce qu'elle avait compris que toute cette valetaille ne servait pas à grand-chose et que son amant l'avait embauchée au fil des années par pure complaisance et surtout parce qu'il vivait relativement à l'écart de la caste dont il était de notoriété publique qu'elle désapprouvait son comportement trop familier avec les gens de couleur.

— Quand on a affaire à M. Simon, on peut

toujours discuter, maugréait-on ici et là, mais avec sa tigresse, c'est marche ou crève, oui !

De fait, alors que l'autorité de Lisette ne s'étendait en principe que sur la Grand'Case et ses environs immédiats, mamzelle s'était progressivement arrogé d'autres droits sans que ni son amant ni le géreur de la plantation, un Béké désargenté, ne cherchent à y mettre le holà. Ainsi, dès le début de janvier, on la voyait caracoler sur un cheval noir à travers les champs, faisant des remarques aux commandeurs ébahis ou s'arrêtant à hauteur des amarreuses pour s'enquérir de leur santé. Elle veillait ainsi à ce que celles qui étaient enceintes-gros-boudin n'attachent plus la canne sous le soleil, mais ravitaillent leurs collègues en calebasses d'eau fraîche, tâche beaucoup moins astreignante.

— Je ne veux plus voir aucune femelle accoucher au beau mitan de la canne ! On n'est tout de même pas des sauvages dans ce pays de Martinique-là, tonnait régulièrement Lisette dont tout un chacun avait fini par s'étonner que son ventre ne s'arrondît point.

Simon Fernay de Moncourt était-il devenu trop vieux ? La jeune chabine était-elle bréhaigne ? Les supputations allaient bon train à propos de ce qui aux yeux de tous constituaient une manière d'incongruité. Lisette raconta, en souriant, à Augustin comment de vieilles Négresses faisaient son siège afin de lui proposer le remède-miracle qui ferait enfin marcher son ventre, comme elles disaient. Celle-ci les rembarrait, proclamant :

— *Man ka koké épi Bétjé, mé man pa ka fè yich ba Bétjé, fout! Lestravay bout kon sa yé a.* (Je fornique avec le Blanc, mais je ne lui fais pas d'enfant. L'esclavage est fini.)

— Je vivais quand même dans l'heureuseté, se remémorait Lisette, face à un Augustin qu'ennuyait à vrai dire le détail des travaux et des jours d'une plantation de canne à sucre, lui, le campagnard de Grand-Anse du Lorrain pour qui tout cela n'avait guère de secret.

Mais il la laissait s'étourdir en racontages parce qu'il devinait qu'elle en ressentait un certain bien-être.

— J'avais dix servantes à mes ordres, oui! Il me suffisait de claquer des doigts pour qu'Annette prépare mon bain avec des fleurs de corossolier ou que Berthe m'apporte mon chocolat à la vanille du matin. M. Simon était tout sauf pingre en plus, donc quand le Syrien Wassouf passait avec sa camionnette de linge, je pouvais m'acheter jarretelles, culottes en soie noire pour faire fuir les incubes, soutiens-gorge roses et corsages brodés à la mode de Paris. Je vivais certes en pleine campagne, mais j'avais l'air d'une grande dame. En fait, M. Simon n'avait qu'un défaut, un seul... le même que toi d'ailleurs! Hon!... Je ne sais pas ce que j'ai fait au Bondieu pour toujours tomber sur des liseurs de livres, foutre!

La bibliothèque de M. Simon, constituée par cinq générations de Fernay de Moncourt, tapissait les murs du salon, de sa chambre, de celle réservée aux amis et même d'une pièce qui servait à stocker des provisions en cas de cyclone. C'était lui qui avait appris à lire et à écrire à Lisette. À l'âge de dix-neuf ans ! De cela, la chabine lui en était éternellement reconnaissante bien qu'elle mît brutalement un terme à leur concubinage pour une parole, une simple parole, que M. Simon jura, genoux à terre, avoir dépassé sa pensée.

— Tu as la peau presque blanche et les yeux verts, lui avait-il lancé un jour qu'ils venaient de faire l'amour, mais tu as gardé quand même une odeur de Négresse…

— Un Béké reste un Béké, fit Lisette à Augustin. C'est plus fort qu'eux, tu vois. C'est le résultat de siècles de mépris. Je n'ai pas accepté que M. Simon dérespecte ma mère. C'est vrai que ma mère était noire comme un péché mortel, mais elle était tellement splendide qu'elle tourmentait tous les hommes de Rivière-Salée, noirs ou blancs. Même les abbés ! La preuve, un Blanc-France de passage est tombé en amour pour elle et c'est ainsi que je suis née. Sans doute nostre homme pressent-il qu'il va sur ses derniers jours…, déclara Lisette songeuse.

Depuis sa rupture avec de Moncourt, elle ne le surnommait plus que « Nostre homme » sans qu'on sût exactement si cette expression recouvrait de la simple ironie ou alors de l'amertume.

— Tu m'accompagnes ? fit Augustin.

— Moi ? Jamais de la vie, mon vieux !… Quand je tourne le dos à quelqu'un ou à quelque chose, c'est pour toujours. L'Habitation Belles-Feuilles n'est pas très difficile à trouver. Elle est à environ deux kilomètres avant l'entrée du bourg du Gros-Morne, sur la main droite en venant de Fort-de-France. De toute façon, les chauffeurs d'autobus la connaissent. À toi de voir !

Augustin mit une bonne dizaine de jours avant de se décider. Il interrogea habilement le responsable en chef de la bibliothèque Schœlcher qui ouvrit de grands yeux :

— Simon Fernay de Moncourt, si je le connais ? Un sacré érudit, ce vieux Béké. Sa bibliothèque doit être, sans exagération, presque aussi riche que la nôtre. Il a une vraie valeur patrimoniale. En tout cas, le Conseil général espère bien qu'il nous la léguera avant sa mort… Pourquoi vous me posez cette question ?

— Oh, pour rien ! Je connais quelqu'un qui l'a bien connu…

Le vieux planteur reçut Augustin non pas sur sa véranda, ce qui eût été un honneur bien trop insigne pour un homme de couleur, mais dans une salle mal ventilée de l'économat, bâtiment adjacent à la Grand'Case. Il avait l'œil encore alerte mais à son pas lourd, on devinait qu'il devait être accablé par les rhumatismes ou l'arthrose.

— Ah, mon bon monsieur, le temps de la canne est fini et bel et bien fini ! Trois siècles de dur labeur qui s'effondrent d'un seul coup…, murmura-t-il comme s'il ne s'adressait à personne en particulier.

— On dit que la banane peut la remplacer… avanta-geusement…

— Pff ! Laissez-moi rire, jeune homme ! La

banane ? Mais vous plaisantez ou quoi ? La banane, c'est juste un fruit que l'on cueille et que l'on expédie en France alors que la canne, c'était l'usine ou la distillerie, c'étaient les ajusteurs, les mécaniciens, les électriciens, les cuiseurs, les cheminots. Tout un savoir-faire technique qui est en train de disparaître à jamais !... Hon ! La Martinique revient à l'âge des chasseurs-cueilleurs. Ha-ha-ha !...

Simon Fernay de Moncourt se recroquevilla sur lui-même. Ses yeux se fermèrent sous le poids de l'accablement. Puis, d'une voix monocorde, il détailla la lente décadence de sa plantation, les distilleries qui fermaient les unes après les autres et auxquelles il ne pouvait plus livrer ses cannes, les bras qui venaient à manquer année après année « parce que l'enfant du coupeur de canne et de l'amarreuse va à l'école et ne veut plus tenir un coutelas sous le soleil », les parcelles de terre qu'il fallait vendre à la va-vite pour éponger des dettes et puis, s'agissant de sa propre personne, le poids des ans.

— L'inexorable de l'âge, mon jeune ami... Au fait, comment se porte ma chère et tendre Lisette ? Son image ne m'a jamais quitté, vous savez...

— Bien ! Lisette va bien, monsieur...

— J'en suis fort aise. Et puis-je savoir ce que me vaut votre visite ?

Augustin hésita. Il craignait de brusquer le vieux-corps. Lisette l'avait décrit comme étant lunatique, chose que le temps n'avait pas dû arranger.

— Je… je cherche… un livre…, finit par balbutier le mulâtre.

— Voyez-vous ça ! Un livre, dites-vous ? J'en ai bien quelques milliers dans tous les coins et recoins de cette antique bâtisse, servez-vous, jeune homme. Sauf qu'ils ne sont pas rangés… Ha-ha-ha !

Fernay de Moncourt s'était soudain ragaillardi. Une lueur d'ironie éclairait son regard qui mit Augustin mal à l'aise.

— Allez, je suis un boute-en-train, Lisette ne vous a pas averti ?… Dites-moi le titre de ce fichu bouquin et je vais voir ce que je peux faire pour vous !

— Je… je l'ignore…

— Comment ça ? Vous cherchez un livre dont vous ne connaissez pas le nom ! Vous vous fichez de ma tête ou quoi, jeune homme ?

Alors, Augustin se jeta à l'eau. Il évoqua son enfance et les récits des veillées mortuaires dans lesquels les conteurs évoquaient une jarre remplie de livres enterrée par un riche Béké, la mystérieuse missive violette qu'il avait trouvée vingt ans plus tard dans la chambre qu'il louait à Man Édouarlise, le quimboiseur Grand Z'Ongles qui s'était suicidé à l'aide de sept cravates de sept tissus et sept couleurs différents et dont on l'avait accusé, lui Augustin, d'être le meurtrier, ses rencontres nocturnes avec la Diablesse au Pont-de-Chaînes. Se rendant compte qu'il avait oublié des faits importants, il mentionna les fossoyeurs Zoklet et Charlemagne, la jeune fille qui avait mis fin à ses jours en avalant du Rubigine et dont le cadavre n'avait pas pourri, l'amour que Zoklet porta à cette dernière jusqu'à devenir fou de la bonne qualité de folie. Augustin débagoula tout son saoul. Des heures passèrent et le vieux planteur ne l'interrompit pas une seule fois, très attentif tout au long de son récit. Une servante vint apporter le punch, servit son maître mais ignora Augustin.

— Je ne vois pas le rapport entre votre jarre d'or et ma modeste personne, finit par lâcher Fernay de Moncourt d'un air sincèrement perplexe. Le message que m'a fait parvenir Lisette à votre sujet disait que vous étiez un passionné d'histoire antillaise, c'est pourquoi j'ai souhaité m'entretenir avec vous…

— J'ai… comment dire ?… j'ai pensé que cette jarre n'était qu'une image, voyez-vous… une sorte de métaphore et qu'en fait, ces fameux livres devaient en réalité se trouver dans quelque bibliothèque privée…

— Bon, je ne suis pas très sûr d'avoir compris votre histoire, mon cher ami, mais dans ma bibliothèque, je dois vous avouer, au risque de vous décevoir, que je n'ai pas grand-chose concernant la magie ou l'occultisme. À part celui-là…

Le planteur se leva avec difficulté et s'approcha des étagères qui se trouvaient juste derrière Augustin. Les livres y étaient, en effet, empilés dans un désordre total. Il en déplaça quelques-uns avant de trouver celui qu'il cherchait : un tout petit ouvrage rectangulaire à couverture jaunâtre qu'il tendit au visiteur. Augustin le prit presque en tremblant et lut :

« *Rituel de haute magie ou œuvres magiques* de H.-C. Agrippa, traduction de Pierre d'Aban, édition augmentée de *Secrets occultes*… »

L'ouvrant au hasard, il tomba sur le passage suivant qui le glaça d'effroi :

Les Cercles sont les préservatifs des opérants contre les mauvais Esprits, nous traiterons d'abord de leur composition. Les Cercles ne se font pas toujours de la même manière, on les fait différemment selon les esprits à invoquer, selon les lieux, les tems, les jours et les heures. Il faut faire trois cercles de neuf pieds de diamètre qui soyent distants l'un de l'autre d'une palme, et dans le milieu du cercle, écrivez : 1° *le nom de l'heure à laquelle vous avez commencé l'opération ;* 2° *le nom de l'ange de l'heure ;* 3° *le sceau de l'ange de l'heure ;* 4° *le nom de l'ange qui préside au jour où vous faites l'opération et les noms de ses ministres ;* 5° *le nom du tems présent ;* 6° *le nom des esprits qui règnent dans cette partie du tems et qui y président…*

De Moncourt esquissa un sourire avant de se lever sur ses jambes fragiles.

— Notre entretien est terminé, jeune homme. Gardez cet ouvrage, je vous l'offre ! fit-il d'une voix sans appel. Surtout, rappelez à Lisette qu'elle est et sera toujours la maîtresse de céans…

23

Je n'avais désormais plus aucun doute là-dessus : la Diablesse à la sulfureuse belleté qui m'avait attiré au Pont-de-Chaînes ce fameux vendredi soir sur le coup de trois heures du matin, celle qui avait fait introduire dans ma chambre, par je ne sais quel moyen, cette fameuse enveloppe violette et son message tentateur, et dont, inconscient que j'étais, j'avais suivi les pas — les bonds plutôt — jusqu'à l'en-haut de Balata, royaume des fougères arborescentes, des bambous et des grands arbres aux noms inconnus, avait partie liée non point avec les chimères et autres hallucinations dont on me disait affecté, mais bel et bien avec la mort de Grand Z'Ongles. La mort mystérieuse (crime ou suicide, allez savoir !) du plus grand quimboiseur de l'En-Ville et même, affirmaient certains, de toute la Martinique, voire du chapelet d'îles qui sarabandaient depuis la Floride jusqu'à Bénézuèle.

Le commissaire Dufrémont avait bien essayé de me la mettre sur le dos. J'avais été gardé à vue, puis relâché, avant, trois mois plus tard, d'être à nouveau mis en état d'arrestation et gardé en prison une bonne huitaine de jours en violation de la législation selon Lisette qui, bien que devenue pacotilleuse à plein temps, avait tout de même travaillé fort longtemps chez un avocat. Le natif de Fécamp, qui avait toujours sur son bureau un sandwich à la morue séchée acheté au Grand Marché, m'avait harcelé de questions, exigeant que je lui détaille heure par heure mon emploi du temps le jour du drame. Or, je n'avais rien à dire. Ce jour-là, je n'avais pas fait grand-chose de particulier. Je m'étais réveillé vers quatre heures du matin et avais travaillé à mon troisième roman Baldaquin, *Amour et haine sous les Tropiques*, ouvrage dans lequel, comme pour le second, j'avais repris le personnage de Louisiane, au grand dam du bibliothécaire en chef qui m'avait lancé un avertissement solennel :

— Faites attention, mon cher Augustin ! Non seulement notre éditeur risque de s'apercevoir qu'une autre plume a pris le relais de mon demi-frère, mais en outre, vous pourriez lasser le lecteur. Je ne suis certes pas familier de ce genre de littérature, mais je suppose qu'elle doit sans cesse aguicher. Reprendre à chaque livre le même personnage peut donner une impression de déjà-lu…

— Les personnages récurrents sont légion chez…

— Tttt ! Mon cher, vous parlez là de la vraie littérature. Allons, revenez sur terre ! Vos romans s'adressent à un public de gens très moyennement alphabétisés… Je ne lui jette d'ailleurs pas la pierre. Loin de là ! Je vous l'ai déjà dit et vous le répète : après la radio et le cinéma, puis dernièrement la télévision, il y a gros à parier qu'il se rétrécira d'année en année… donc ne tuons pas trop tôt la poule aux œufs d'or ! Allons, mon cher Augustin, vous avez de l'imagination. Trouvez-nous un autre type d'amoureuse !

Cette injonction, plus facile à énoncer qu'à exécuter, m'exaspérait. Mesurait-il, ce cher monsieur, tout bibliothécaire en chef qu'il fût, la relation quasi charnelle qui s'établit entre un auteur et son personnage principal ? Et cela quand bien même il s'agissait d'un roman à l'eau de rose. Car j'étais fou amoureux de ma Louisiane. Plus rien n'exista à mes yeux une fois que j'eus apposé le mot « Fin » sur l'ultime page du manuscrit du tout premier volume, *Diabolique passion aux Antilles*. Plus rien ! Je me levais avec Louisiane en tête. Je mangeais en pensant à Louisiane. Je déambulais dans la rue avec son image en tête. Je prenais un verre le soir au Tango-bar en m'imaginant danser une mazurka créole avec elle. Je n'avais même plus d'appétit charnel et ne suivais plus Bec-en-or au Perroquet bleu le samedi vers minuit. Il n'y avait qu'une chose et une seule qui me chagrinait tout en m'intriguant : les visages de l'époustouflante créature du Pont-de-Chaînes et de Louisiane avaient tendance à se confondre dans mon esprit. Il est vrai que je n'avais fait qu'apercevoir la première de loin, par une nuit peu éclairée, et s'agissant de la seconde, elle n'était qu'une très lointaine réminiscence datant de ma haute enfance, âge où l'on a tendance à tout voir plus grand ou plus beau.

Je nourrissais donc de forts soupçons à l'endroit de la Diablesse parce qu'il était de notoriété publique que Grand Z'Ongles possédait un livre, un très grand spécimen de livre qui faisait un mètre de long sur soixante centimètres de large, assuraient les rares personnes à l'avoir vu. C'est de lui qu'il tirait l'essentiel de son savoir et donc de ses pouvoirs, mais l'ouvrage, grimoire qui, paraît-il, datait du XIVe siècle et qui avait voyagé jusqu'aux Antilles à bord de quelque caravelle, passant sans doute de main en main au déroulé des siècles, était si malfaisant que son propriétaire avait dû l'enfermer dans une cave et l'enchaîner à un mur. Quand il avait besoin de l'interroger, il se munissait d'un fouet en corde-mahault avec lequel il frappait chaque page qu'il tournait tout en lisant à haute voix ce qui y était écrit. Le livre géant se rebellait, refusait de se laisser ouvrir et encore moins parcourir, gémissant d'horrible façon. Grand Z'Ongles n'en avait cure : il lui infligeait une volée du tonnerre jusqu'à ce qu'il obtienne l'information qu'il recherchait. (Ou plutôt la phrase en latin qu'il se faisait traduire par M. Bardet, le directeur de l'École de la Réussite foyalaise, cela par le truchement de la coquinasse de Bertine, ma voisine du dessus.) L'exercice se révélait si épuisant qu'il allait se coucher aussitôt et passait deux ou trois jours au lit sans se lever une seule fois pour boire ou s'alimenter. Radio-bois-patate tenait ces informations d'une femme-concubine du quimboiseur, l'une des rares qui avait pu supporter de cohabiter avec lui plus de quelques mois et avec lequel elle avait eu un fils. C'est dire que beaucoup de Nègres des Terres-Sainville enviaient le zélateur de l'Invisible et d'aucuns, à commencer par Bec-en-or, le fier-à-bras, rêvaient de s'emparer du fameux livre.

J'étais intimement persuadé que l'ouvrage que m'avait fait miroiter la Diablesse lorsque je l'avais suivie sur la crête du Morne Balata était le même que celui qu'était censé détenir Grand Z'Ongles. Ma conviction reposait aussi sur le fait que la police n'avait rien trouvé à son domicile le jour de sa mort. Tout y avait été emporté : chaises, tables, lit, vêtements, ustensiles de cuisine et même matériel ésotérique. Le commissaire Dufrémont avait là encore voulu me faire endosser ce pillage en règle.

— Vos difficultés financières sont de notoriété publique, M. Valbon, avait-il ricané. Il me paraît tout à fait envisageable que vous ayez organisé ce... quel mot employer?... ce déménagement avec l'un ou l'autre des gredins que vous fréquentez. Ces Bec-en-or, Fils-du-diable-en-personne, Waterloo Gros-Lolo et autre Tête-l'Or, nous les connaissons tous. Nous avons une fiche sur chacun de ces messieurs. Ils jouent les gros bras, mais un jour où l'autre, ils finiront par tomber dans nos filets. Tout comme Gueule-Requin!

Ce dernier était, en effet, le très redouté major du Morne Pichevin, petite éminence boisée située non loin du Pont- Démosthène où l'on ne pouvait accéder que par un escalier de quarante-quatre marches dont certaines portaient malheur et pour lesquelles il fallait prononcer une conjuration avant d'y poser le pied. L'endroit était une vaste cour, presque toujours remplie de flaques d'eau, autour de laquelle s'égrenaient des cases dans tous les matériaux possibles et imaginables, depuis la paille jusqu'au ciment, en passant par le carton, le bois de caisse, le bois d'œuvre, la tôle ondulée, la brique et le Fibrociment. Cette Cour des Trente-Deux-Couteaux, comme ses habitants l'appelaient, était le lieu de bagarres sanglantes au ladja, cette danse-combat, descendue des plantations avec l'exode rural, à laquelle l'En-Ville avait ajouté la jambette, le canif et parfois le bec d'espadon, arme sans-manman qui vous chiquetaillait les boyaux. Gueule-Requin fut le maître incontesté de céans pendant trois décennies jusqu'au jour où il commit l'erreur de cambrioler le domicile du préfet, ayant entendu dire sur Radio-Martinique que ce dernier était en villégiature à Puerto Rico.

Dieu merci, le commissaire Dufrémont n'avait pas pu prouver que j'étais l'auteur du pillage commis chez Grand Z'Ongles le jour ou la veille de sa mort, le moment n'ayant pas pu, lui non plus, être déterminé avec précision. Cela l'avait apparemment énervé :

— Fort bien, puisque vous jouez au mariole, Valbon, je vais vous faire inculper pour proxénétisme !

— Quoi !

— Jouez pas à l'étonné, mon vieux! Cette Lisette avec qui vous êtes enmanché, nous savons qu'elle monnaye ses charmes...

— Pas du tout, monsieur le commissaire ! Vous vous trompez sur toute la ligne. Lisette est une fille bien... Certes, elle est quelque peu volage, mais c'est par nature, pas par goût du lucre. Je ne vous permets pas de...

— Allez, Valbon ! Je plaisantais. Je vous ai eu, n'est-ce pas? Ha-ha-ha!... Eh bien, la mort de ce cher Grand Z'Ongles restera un mystère. Comme sa vie d'ailleurs... Vous êtes donc libre, mais sachez que je vous ai à l'œil!

Le suicide du quimboiseur (car aux yeux du *vulgum pecus*, cela ne faisait aucun doute) avait été soigneusement mis en scène. C'est ce que j'écrivis en tout cas dans ma chronique hebdomadaire de *La Voix des Antilles*. Comme à l'ordinaire, j'évitai soigneusement de me rendre sur les lieux du drame. Je me contentais, en effet, d'enfiler ces perles que sont les rumeurs, les propos captés dans la rue ou dans les bars, les commentaires de mes proches, notamment Man Édouarlise, Lisette et Bec-en-or, que je mélangeais avec mes propres intuitions, le tout passé à la poêle de mon imagination (comme le disait, sur un ton farcesque, Dampierre, le seul que j'avais mis dans la confidence). Antoine Delvaux était généralement considéré comme un bon journaliste dans son domaine, quoique ses confrères regrettassent qu'il fonctionnât sous le sceau du plus strict anonymat. Il était souvent repris ou cité par la radio et, moins fréquemment, par la télévision. Mon papier avait donc été le suivant :

« SCÈNE MACABRE RUE BOLÍVAR, QUARTIER DES TERRES-SAINVILLE.

Hier matin, aux approchants de neuf heures, les riverains de la paisible rue Bolívar dans le non moins paisible quartier des Terres-Sainville en notre bonne ville de Fort-de-France, réputée pour son calme nocturne et sa brise marine qui, dit-on, adoucit les mœurs, étaient en émoi. Une odeur pestilentielle se dégageait, en effet, d'une maison habitée par le célébrissime Grand Z'Ongles qu'il n'est plus besoin de présenter à nos lecteurs tant ses exploits ont défrayé la chronique au cours des quinze dernières années. N'ayant pas de voisins immédiats — et pour cause ! — le quimboiseur, qui s'était pendu, n'a probablement été découvert que le lendemain ou le surlendemain (l'autopsie le dira) de son funeste geste. Une telle fin n'étonnera pas ceux qui réprouvent les pratiques occultes et les pactes passés avec le Malin, mais nul doute que tout un chacun ne pourra qu'être intrigué par le moyen utilisé par Grand Z'Ongles. Le Grand Prêtre de l'Invisible, comme il aimait à se définir, a mis fin à ses jours en utilisant une corde fabriquée à l'aide de sept cravates de sept couleurs et sept tissus différents. Comment interpréter un tel simulacre ? Sans doute a-t-il quelque signification kabbalistique ou sorcière. Toujours est-il que la langue du cadavre n'était point violacée ou noirâtre comme en pareil cas, mais d'un vert tout à fait étonnant qui laisse à penser qu'il l'avait peinte. D'autre part, sur la table de sa salle à manger, éclairée par un énorme chandelier, se trouvaient deux assiettes, comme s'il avait eu un invité, l'une parsemée des reliefs de viande crue, l'autre du riz mêlé à une mixture non encore identifiée.

Grand Z'Ongles n'ayant pas de parentèle connue et sa dernière concubine s'étant séparée de lui depuis quatre ou cinq ans (aux dires du voisinage), ses livres, objets de cultes, talismans et autres grigris ont été placés en fourrière par mesure de précaution. Nulle trace toutefois du plus célèbre d'entre eux : ce livre de grande taille dont on affirme qu'il le tenait enfermé dans une cave et qu'il fouettait pour pratiquer ses simagrées magiques. À la vérité, l'intérieur du quimboiseur était d'une étonnante simplicité, frisant même la pauvreté : fauteuils en rotin bon marché, vaisselle inchangée depuis des lustres, garde-robe de mauvais goût et médiocres tableaux de scènes bibliques. Un détail intriguera nos chers lecteurs : dans sa chambre, Grand Z'Ongles avait accroché une reproduction parfaite de La Joconde.

Il n'y aura évidemment pas d'obsèques religieuses ni même de veillée funèbre. Le célébrissime sorcier sera inhumé demain après-midi, sans fleurs ni couronnes, sur le coup des quatre heures de l'après-midi, dans le carré anonyme du cimetière des pauvres, au quartier l'Ermitage.

J'avais inventé comme à l'ordinaire des détails croustillants. La langue peinte en vert, les assiettes contenant des restes et *La Joconde* étaient des accroches qui raviraient mon rédacteur en chef ainsi que les fidèles lecteurs d'Antoine Delvaux. À ma décharge cependant, j'ignorais qu'on avait littéralement dévalisé les lieux.

CINQUIÈME BALLANT

Nous recherchons, chacun dans sa chacunière, de multiples façons, la réponse à la question que pourtant personne ne nous a posée, la seule qui vaille : pourquoi-pourquoi-pourquoi.

Il y a ceux qui feignent de l'ignorer, affectant indifférence ou insouciance en toutes circonstances et en tous lieux, bravachant même parfois, mais il suffirait de les débusquer lorsqu'ils sont seuls avec eux-mêmes pour lire sur leur figure l'ombre du désarroi. Il y en a d'autres qui préfèrent raisonner, philosopher, syllogiser, équationner, manière élégante de repousser la question tout en n'ignorant point qu'elle attend son heure.

Il y a ceux aussi qui, par le truchement de l'écriture, inventent d'autres vies que les leurs, vivent donc par procuration et, ce faisant, dérisionnent le pourquoi et son agaçante insistance.

24

Depuis que l'esprit de l'Indien venait hanter ses nuits, l'obligeant à se ressouvenir de son enfance à Grand-Anse et des deux fossoyeurs de l'endroit, Augustin Valbon s'était constitué un jardin secret. Il s'était lancé dans la lecture assidue des grands livres de l'humanité concernant la mort, en particulier le Bardo-Thödol tibétain, le Livre des morts des anciens Égyptiens, et l'*Ars moriendi* des chrétiens. À la vérité, le boutiquier Huang-Ho l'avait aussi poussé dans cette voie. Augustin s'étonnait que le Chinois gardât toujours un sourire impassible quels que soient les événements, bons ou mauvais, qui affectaient sa vie, à la différence de sa femme qui était une vraie créole aux yeux bridés et passait le plus clair de son temps à houspiller les clients indélicats ou ceux dont le crédit dépassait les limites du raisonnable. Or, une année, le bruit courut que Huang-Ho vendait de la viande de chien salé au lieu de celle de cochon et d'aucuns mirent sur son dos la disparition surprenante des hordes de molosses créoles qui, au crépuscule, envahissaient les rues de l'En-Ville. Les habitants des Terres-Sainville commencèrent par boycotter son commerce, préférant marcher jusqu'au Bord de Canal pour se ravitailler. Si bien que quelques enragés se rassemblèrent un soir devant son établissement et entreprirent de le bombarder à coups de roches et de bouteilles vides, faisant voler en éclats les vitres de sa devanture.

— Chinois scélérat ! Chi-nois scé-lé-rats ! scandait une bande de gamins pour qui tout cela n'était sans doute qu'un jeu.

Sentant que l'on approchait de l'irréparable, Bec-en-or, qui s'était tenu à l'écart jusque-là, dubitatif qu'il était face aux accusations qui pesaient sur son bon zigue de boutiquier, s'en fut aux renseignements à la mairie où il était toujours reçu avec célérité ayant toujours été un très efficace agent électoral. Il s'en revint l'air rasséréné alors que des émeutiers allumaient déjà des bouteilles enflammées, prêts à les voltiger sur ce qui restait du déjà peu rutilant négoce :

— Suspendez cette vagabondagerie, les hommes ! M. Chine n'a rien à voir avec la disparition des chiens. C'est le service prophylactique de la mairie qui leur a déposé des pièges avec du poison la semaine passée…

Bien que la plupart des gens fussent incapables de prononcer ce mot correctement — « pophylactique », « prophytactique » et consorts — tout un chacun savait ce qu'il recouvrait, car dès l'arrivée de l'hivernage, à la mi-septembre, ce service déversait ses brigades de démoustication dans le quartier et lorsqu'une épidémie de gale se déclarait à l'école primaire, ce qui était assez fréquent, il volait au secours des maîtres et de leurs élèves. Cette annonce stoppa net l'ire des émeutiers qui refluèrent petit à petit vers la place de l'Abbé-Grégoire pour y jouer aux dés à la lumière des rares réverbères à n'avoir pas été cassés à coups d'arbalète. Pendant tout ce temps, Huang-Ho était demeuré stoïque, accoudé à la fenêtre du premier étage de son immeuble. Il n'avait prononcé aucune parole pour se défendre ni fait aucun geste pour tenter de s'opposer à ceux qui s'employaient à détruire son seul bien dans ce pays où son aïeul était arrivé, un siècle plus tôt, une main devant, une main derrière. Dès le lendemain, sans faire de reproche à quiconque, il s'était attelé, avec l'aide de sa femme et de ses fils, à rebâtir l'endroit, sous le regard ahuri de ceux qui, la veille, l'avait aux trois-quarts ravagé. Certains d'entre ces derniers furent tellement sidérés par l'impassibilité de Huang-Ho qu'ils lui proposèrent de lui bailler un coup de main, chose qu'il accepta sans façon! Augustin était venu, pour sa part, offrir ses bras à celui qui depuis des années ne le harcelait jamais en dépit de l'épaisseur presque indécente de son carnet de crédit.

— Tu règles quand tu peux..., lui avait simplement dit le Chinois.

Bientôt, c'est dans un vaste silence qu'un nombre considérable de Sainvilliens et de Sainvilliennes vinrent prêter main-forte au boutiquier, lequel parvint à rafistoler son commerce en six-quatre-deux. Une certaine vergogne marquait les figures de ceux qui s'étaient livrés à des exactions envers Huang-Ho. En une journée, « Chez Chine », comme l'on disait familièrement, était fin prêt à recevoir à nouveau sa clientèle habituelle d'ouvriers de la Margarinerie martiniquaise, de dockers, de maçons, de mécaniciens, de marchandes de légumes et de mères de tiaulées d'enfants. Man Chine, son épouse, caquetait derrière le comptoir, son éternel petit sourire figé sur les lèvres, servant avec dextérité qui un demi-quart de beurre rouge, qui une livre de morue séchée. Tout semblait donc rentré dans l'ordre et lorsque la maréchaussée daigna traverser la frontière symbolique qui séparait le quartier des gens de bien (le centre-ville) de celui des gens de peu (les Terres-Sainville), ce qui veut dire le boulevard de La Levée, le boutiquier nia farouchement qu'il ait été victime d'une quelconque agression collective, selon les termes du policier.

— Si vous portiez plainte, insista ce dernier, vous nous seriez d'un grand secours, cher monsieur. Des fois que vous auriez reconnu certains émeutiers ?

— Une émeute ? Je ne vois pas de quoi vous parlez, rétorqua le Huang-Ho en jouant au parfait imbécile.

— Ces traces de fumée, là, sur vos murs. Vous les expliquez comment ?... En plus, votre devanture m'a l'air d'avoir été bricolée à la va-comme-je-te-pousse...

— Vous faites erreur, monsieur le commissaire. Il ne s'est rien passé ici hier soir. Je suis en train de faire quelques travaux, c'est tout...

Méfiant en dépit des dénégations du boutiquier, Dufrémont et son ombre, le brigadier Isidore, dit « Garde-Caca », ainsi que deux autres pandores, examinèrent les lieux pendant une bonne demi-heure, le premier prenant des notes sur un calepin.

— *Zot ka kouyonnen vié-blan-an, mé pa mwen!* (Vous couillonnez le Blanc, mais pas moi!) éructa Garde-Caca, *Zot chansé man dòmi lakay an fanm-déwò mwen Lavolga yè oswè.* (Z'avez de la chance qu'hier soir, j'ai dormi chez une maîtresse à Volga-plage).

Nul ne prit sa hauteur. On le laissa dévider sa colère. Pour tous, il n'était qu'un inutile. Un zéro devant un chiffre plus exactement. Bec-en-or avec qui il était en bisbille permanente — celui-ci représentant la loi et l'ordre des Nègres tandis que Garde-Caca représentait ceux des Blancs — cracha ostensiblement par terre, à un mètre à peine de ce dernier. N'eût été un ordre brusque jeté par le commissaire Dufrémont, les deux maîtres-coqs en seraient venus aux mains.

— Au fait, Chinois, préparez-moi un sandwich à la morue, s'il vous plaît! lança le Blanc-France, soudain jovial, je dis bien morue et pas viande de chien. Ha-ha-ha!

Final de compte, les policiers rembarquèrent à bord de leur fourgonnette Renault et s'évaporèrent plus vite que de l'éther. Un à un, les émeutiers de la veille serrèrent la main du Chinois ou lui firent une accolade pour le remercier de sa solidarité. Il accepta ces démonstrations d'amicalité sans broncher. Sans que ses traits trahissent la moindre émotion.

— Il ne faut pas s'attacher aux choses…, philosopha-t-il à l'adresse d'Augustin lorsque la boutique finit par retrouver son calme.

Dès lors, assez régulièrement, en début d'après-midi, lorsque la chaleur écrasante raréfiait le défilé des clients, les deux hommes s'asseyaient sur des caisses, dans l'arrière-cour de l'établissement, et le descendant de Fils du Ciel enseignait au descendant de Fils de la Plantation la si-tellement séduisante notion d'impermanence. Il lui apprenait aussi à relativiser l'importance de son moi et à consentir au renoncement. Augustin ne comprenait pas l'entièreté de ce message distillé en termes plutôt sibyllins, voire ésotériques, mais il éprouvait un indicible plaisir à accueillir en lui une philosophie qui était presque à l'opposé du bruit et de la fureur créoles.

— Ne suis-je pas déjà sur la voie avec un grand V, fit-il légèrement ironique, puisque j'ai rompu avec mon monde et me suis installé dans ce quartier de démunis ?

Le Chinois lui opposa un visage empreint de compassion.

— Ah non, Augustin ! Pas du tout… Même si tu n'es pas prêt à te l'avouer, ton geste relève bien au contraire de l'orgueil suprême. Tu crois en toi, tu as une très haute idée de ton moi et en t'installant ici, tu n'as cherché qu'à le mettre à l'épreuve afin d'en ressortir grandi. Je me trompe ?

— Je… je n'en sais trop rien…

— Tu cherches à te forger un moi d'écrivain réprouvé mais sans être prêt à aller jusqu'au bout de ce qu'une telle condition implique…

Le jeune mulâtre était, à la vérité, stupéfait de voir à quel point celui qu'il avait toujours considéré comme un simple épicier voyait clair en lui. L'adepte du Bouddha avait raison : Augustin n'était pas une sorte de Rimbaud tropical et n'avait aucune disposition pour le devenir. Jamais, à l'instar de ce dernier, il n'aurait pu bomber le torse en s'exclamant : « Mon auberge était la Grande Ourse. » L'Orient vers lequel il avait fui ne se trouvait qu'à une poignée de kilomètres de la maison familiale, sans compter qu'il conservait, par le biais de la Bohème, un pied dans le monde qu'il affirmait rejeter. Jamais la sensation de la médiocrité de son destin n'étreignait aussi fort l'écrivain qu'au cours de ces conversations, ce que notait le Chinois :

— Tu es en train d'apprendre la vraie humilité, lui faisait-il. Pas celle que l'on affiche, celle que toi tu affiches pour jouer au révolté, mais celle qui nous ramène au même niveau que tout ce qui nous environne, créatures vivantes ou choses… Nous ne sommes qu'un grain de poussière dans l'univers…

Au fil du temps, Augustin finit par lui avouer qu'il était hanté par une très vieille histoire de jarre contenant des livres bannis, histoire moult fois entendue dans son enfance qu'il croyait enfouie à jamais sous les cendres de sa mémoire et qui avait resurgi sans crier gare depuis qu'il avait établi ses pénates aux Terres-Sainville. Il parla de la mystérieuse enveloppe violette, de ses rencontres nocturnes au Pont-de-Chaînes avec la Diablesse, du rêve incessant de ce vieil Indien qui voulait qu'on déplaçât ses restes malencontreusement enterrés dans l'allée centrale du cimetière de Grand-Anse. Huang-Ho l'écoutait sans broncher. Sans poser la moindre question surtout.

— Et si par extraordinaire, fit-il un après-midi au cours duquel Augustin avait été particulièrement loquace, tu trouvais vraiment cette jarre, qu'en ferais-tu ?

Le mulâtre fut interloqué. Il prenait conscience du fait qu'il ne s'était jamais vraiment posé cette question. Il savait que son oncle Servius, obsédé par cette jarre, comme d'ailleurs beaucoup de gens de Grand-Anse de l'époque, pensait y trouver un livre qui soit lui procurerait richesse immédiate, soit lui révélerait le secret de l'existence humaine. N'était-ce pas en tout cas ce que faisaient miroiter les conteurs dans les veillées mortuaires ? Mais lui, Augustin, plus de vingt ans après, que signifiait pour lui cet objet magique ? Qu'en attendait-il ? Soudain, il crut comprendre où Huang-Ho voulait en venir :

— Tu crois comme les autres que... que je suis victime d'hallucinations ? C'est ça ?

— Je n'en sais rien, mais une chose est sûre, tu n'es pas maître de ton esprit. Il vagabonde comme il veut et ce n'est pas bon pour toi. Pas bon du tout ! Ni en tant que simple personne ni en tant qu'aspirant écrivain...

Le Chinois lui conseilla de continuer à s'imprégner de la pensée du Bouddha, seul remède, ajouta-t-il, au désarroi qui le tisonnait, lui prêtant de nouveaux ouvrages traitant de sa religion.

— Car tu es un être en grand désarroi, Augustin…

25

Au terme de très longues tergiversations, je m'étais décidé à partir en quête du fossoyeur Charlemagne qui devait m'apprendre que son aîné et collègue Zoklet était décédé l'année où le général de Gaulle avait visité la Martinique et prononcé sur la place de La Savane, à Fort-de-France, ce mémorable discours dans lequel l'homme du 18 Juin, émotionné à la vue des cinquante mille Nègres et autres basanés qui s'y étaient pressés, avait vocalisé une phrase devenue historique :

— Mon Dieu ! Mon Dieu, que vous êtes français !

On était donc en 1958 et le Nègre d'ici-là n'était pas encore devenu un expert en français grammatical et académique, si bien qu'il comprit en fait :

— Mon Dieu ! Mon Dieu, que vous êtes foncés !

Partagée entre stupeur, incompréhension et furibonderie, la foule se rabattit sur les cases à rhum de l'En-Ville où elle siphonna bouteilles et dames-jeannes de toutes qualités d'alcool jusqu'au lendemain matin où la voirie municipale retrouva des corps pétrifiés ici et là, figés dans des postures grotesques, le fil de leur cœur n'ayant pas pu résister tout à la fois au choc de l'insulte gaullienne et à cette ingurgitation massive. Zoklet fit partie des malheureux que l'on entassa dans une morgue improvisée, au rez-de-chaussée d'un bâtiment administratif désaffecté situé non loin du Pont-Démosthène. Il était descendu dans l'En-Ville trois jours plus tôt pour être certain de ne pas rater l'événement en bon ancien combattant de la guerre 14-18 qu'il était, moult fois décoré et très fier de parader chaque 8 Mai et 11 Novembre dans son uniforme de soldat colonial qui avait versé l'« impôt du sang », le seul permettant d'être reconnu comme français à part entière, assurait-on. Il voulait serrer la main au général de Gaulle, non point parce qu'il croyait que cela lui apporterait une chance éternelle comme le proclamaient certaines femmes, mais pour une raison curieuse qu'il exprimait ainsi :

— *Rété anni dé nonm anlè latè : Dè Gol épi mwen ki douvan zot la-a!* (Il ne reste plus que deux hommes sur cette terre : de Gaulle et celui qui vous fait face !)

Charlemagne paraissait affecté de devoir se ressouvenir de la fin malheureuse de son collègue, eux qui, dans le temps et pour autant que je m'en souvinsse, n'avaient pas entretenu des rapports d'extrême cordialité. En fait, je me trompais quelque peu. Le miroir déformant de l'enfance, de souvenirs si lointains, me les faisaient percevoir comme des adversaires alors qu'en réalité ils avaient peu de contacts et donc guère de raisons de s'affronter. Zoklet enterrait principalement les Nègres, les Indiens et les pauvres de quelque complexion qu'ils fussent tandis que Charlemagne officiait pour les Blancs créoles et les mulâtres argentés, ce qui fait qu'il avait beaucoup moins de travail que le premier et pouvait donc proposer ses services aux communes environnantes, notamment Basse-Pointe où, mystérieusement, aucun fossoyeur ne parvenait à se fixer dans le métier.

— *Nou chak té an zafè-nou, sé tout!* (Nous étions chacun à nos affaires, voilà tout!) me fit Charlemagne sur un ton mélancolique.

Il n'était plus le badgeoleur-rigolard d'il y avait deux décennies, celui qui racontait dix blagues à la minute, dérisionnant toute personne qui avait le malheur de croiser sa route. D'ailleurs, on l'avait complètement rayé des mémoires dans le bourg où la plupart des gens pensaient qu'il était décédé ou parti ailleurs. Il s'était retiré, en fait, dans une case tout à l'en-haut du Morne L'Étoile, sur les hauteurs de Grand-Anse, d'où l'on apercevait l'Atlantique comme un grand pan de vitre bleuté. Délibérément, il avait laissé les herbes-à-piquants et les halliers envahir la trace qui reliait l'endroit au Morne Carabin, quartier assez peuplé doté d'une boutique bien approvisionnée. Charlemagne s'était retiré du monde dans la soixante-quatorzième année de son âge, vivant des seuls produits de son jardin et se soignant à l'aide de l'apothicairerie créole. Il ne possédait naturellement ni électricité ni radio et ne souhaitait pas recevoir de visites. Il me reçut fraîchement :

— Comment le petit monsieur a fait pour arriver jusqu'ici ? Pas possible !

Il s'employait à casser des cocos secs pour ses poules lorsque je fis irruption dans la cour proprette qui se trouvait devant sa cahute. Il ne leva pas les yeux pour me considérer. J'hésitai à avancer plus avant lorsque je m'aperçus qu'il était affecté par une double cataracte. Deux globes blanchâtres me fixaient à présent, chose qui m'emplit d'un profond malaise.

— Il me reste un petit brin de claireté dans l'œil gauche, me fit-il. Suffisamment en tout cas pour reconnaître que tu es un Valbon. Je me trompe ?

— Non… non-non…

— Valbon de quel côté ? Côté Philibert Valbon, le bougre du Morne Capot, ou bien Servius Valbon, celui de Macédoine ? Hon !… Je les ai connus tous les deux. Y avaient pas cousins plus différents.

— Côté Servius…

L'ancien fossoyeur émit un curieux raclement de gorge qui poussa sa volaille à se diriger vers un petit parc aménagé juste derrière sa case. Il me fit signe de le suivre. L'endroit, invisible depuis le sentier, était une manière de paradis. Des arbres fruitiers de toutes variétés y poussaient : goyaviers, corossoliers, mandariniers, tamariniers des Indes, merisiers, caïmitiers. Certains m'étaient inconnus. À l'ombre d'un manguier-bassignac chargé de fruits qui dégageaient leur troublante odeur de térébenthine, se trouvait un banc sur lequel je crus apercevoir, furtivement, une forme féminine. Charlemagne s'y assit lourdement. Il s'était rendu compte que j'avais sursauté.

— Oui… elle vient voir le vieux Charlemagne de temps en temps…

Je n'avais donc pas rêvé. Je demeurai planté là, incapable ni de prononcer un mot ni d'avancer. L'atmosphère étrange du lieu m'oppressait.

— Elle savait que tu viendrais aujourd'hui, je sup-pose…, reprit-il.

— *Ki moun ou ka palé a?* (De qui parlez-vous ?) m'entendis-je dire.

L'usage du créole fit tiquer Charlemagne. Sans doute se souvenait-il de ce temps lointain où, fier de ses années d'école, il aimait à exhiber son beau français. Ne prétendait-il pas d'ailleurs que son prénom était prédestiné ? Il tapota le dossier du banc pour m'inciter à nouveau à m'asseoir. Je m'exécutai comme un automate. De qui parlait l'ancien fossoyeur ? Quelle était cette créature évanescente que j'avais cru apercevoir quelques instants plus tôt ?

— Si tu es tombé amoureux d'elle, ta vie va partir en capilotade, compère ! lâcha-t-il d'un ton neutre.

— Qui elle ?

— Louisiane… la jeune mamzelle qui s'est suicidée au Rubigine pour ce soldat qui est mort à Diên Biên Phu. Allez, arrête de jouer ! Je sais que c'est pour elle que tu es ici…

Il eut un faible sourire et effectivement son œil gauche scintilla.

— Et dire que tout ça date de près de vingt-deux ou vingt-trois ans, hon! C'est... c'est le tiers d'une vie... Enfin d'une longue vie telle que la mienne, je veux dire...

— Elle s'appelait donc Louisiane?

— Ha-ha-ha! Tu veux rigoler ou quoi? Ta tante habitait à deux pas de chez elle et vous, la marmaille, vous ne cessiez de l'embêter. De l'interboliser même...

J'en fus tout bonnement stupéfait. J'avais toujours cru n'avoir gardé qu'un très vague souvenir de la jeune femme qui, par les après-midi de grande chaleur, s'accoudait au balcon de la couturière chez qui elle était employée et fixait le minuscule pan de mer que l'on apercevait depuis la Rue-Derrière. J'étais à peu près sûr de ne pas me souvenir de son prénom, voire même de ne l'avoir jamais su.

— Tu es tombé dans la même folie que Zoklet. Hon!... Celui-là, Louisiane est la seule femme qu'il ait jamais aimée. Tu te rends compte ? Une morte... Bon, c'est vrai que son corps était resté intact, qu'il n'avait pas pourri, mais de là à...

— Elle continue à vivre, m'entendis-je affirmer, elle vit dans les livres que j'écris. Dès le tout premier, *Diabolique passion aux Antilles*, elle y a ressuscité...

Charlemagne sourit de ma fougue. Sans doute devinait-il qu'une autre personne parlait à travers moi. Peut-être Zoklet lui-même, allez savoir!

Il déclara que l'enivrante câpresse se trouvait là, à côté de nous, qu'il sentait sa présence froide, son souffle qui faisait hérisser les poils de sa peau. Pour de vrai, une soudaine vibration de l'air mit en émoi les merles qui jacassaient dans les basses branches du manguier-bassignac, à tel point qu'ils s'égaillèrent en un claquement de doigts. Puis, le soleil parvint à percer les nuages et à baigner le jardin de sa lumière violente. Charlemagne m'apparut un très vieux-corps chenu, fragile comme un phasme, qui désormais cherchait ses mots en tremblotant. Il entreprit de me parler de son travail d'antan, du rapport mystérieux que les fossoyeurs entretiennent avec la mort. Il évoqua Zoklet dont il rapporta les dires, sans aucune alacrité dans la voix, fidèlement selon toute apparence.

— Il connaissait les quatre-vingt-neuf pouvoirs qu'un mort possède en plus qu'un vivant... Personne ne connaîtra jamais le dernier, le quatre-vingt-dixième. C'est le secret de notre présence sur cette terre...

L'ex-fossoyeur m'invita alors à boire dans sa case où il ne disposait que d'une chaise en bambou de sa fabrication. Il me servit une surprenante liqueur rosée au goût indéfinissable, ni agréable ni désagréable, qu'il appela « lagadigadaw », mot créole que j'entendais pour la première fois.

— Jeune monsieur, me fit-il, je dois t'avouer quelque chose... Il n'est pas sûr du tout que Louisiane ait bu du Rubigine, ni qu'elle ait été enterrée au Lorrain... Les gens parlaient beaucoup pour ne rien dire à l'époque. Ce qui est sûr, c'est qu'elle aimait ce bougre qui s'est fait tuer au Vietnam et qu'elle en a conçu un gros chagrin... Un beau jour, on ne l'a plus revue. Voilà ! La morte que Zoklet a retrouvée intacte, rien ne prouve qu'il s'agisse d'elle. Les jeunes filles se suicidaient pour un rien de notre temps, c'est pas comme maintenant !... mais peut-être que ta Louisiane est descendue vivre en ville. Peut-être bien...

La jeune câpresse avait été reçue avec éclat au brevet supérieur et aimait beaucoup les livres, conclut-il. Si elle jouait à l'aide-couturière, c'était juste pour se faire un petit argent. Elle se préparait à une brillante carrière d'insti-tutrice...

26

Il me semblait que le moment était arrivé de faire le point à la fois sur mon existence personnelle et sur ce qui constituait ma raison de vivre, mon oxygène, pour parler pompeusement, à savoir l'écriture. Depuis cinq années que j'avais élu domicile au quartier des Terres-Sainville, ne m'étais-je pas laissé enferrer petit à petit dans les croyances magiques ? L'atmosphère du lieu, les gens de mon entourage, le destin aussi peut-être n'avaient-ils pas conforté mon penchant naturel pour le monde de l'Invisible ? Cela avait commencé par les bruits sourds qui, à la nuit close, émanaient du plafond de ma chambre et l'intervention ô combien nécessaire du quimboiseur Grand Z'Ongles. Cela avait continué avec cette mystérieuse enveloppe violette dans laquelle il m'était donné rendez-vous au Pont-de-Chaînes le vendredi soir avant trois heures du matin et donc ma rencontre avec cette créature mythique qu'est la Diablesse. Puis vinrent les apparitions en songe de ce prêtre hindou enterré dans l'allée centrale du cimetière de Grand-Anse, lequel me tourmenta jusqu'à ce que j'obtienne qu'on déplaçât ses restes. Et enfin, à mesure que je rédigeais *Diabolique passion aux Antilles* et les autres romans pour les éditions Baldaquin, la réminiscence des divagations éthyliques des fossoyeurs de cette même commune, Zoklet et Charlemagne. Divagations au mitan desquelles revenait la légende de la jarre de livres bannis.

Y avait-il un lien entre tous ces faits ? Et si oui quel était-il ?

Je me réconfortai toutefois à l'idée que tout de même des espaces de rationalité s'intercalaient (je ne trouvais pas d'expression moins biscornue) dans l'aller-venir de mes journées. Longtemps, j'avais été un professeur d'histoire et géographie très apprécié de ses élèves, ceux de l'École de la Réussite foyalaise, dont certains me saluaient bien bas lorsqu'ils avaient coutume de me croiser dans la rue. Je n'avais jamais cessé non plus de fréquenter la Bohème, quand bien même il était arrivé que, durant des mois, j'évitai notre point de ralliement qu'était la terrasse du premier étage de l'hôtel L'Impératrice, soit que j'eusse trop honte de l'état dans lequel j'avais sombré, soit que j'eusse des difficultés financières, soit que l'idée de supporter les conversations futiles de Fanfan, Dampierre et des autres m'indisposât à l'avance. Et puis mes billets dans *La Voix des Antilles*, dont tout un chacun vantait l'humour, me rassuraient aussi sur mon équilibre mental. Il y avait aussi Lisette, qui se targuait de ne croire en rien et surtout pas dans la sorcellerie, pour me ramener à une plus juste appréciation des choses. À tel point qu'elle ne croyait pas au lendemain. Elle lâchait avec un sourire en coin :

— Aujourd'hui on est là, demain on n'est plus là ! Il ne faut donc pas tirer de plans sur la comète.

Elle vivait pleinement chaque minute de son existence agitée et n'avait pas de temps à perdre avec ce qui n'était pas « palpable et visible », selon sa propre expression. De travailler chez un avocat avait dû renforcer chez elle cette tendance naturelle. Et, final de compte, il y avait ma vie secrète d'écrivain, d'écrivain vrai, pas celle de nègre de M. Julinat, l'ancien surveillant général du lycée Schœlcher. Pas celle du (pourtant adulé) Lionel-Henri de Médrac. Non, la mienne, ma vie à moi. Mes mots à moi. J'avais bien rédigé six romans — tous refusés par les éditeurs parisiens, certes — que je n'avais eu de cesse de chérir, de retoucher, de modifier tout au long de ces années et qui étaient en quelque sorte mes compagnons de vie. Mes confesseurs, mes consolateurs aussi. Quand la déprime me menaçait et que je m'enfermais deux ou trois jours d'affilée dans ma chambre, indifférent à la compassion tapageuse de Man Édouarlise qui cognait à ma porte quasiment toutes les heures, je les sortais de la valise caraïbe où je les tenais cachés et les lisais à mi-voix, allongé sur mon lit. J'en vins à connaître certains par cœur et il suffisait que je commence un chapitre pour que les mots s'enchaînent tout seuls. Je posais alors le manuscrit grand ouvert sur mon visage, ne le reprenant que lorsque j'avais un trou de mémoire. Parfois, il m'arrivait de me gausser de moi-même :

— Tu possèdes une valise de livres bannis, pourquoi perdre ton temps à chercher une jarre qui contient exactement la même chose, mon vieux ?

D'autres fois, je me révoltais contre la complaisance dont je faisais preuve envers moi-même ou ce qui m'apparaissait comme tel. Après tout, n'étais-je pas un privilégié par rapport aux habitants des Terres-Sainville qui, eux, n'avaient jamais eu le choix de décider de la voie que devrait emprunter leur vie et qui surtout se débattaient avec cette dernière comme ils pouvaient ? Par rapport, surtout, à l'Indien-Kouli Vélaye, plus maigre que le balai qu'il empoignait chaque beau matin pour aller nettoyer les dalots de l'En-Ville sous le regard méprisant des bourgeois et les quolibets des écoliers en attente de leur autobus. Il m'avait guetté au pied de mon immeuble à diverses reprises, n'osant y pénétrer pour ne pas subir l'ire de Man Édouarlise pour qui il n'était guère différent de Grand Z'Ongles.

— Ils vénèrent plusieurs dieux, hon ! maugréait-elle souvent. Des dieux à tête d'éléphant ou de je ne sais quoi. En plus, ils sacrifient des animaux ! Ne sommes-nous pas en terre française et chrétienne depuis trois siècles, foutre ?

Grâce à lui, je pénétrai pour la première fois dans l'étroit quartier d'Au-Béraud, coincé entre les Terres-Sainville et le (souvent) méphitique canal Levassor. Là gîtait une quinzaine de familles indiennes descendues des grandes plantations de canne à sucre du nord à la suite d'un événement qui avait défrayé la chronique peu après la fin de la deuxième grande guerre, événement qui avait choqué mon père et dont il parlait fréquemment à la table familiale : un Béké avait été décapité par des coupeurs de canne en révolte parmi lesquels une majorité d'Indiens. « L'Affaire des seize de Basse-Pointe », comme l'avait qualifiée la presse, avait conduit ses auteurs devant les tribunaux martiniquais où certains furent condamnés à la peine capitale jusqu'à ce qu'un tribunal d'appel de Bordeaux commue la sentence. En quoi? Je ne m'en souvenais plus, ne m'étant jamais trop intéressé à la chose politique. Toujours est-il que les parents des accusés, désormais honnis, n'avaient trouvé d'autre échappatoire que de descendre vivre à Fort-de-France, eux qui avaient toujours vécu en pleine campagne et ne parlaient presque pas français. Lorsque j'interrogeai Vélaye, il se montra laconique :

— Tout ça est derrière nous, Augustin! À quoi bon remuer le passé?

Mais aux visages comme perpétuellement aux aguets des habitants d'Au-Béraud, je compris qu'il n'en était rien. En fait, ils cohabitaient avec d'autres Indiens, fort âgés ceux-là, qui végétaient là depuis le début du siècle dans l'attente d'un bateau qui les rapatrierait en Inde comme le prévoyait leur contrat ou celui de leurs parents. Ils avaient espéré dix ans, vingt ans, trente ans, sans rien voir venir à l'horizon et fini par enterrer leur espoir dans ces cahutes bringuebalantes où ils menaient une existence de bêtes traquées. Celle de Vélaye était un peu en meilleur état que les autres, sans doute grâce à son salaire de balayeur municipal. En tout cas, elle était recouverte par des tôles ondulées flambant neuves et la porte d'entrée était munie d'un loquet.

— Tu n'as pas l'air de prendre ton rêve au sérieux, jeune homme, me lança-t-il sur un ton moqueur. Fais attention à tes fesses ! Les prêtres hindous, c'est des gens qui ne rigolent pas, non…

Avant d'aller faire déterrer et brûler les restes de celui qui entravait mon sommeil depuis des mois et des mois, il fallait, aux dires de Vélaye, « purger mon sang de toutes ses impuretés » sinon l'opération échouerait et c'est moi qui en paierais les pots cassés. J'étais plutôt sceptique quant au « protègement » qu'il me proposait : accomplir un jeûne total de trois semaines. Réciter aussi chaque jour des prières en tamoul qu'il me fit transcrire phonétiquement sur quelques feuilles arrachées au cahier d'un de ses fils. Et surtout-surtout-surtout, ne pas essayer de couillonner le dieu sous la protection duquel il comptait me placer, le redoutable Madouraiviren, en mangeant de la viande en douce ou en m'envoyant quelque verre de tafia, sous peine de « finir en chien ». Expression créole à double sens qui pouvait aussi bien signifier « tomber dans la déchéance » que « me transformer en créature canine ». J'acceptai. Par goût pour les choses occultes. Je me savais incorrigible sur ce plan-là. Autour de moi, on ne manqua pas de remarquer que mon comportement avait changé. Je ne sortais plus guère de chez moi, la faim étant plus supportable allongé et à l'ombre qu'en baguenaudant ici et là comme j'en avais l'habitude. Les rares fois où je mettais le nez dehors, le Chinois Huang-Ho ou Bec-en-or m'apostrophaient :

— Voici monsieur le casanier ! Hé, Augustin, tu es en train de te faire abbé ou quoi ? Ha-ha-ha !

Quant à Man Édouarlise, elle avait vite trouvé suspect que je ne fasse plus cas de la part du gâteau quotidien qu'elle préparait et vendait sur la place de l'église des Terres-Sainville à l'heure vespérale. Par chance, elle mit cela sur le compte de la déception amoureuse. Nul n'ignorait, en effet, que ma liaison avec Lisette battait de l'aile et ceux qui l'avaient dès le départ prédit se rengorgeaient :

— *Man té ja sav mabougres-tala té two fò ba ti jenn jan-tala !* (Je savais que cette bougresse serait trop forte pour ce jeunot !)

Cependant, cette période de privations (seul le pain, le lait et les légumes cuits à l'eau m'étaient autorisés) me fut très bénéfique au plan de la création littéraire. Je parvins non seulement à boucler le troisième volume prévu par le contrat qu'avait signé M. Julinat avec les éditions Baldaquin, mais aussi à entamer un nouveau roman, un vrai celui-là, un roman signé Augustin Valbon et non Lionel-Henri de Médrac. Ce roman, je décidai de l'intituler *La*

Jarre d'or sans la moindre hésitation, ce qui m'était inhabituel. En général, je n'étais presque jamais satisfait des titres de mes manuscrits qu'il m'arrivait de changer assez régulièrement au fil des années. La trame aussi parut couler de source : je devais commencer par évoquer mon lieu natal, Grand-Anse du Lorrain, mon enfance, ce monde désormais disparu mais qui, inexplicablement, continuait à vivre en moi sans subir le moindre outrage du temps. Il me suffisait de fermer les yeux, en effet, ou d'être perdu dans mes pensées, pour que m'apparaissent les figures de mes tantes, d'oncle Servius, de M. Dantin, le transporteur, des deux chercheurs étrangers, du Québécois Beaupertuis et de l'Allemande, Mlle Offenberg, de Bogino, le réparateur de pneus pour camion-dix-roues, de Mme Nollier, la propriétaire de L'Océanic-Hôtel, des fossoyeurs Zoklet et Charlemagne et, par-dessus tout, de la sublimissime Louisiane, ainsi qu'une foultitude d'autres personnages moins importants. J'étais persuadé d'entendre leurs éclats de voix et leurs rires, de les voir se déplacer et agir devant moi, de sentir leur odeur naturelle à chacun. Mon adolescence passée dans l'En-Ville, loin, très loin d'eux, ne les avait pas oblitérés. Bien au contraire ! Et voici qu'arrivé au mitan de la trentaine, l'ayant un peu dépassé à dire vrai, ils renaissaient sous ma plume sans que j'aie le sentiment de déployer le moindre effort. Tout naturellement aussi s'imposa l'idée que je devais évoquer alternativement ce beau passé et la vie de semi-paria volontaire que je menais aux Terres-Sainville. La jarre d'or, légende dorée de l'enfance, faisait en effet écho à la quête obscure, improbable en tout cas, qui m'avait conduit à rompre avec ma famille et à la carrière toute tracée qu'elle avait prévue pour moi. Quête qui, à mes propres yeux, constituait une manière d'énigme pour la simple raison que je ne savais pas exactement ce que je recherchais comme me le faisait souvent remarquer le boutiquier chinois. L'inspiration, répondait la Bohème, un peu sceptique. La vie de bamboche, ronchonna longtemps mon père. Le sens de sa vie, rétorquait compatissante ma mère tandis que notre vieille servante Clémencia clamait qu'on m'avait « baillé une drive » ce qui signifie qu'un malveillant ou un jaloux s'était acoquiné avec un quimboiseur pour me lancer un sort qui me condamnerait à errer pour le restant de mes jours. Ma logeuse, pour sa part, vantardisait derrière mon dos qu'elle m'apportait l'affection familiale qui m'avait toujours fait défaut. En bref, chacun avait son explication quant à mon comportement bizarre, sauf... moi.

Au dernier jour du jeûne que m'avait imposé Vélaye, à deux heures du matin, il me siffla discrètement au pied de l'immeuble et nous gagnâmes en silence une petite savane située sur les berges de la rivière Madame, très en amont du Pont-de-Chaînes et du quartier nouveau de Trénelle. Là, le prêtre indien élevait deux vaches magnifiques et quelques cabris. Il entreprit aussitôt de traire l'une d'elles, réceptionnant le lait dans une demi-calebasse tout en chantonnant une prière en tamoul. Bien qu'il fît frisquet, à cause d'un vent qui s'engouffrait dans la coulée qui commençait depuis les profondeurs de la forêt de Balata, Vélaye me demanda de me dénuder complètement. J'étais tétanisé. Le lait, qu'il déversa à trois reprises sur ma tête s'incrusta désagréablement dans mes cheveux, mes cils, s'insinua le long de mon cou et descendit le long de la raie de mon dos, ce qui me fit frissonner. Aucune partie de mon corps, y compris mon sexe, n'échappa à ce bain rituel qu'accompagnaient des invocations en l'honneur de Madouraiviren. Ensuite, il me fit prononcer les quelques phrases dans sa langue que je m'étais entraîné à répéter les jours précédents avant de tourner autour de ma personne avec un récipient en métal dans lequel il avait allumé des carrés d'encens.

— Si jamais tu n'as pas respecté totalement le jeune, me lança-t-il, menaçant, si jamais tu as laissé ton corps aller ne serait-ce qu'à griller une petite cigarette ou à prendre un coup de rhum, dis-le tout de suite pour qu'on arrête tout, Augustin !

Je hochai négativement la tête en soutenant son regard inquisiteur. Il m'avait prévenu qu'en cas d'infraction au moindre élément de la liste interminable d'interdictions qu'il m'avait signifiées trois semaines plus tôt, il en irait de ma vie. Rien que cela ! Le dieu Madouraiviren n'était ni un petit garçon ni un plaisantin. Il savait se montrer généreux mais aussi féroce en cas de besoin.

— Rhabille-toi et rentre chez toi directement, m'ordonna Vélaye au moment où le ciel, jusque-là brouillardeux, s'éclaircissait au-dessus de nos têtes, drapant d'orangé les premiers nuages de beau temps.

Je ne devais adresser la parole ni répondre à qui que ce soit tant que je ne serais pas arrivé au cimetière de Grand-Anse. Ce que je fis au grand étonnement de Man Édouarlise, toujours très tôt levée, qui, un bol de café fumant à la main, son chapelet de l'autre, me fit :

— Monsieur-sans-parole, on a téléphoné pour toi hier soir tard. Ta manman !... Ne me regarde pas comme ça avec ces yeux de poissons frits ! Je ne vois pas pourquoi je te raconterais des histoires de si bon matin, eh ben Bondieu ! Elle dit que ton papa est souffrant...

Ce très inhabituel coup de fil faillit me faire perdre contenance, mais je résistai car il fallait que j'aille d'abord — cet après-midi-là — délivrer le vieil Indien dont les restes n'avaient de cesse d'être piétinés à chaque enterrement, inhumés qu'ils avaient été dans l'allée centrale du cimetière de ma commune natale...

27

La Diablesse lui avait fixé un ultime rendez-vous, toujours au Pont-de-chaînes, un vendredi soir, à l'heure de minuit. Cette fois, Augustin Valbon s'y rendit de façon complètement désabusée, car il avait l'impression qu'elle prenait un plaisir presque sadique à le faire tourner en rond. Pour quelle raison ? Il l'ignorait. Certes, celle qu'il soupçonnait de plus en plus d'être le quidam qui avait subrepticement glissé la fameuse enveloppe violette dans sa chambre, à savoir sa voisine du dessus, mamzelle Bertine, ne lui adressait plus qu'un vague sourire ironique lorsqu'ils se croisaient dans l'escalier, mais il avait quelque peine à croire — reste de cartésianisme hérité de son père — qu'elle eût le pouvoir de se métamorphoser en cette créature féerique aux interminables cheveux de soie et aux yeux d'émeraude. En tout cas, si c'était le cas, sans doute voulait-elle lui faire payer le fait qu'à maintes reprises il avait repoussé ses avances et ses propositions de concubinage.

Ce soir-là, il était tout de même assez guilleret,

car il avait enfin pu remettre au bibliothécaire en chef les dix chapitres d'*Amour et gloire à la Martinique* et avait entamé la rédaction de son troisième opus en tant que nègre de feu M. Julinat ou plus exactement de Lionel-Henri de Médrac. Il avait, se disait-il, féroce envers lui-même, un bel avenir de romancier de hall de gare devant lui quoique le train ait disparu du paysage martiniquais depuis belle lurette (depuis la quasi-fin de la canne à sucre qu'il était chargé de convoyer des plantations jusqu'aux usines à sucre et distilleries). Le problème était que son destin de vrai romancier, du moins celui qu'il s'était imaginé à partir de l'adolescence, était non seulement au point mort, mais sur le point de se dissiper à jamais. Une manière de résignation s'imposait à son esprit, résignation qui l'emplissait de honte et dont il se gardait bien de parler à la Bohème. Il est vrai qu'il avait commencé à s'en écarter. Dampierre et les autres ne l'amusaient plus. Leurs disputailleries de petits poètes coloniaux, leur suffisance mulâtre, l'indisposaient à un point tel qu'il en vint à ne plus mettre les pieds au centre-ville bien que la place de La Savane, si ventilée à l'approche du soir, lui manquât. Peut-être qu'inconsciemment, il craignait que, par quelque hasard, l'un d'entre eux n'en vînt à découvrir qui se cachait derrière le pseudonyme de Lionel-Henri de Médrac.

— Le bougre a du style pour un Béké tout de même, avait lancé Fanfan à la sortie de *Diabolique passion aux Antilles*.

— Qui te dit qu'il s'agit d'un Blanc créole?

rétorqua Dampierre. Cela peut être n'importe qui : un Béké, un mulâtre, un chabin, un Nègre, un Indien, un Chinois ou un Syrien. Et pourquoi pas d'un Blanc-France ? De nos jours, rien n'est impossible…

— Dommage que le sujet de son bouquin soit un peu léger, fit Jacques-Alexandre. Toutes ces histoires de diable, de quimboiseurs et de morts-vivants, ça m'a toujours profondément ennuyé. Mais je confirme : l'énergumène a du talent.

Augustin était demeuré silencieux. Presque tétanisé sur son siège, le regard perdu au fond de son verre de whisky-tomate. Il faillit se faire démasquer lorsque Dampierre porta ce qui pour lui relevait de l'estocade.

— En tout cas, mes chers amis, buvons au succès de ce romancier plein d'avenir, fût-il noir, blanc, jaune ou vert. En comparaison d'Augustin dont l'œuvre ne semble plus avancer d'un iota. Ha-ha-ha !

Il leva son verre avec gaucherie et rit (jaune) afin de n'éveiller aucun soupçon, mais il était profondément mortifié. Le fait que tous aient reconnu un certain talent à de Médrac ne lui mettait pas du tout du baume au cœur. Au contraire, cela lui faisait prendre conscience du gâchis qu'avait été sa vie dès l'instant où il avait cédé aux sirènes du bibliothécaire en chef. Aux espèces sonnantes et trébuchantes qu'il lui avait fait miroiter, aurait-il dû dire pour être tout à fait honnête. Son habituelle excuse selon laquelle, à cette époque-là, il se trouvait avec des courants d'air dans les poches à cause de la fermeture de l'École de la Réussite foyalaise, ne trouvait plus grâce à ses yeux. Un vrai écrivain doit pouvoir souffrir, affronter la faim, le dénantissement, se mortifiait-il en son for intérieur. Peut-être que s'il avait accepté de tomber plus bas que chien galeux, aurait-il trouvé dans cette épreuve les ressources qui lui auraient permis d'accoucher enfin d'une œuvre majeure. Mais il était désormais trop tard et il ne pouvait s'en prendre qu'à sa propre lâcheté. À sa caponnerie, aurait dit Clémencia, la servante de sa famille.

Augustin marchait les mains dans les poches, à travers les ruelles à peine éclairées des Terres-Sainville, comme pour pouvoir avancer plus rapidement. Des chiens errants grommelaient sur son passage, mais sans plus d'agressivité. Il croisa des âmes en peine (qui d'autre oserait noctambuler à pareille heure ?) au regard de braise mal éteinte. Hommes efflanqués qui flottaient dans leurs hardes élimées, femmes en chagrin d'amour depuis un siècle de temps qui marchaient pieds nus. Au moment où il était sur le point d'atteindre le Pont-de-Chaînes, une voix sirop-miel l'interpella. Voie inconnue, féminine, étrangement tentatrice. Il chercha un visage, une silhouette parmi les ombres qui l'entouraient pour ne rien apercevoir de particulier. Aucun chrétien-vivant en tout cas.

— Dévire sur tes pas ! lui ordonna la voix, toujours avec gentillesse. Remonte jusqu'à la place de l'église et dirige-toi vers la rue Bolívar.

Il voulut résister à cette injonction venue de nulle part, mais il se sentait comme guidonné de l'intérieur, conduit d'une main ferme selon un itinéraire bien précis. Il avait l'impression d'être devenu une sorte de robot. D'ailleurs, il était incapable de prononcer un seul mot tellement il ressentait le poids de sa langue. Une véritable roche ! Pourtant, il voulait crier :

— C'est vous ? Est-ce bien vous ?

Ces questions résonnaient à l'intérieur de son crâne quoique aucun son n'émanât de sa gorge qui était impitoyablement nouée. De proche en proche, toujours pressé d'avancer par la douceur de cette voix, il atteint la ruelle où habitait feu Grand Z'Ongles. Depuis son suicide, les rares maisons encore occupées s'étaient progressivement vidées. Il vit toutefois de la lumière chez la dame qui l'avait, trois ans auparavant, si ses souvenirs étaient exacts, dissuadé, du haut de son balcon, de frapper à la porte du quimboiseur. Car il comprit à cet instant-là que c'était chez lui que l'emmenait la Diablesse. L'éclairage public était intact, car la marmaille n'avait jamais osé s'aventurer dans les parages. Un goyavier avait commencé à pousser à l'intérieur de la maison, lançant ses branches à travers le toit telles des mains appelant à l'aide. De plus près, il vit que l'endroit était hermétiquement clos, sauf qu'une fenêtre en était grande ouverte.

— Avance, Augustin ! lui fit la Diablesse. Sous le porche, tu trouveras deux cierges. L'un pour l'aller, l'autre pour le retour. Veille à ce qu'ils ne brûlent pas complètement lors de ton séjour à l'intérieur, sinon tu ne retrouveras plus jamais ton chemin. Tu deviendras une âme errante !

Il n'avait pas le choix. Tous ses poils s'étaient hérissés, non seulement à cause de la peur qui l'envahissait mais aussi parce qu'à mesure qu'il approchait de la fameuse fenêtre, il ressentait un froid presque sibérien le pénétrer jusqu'aux os. Effectivement, enveloppés dans un vieux journal, il découvrit un cierge vert et un noir ainsi qu'une boîte d'allumettes. Il alluma le premier et enjamba la fenêtre. À sa grande stupéfaction, rien n'avait bougé contrairement à ce qu'avait avancé Radio-bois-patate et exactement comme il l'avait écrit dans son billet hebdomadaire de *La Voix des Antilles*. Même passé de l'autre côté du monde, Grand Z'Ongles continuait à impressionner le *vulgum pecus* et à faire travailler son imagination. Un extravagant salon Louis XV en toc occupait la pièce principale. Sur la table qui devait lui servir de bureau, il aperçut tout un hétéroclite d'objets miniatures en plastique — tour Eiffel, pyramides d'Égypte, église du Vatican, gratte-ciel new-yorkais — posés ici et là sur de gros livres aux couvertures noires, visiblement en cuir.

— Ça, c'était pour en mettre plein la vue au client, lui fit la voix. Progresse donc ! Tu vois la porte bleue qui se trouve en face de toi, pousse-la sans trop appuyer dessus !

Il s'exécuta. La porte donnait sur un escalier en colimaçon qui lui-même conduisait à une cave où il descendit à pas mesurés, inquiet de constater que plus de la moitié du premier cierge avait déjà fondu. L'endroit était si-tellement humide qu'il se mit à tousser, chose qui fit vaciller dangereusement la flamme qui l'éclairait. Et soudain, la chose ! L'objet mythique, le livre au format démesuré que Grand Z'Ongles domptait avec un fouet et auquel il arrachait des pouvoirs secrets. Il devait faire un mètre de long sur moitié moins de large et scintillait à cause des dorures finement ouvragées qui le décoraient. Il ne distingua aucun titre sur la couverture.

— Il ne sert plus à rien, lui fit la Diablesse. Son maître disparu, ce livre est devenu muet. Ha-ha-ha ! Mais toi, Augustin, tu réussiras à le ranimer une dernière fois grâce à mon aide. Regarde là-bas sur la gauche ! Tu vois ce fouet ? Va le décrocher et reviens sur tes pas à reculons ! Je dis bien : à re-cu-lons ! C'est compris ?

Il n'avait d'autre choix que d'obéir. Il fit ce que la voix lui demanda et attendit en grelottant. Il faisait encore plus froid dans la cave qu'au salon. La Diablesse le laissa dans cette position pour le moins inconfortable pendant ce qui lui parut être une heure entière mais qui dura probablement beaucoup moins. Jusqu'à ce qu'elle se mette à hurler :

— Vas-y, Augustin, frappe-le ! Allez, frappe-le !

Le livre géant se mit bientôt à rugir sous les coups qu'il lui assénait. Il se cabrait à la façon d'un cheval sauvage, raclait le sol humide couvert d'une mousse verdâtre, gigotait si fort qu'il semblait sur le point d'arracher les chaînes qui le retenaient au mur. Puis, il se mit à miauler, à japper, à barrir, à feuler, imitant toutes sortes de cris d'animaux.

— Ne mollis pas pour lui ! hurlait la Diablesse alors même qu'il trébuchait parce que le fouet agissait de lui-même à présent, comme mu par une impulsion intérieure.

Le livre cessa alors de se défendre. Il sembla se recroqueviller sur sa carapace passablement abîmée, déchirée même par endroits, avant de se mettre à parler en créole.

— *Pa lapenn fè kò'w wè mizè kon sa, gason ! Sa man ni pou ba'w la, man ké ba'w li. Vansé'w, non !* (Inutile de t'escrimer de la sorte, ami ! Ce que je dois te donner, je te le donnerai. Approche un peu !)

— Ne l'écoute pas ! brailla la Diablesse. C'est un attrape.

— *Bon bagay man ka di'w la-a ! Man ka anni ouvè ba'w ek ou ké trapé sa ou ka chaché a, monfi.* (Je te dis la vérité. Il me suffit de m'ouvrir à toi et tu obtiendras ce que tu recherches, mon vieux.)

— Couillonnaderies que tout ça, continue à frapper, Augustin !

Pris entre deux feux, il se rendit compte que le premier cierge était sur le point de s'éteindre et chercha à allumer le second avec des gestes frénétiques, sans lâcher le fouet. Quand il y parvint, après que la cave eut été plongée dans l'obscurité pendant quelques minutes, il nota que le livre géant ne bougeait plus du tout. La voix de la Diablesse s'était comme évanouie. Un silence terrifiant y régnait désormais. Il ne savait plus que faire. Quitter cet endroit au plus vite ou au contraire achever de harceler le livre géant pour l'obliger à lui révéler le secret de Grand Z'Ongles ? Perdu dans ses pensées, il ne vit pas à quel moment le livre s'ouvrit, expulsant une boîte d'une taille un peu plus large que les cartons à chaussures. Interloqué, il ne bougea pas d'une maille. Il sentit le fouet glisser d'entre ses doigts et tomber sur le sol sans un bruit. Telle une feuille morte. La Diablesse ne se manifestait toujours pas. Curieusement, toute sensation de peur avait maintenant disparu en lui. Il était comme redevenu lui-même. Il sentait qu'il pouvait décider de repartir sans hâte et que rien, absolument rien, ne viendrait contrarier cette décision. Bien que le deuxième cierge fût consumé à moitié, il ne craignait plus l'avertissement que lui avait lancé la Diablesse. D'ailleurs, il pouvait, sans que sa vie fût le moins du monde en danger, approcher cette mystérieuse boîte en carton, la ramasser et l'emporter sous le bras. Il le pouvait !

Il observa attentivement l'objet sans rien lui découvrir de particulier. C'était un carton à chaussures — chaussures de très grande taille — tout ce qu'il y avait de plus banal. Il portait une inscription à moitié effacée qu'il ne parvenait pas à déchiffrer.

— Le savoir de Grand Z'Ongles est à toi maintenant ! fit la voix métallique presque à son oreille, ce qui le fit sursauter et presque lâcher le cierge. Je m'en vais, adieu !

Il avança d'un pas, puis de deux, vers la boîte. Puis de trois. Elle demeurait toujours parfaitement inoffensive. Parvenu à quelques centimètres d'elle, il n'hésita plus. Il se baissa pour la ramasser et s'enfuit comme un voleur, manquant de rater plusieurs marches de l'escalier. En haut, la fenêtre était toujours ouverte, entourée cette fois d'un halo vert qui scintillait par endroits. Il comprit, par intuition, qu'il ne devait pas ressortir par là. Le deuxième cierge avait d'ailleurs commencé à fondre à une vitesse démentielle. Il fonça sur la porte d'entrée qu'il fit valdinguer d'un coup d'épaule et chuta lourdement sur la chaussée, s'éraflant bras et visage, sans pour autant lâcher son précieux butin. Il se mit à courir droit devant lui, au jugé, feintant au dernier moment des obstacles que la noirceur dissimulait à son regard. Quand il arriva au pied de l'immeuble de Man Édouarlise, l'angélus sonna et il vit le ciel, saison du carême oblige, s'éclaircir avec majesté. Mamzelle Bertine, accoudée à sa fenêtre du deuxième étage, en nuisette vaporeuse, le nargua :

— Tu t'acoquines avec les mauvais vivants à présent, cher Augustin ? Ha-ha-ha !

Il ne répondit rien. Il se réfugia dans sa chambre, heureux que sa logeuse fût déjà partie à la messe et n'eût pas remarqué son absence. Il posa le carton à chaussures sur son lit, hésitant à l'ouvrir. Désirait-il vraiment s'approprier le secret de Grand Z'Ongles, le plus éminent sorcier de son époque ? Et si oui, qu'en ferait-il ? S'installerait-il à son tour comme Suprême

Déchiffreur de l'Invisible, titre que s'était octroyé l'homme qui s'était suicidé avec sept cravates de sept couleurs et sept tissus différents ? Le goût prononcé d'Augustin pour les choses occultes, qui datait de sa haute enfance, quand son oncle Servius lui racontait des histoires de zombies et de baleines bleues, finit par prendre le dessus. Il posa une main prudente sur le couvercle de la boîte. Rien d'anormal. C'était une boîte quelconque, banale. Aucun fluide magnétique ou diabolique n'en émanait. Rassuré, il l'ouvrit d'un coup sec et découvrit le prétendu secret de Grand Z'Ongles : le dictionnaire Littré en quatre volumes…

28

Au sortir de sa visite chez l'ancien fossoyeur Charlemagne, moment qui l'avait ébranlé au plus profond de lui-même parce qu'il y avait rencontré celle qui, enfant, l'avait fait rêver et, adulte, fantasmer à travers ce personnage de roman, ce dernier fût-il à l'eau de rose, qu'il avait créé, Augustin décida de ne plus avoir honte d'être Lionel-Henri de Médrac. Désormais, il s'affirmerait, mieux, s'afficherait aux yeux de tous, à commencer par ceux de la Bohème, comme étant l'auteur du best-seller *Diabolique passion aux Antilles*. C'est que le premier tome qu'il avait mis un temps fou à accoucher, ce qui lui avait procuré moult ennuis avec le bibliothécaire en chef, s'était vendu comme des petits pains et cela tant aux Antilles qu'à Paris. Trois fois mieux que ceux qu'avait rédigés le demi-frère de son commanditaire ! Toutefois, Augustin ne vit pas la couleur de ses droits d'auteur étant donné les sommes plus que substantielles qu'il avait reçues auparavant. Le bibliothécaire annonça à Augustin que les compteurs seraient remis à zéro à compter de la parution du quatrième tome. Manière de chantage finalement fort efficace puisque le jeune mulâtre pondit la suite en un rien de temps, puis un troisième également dans un temps record. Avec le même succès de librairie à chaque fois !

— Je dois reconnaître que j'ai eu tort de vous critiquer quant à l'usage de personnages récurrents..., fit le bibliothécaire à Augustin d'une voix embarrassée. D'autant qu'en réalité, il n'y a guère que cette Louisiane à revenir à chaque œuvre... Si je puis me permettre une question...

— Allez-y !

— Cette créature... enfin, cette fille, je veux dire... vous l'avez connue ou bien s'agit-il du fruit de votre imagination ?

Augustin sourit. Cette question taraudait aussi les gens de son entourage aux Terres-Sainville qui, grâce au bouche-à-oreille, s'étaient procuré l'ouvrage, eux qui n'étaient pourtant jamais entrés dans une librairie de toute leur vie. Il se souvenait, en effet, de sa stupéfaction lorsqu'il avait trouvé sa logeuse, Man Édouarlise, plongée dans *Diabolique passion aux Antilles*, oubliant même d'actionner sa berceuse qui menaçait de s'effondrer sous le poids de son corps plantureux. Sa stupéfaction avait grandi lorsque sur le palier, un beau matin, mamzelle Bertine n'essaya point de l'aguicher comme à l'ordinaire, mais lui montra le livre qu'elle tenait fermement à-quoi-dire un trésor, lui recommandant de le lire toutes affaires cessantes car « il est formidable tout bonnement ». Mieux : Lisette était inexplicablement revenue à de meilleurs sentiments à son égard. Elle lui disait regretter de l'avoir jeté aux oubliettes et déclarait mieux saisir désormais la nature du lien amoureux grâce à ce roman « extraordinaire » dont avait parlé durant des jours et des jours Radio-Martinique. Apparemment, Lisette n'avait établi aucun rapport entre la Louisiane envers laquelle elle s'était montrée jalouse et celle du roman ! Elle avait emprunté l'ouvrage à la tenancière du Tango-bar. Augustin, qui ignorait que cette dernière sût lire, écarquilla les yeux.

— Évidemment, c'est pas un livre fait pour les hommes, avait doctement déclaré cette dernière, un brin rêveuse, un soir où Augustin s'était aventuré dans sa guinguette. L'auteur a un nom de monsieur, mais je suis sûre et certaine que c'est une femme qui se cache derrière. Impossible pour un homme d'entrer dans le cœur d'une femme comme il le fait pour Louisiane.

— Louisiane ? avait fait Augustin d'un ton faussement étonné.

— Oui, le personnage principal de *Diabolique passion aux Antilles*. Une madame troublante, attachante aussi. Je la comprends comme si elle était moi-même. Je sens ce qu'elle ressent. J'éprouve l'amour qu'elle porte à ce jeune homme mort sous le feu du Viêt-cong. Je rêve de partir dans des contrées lointaines tout comme elle… Je me demande si elle a vraiment existé ou bien si l'auteur a tiré ça de sa tête…

Lionel-Henri de Médrac était donc devenu un auteur célèbre, aussi célèbre qu'Augustin Valbon était, et demeurait, un illustre inconnu. Des critiques littéraires (ou des fats se croyant tels) spéculaient dans la presse sur son identité, passant en revue tous les écrivains connus de la place pour finir par conclure qu'aucun d'entre eux ne possédait une telle sensibilité, une telle acuité dans le décorticage du sentiment amoureux.

— Nous avions passé un pacte, mon cher Augustin, je vous le rappelle, fit un jour le bibliothécaire, celui de ne pas révéler l'identité de qui se cache derrière le pseudonyme de Lionel-Henri de Médrac, mais compte tenu de l'orientation qu'ont prise les choses, si vous désirez vous dévoiler, je n'y vois pas d'inconvénient.

— J'ai pris la place de votre demi-frère, ce serait abuser...

— Que non ! Personne ne savait que M. Julinat, respectable surveillant général du lycée Schœlcher, occupait sa retraite à ce genre d'activités. Vous n'usurperiez donc en aucune façon son identité !

En redescendant donc des hauteurs boisées de Grand-Anse, à bord d'un taxi collectif chargé plus que de raison de passagers qui braillaient au lieu de converser, Augustin observait la route bordée de champs de canne au mitan desquels jaillissaient, incongrus, des poteaux électriques. La rondeur des mornes, presque maternelle, apaisa peu à peu le trouble qu'il portait en lui. Il avait enfin vu Louisiane ! Certes fugacement, mais il avait ressenti sa présence, deviné son odeur capiteuse, éprouvé le mélodieux de sa voix. Entre la Louisiane de son enfance et celle de son roman s'insérait celle qui vivait (survivait ?) aux abords de la case de l'ancien fossoyeur Charlemagne. Les trois figures de la jeune fille convergeaient désormais dans son esprit sans pour autant fusionner, lui donnant à voir, ou à vivre, trois facettes d'humanité.

— Et si j'étais un... feuilletoniste, pensa-t-il dans une espèce d'illumination au moment où le taxi se garait place de la Croix-Mission.

N'avait-il pas été ridicule en voulant rivaliser avec Balzac, Stendhal ou Zola alors que son tempérament et sa vision de l'écriture le rapprochaient davantage d'auteurs, certes tombés dans l'oubli, tels que Ponson du Terrail, Paul Féval ou Charles Hugo ? En distillant son texte chapitre après chapitre, d'une semaine ou d'une quinzaine à l'autre, à un bibliothécaire en chef sourcilleux mais qu'il savait prendre plaisir à les lire, n'égalait-il pas ces maîtres du roman populaire ? Et puis, Lagardère, Rocambole, Pardaillan et Rouletabille n'avaient-ils pas été les héros de son adolescence ? Allant plus avant dans sa réflexion, tout en remontant à petits pas le boulevard qui longeait le canal Levassor et qui conduisait, par le quartier indien d'Au- Béraud, au Pont-de-Chaînes, il réalisa tout soudain que ces êtres de papier trouvaient à s'incarner, quoiqu'un bon siècle les séparât, dans les figures de Fils-du-Diable-en-personne, de Bec-en-or ou de Waterloo Gros-Lolo, figures que dédaignaient la plupart des écrivains antillais, habités qu'étaient ces derniers soit par l'exaltation exotisante du réel antillais (mer bleue, flamboyants, colibris et bla-bla-bla), soit par la colère de la Négritude. Cette révélation le remplit d'aise. Il avait le sentiment de comprendre enfin l'attirance qu'il avait toujours nourrie pour les quartiers plébéiens et les êtres, souvent fantasques, qui, quels que soient le pays d'origine de leurs ancêtres, la langue qu'ils parlaient ou les dieux qu'ils vénéraient, témoignaient non point de l'humaine condition, selon l'expression consacrée, par trop générale, mais de la folie douce qui couve en chaque être humain.

— C'est ça, je vis dans ma folie douce à moi, soliloqua-t-il en approchant de l'immeuble de Man Édouarlise.

Sa logeuse se tenait sur le pas de sa porte, un gros paquet, que venait sans doute de lui livrer le facteur, sous le bras. Avisant l'écrivain, elle l'apostropha :

— Vagabond, on vous a envoyé ça ! C'est pour toi… Tu sors d'où ? Tu n'as pas dormi ici hier soir ? Lisette est passée demander pour vous deux fois, oui…

Augustin se contenta de grimacer. Par une sorte de pacte tacite, il savait qu'il n'avait aucune obligation de répondre au flot de questions que lui posait la vieille dame. Il trouva sa chambre balayée, les draps de son lit changés. Une odeur d'alcali flottait dans l'air. Man Édouarlise en faisait un usage régulier bien que des années s'étaient écoulées depuis que Grand Z'Ongles eut fait cesser les coups qui émanaient du plafond dès que la nuit tombait. Elle admettait du reste être superstitieuse, ne prononçant pas le second « s » à la manière comique des gens qui, n'étant pas très sûrs de leur maîtrise du français, craignaient toujours d'employer ce qu'ils considéraient comme des grands mots.

— Et si j'étais atteint non pas de folie douce ?, murmura Augustin en s'asseyant sur son lit pour défaire le paquet, mais de folie furieuse au contraire...

Quelqu'un lui avait fait un cadeau. Un anonyme. Il chercha vainement un mot, une lettre, parmi les six ouvrages que contenait le paquet, sans rien trouver qui pût en indiquer la provenance. Chacun d'eux était enveloppé dans une jaquette en plastique qu'il dut découper à l'aide de ciseaux. Apparemment, aucun des ouvrages n'avait jamais été feuilleté et donc lu. Deux tomes du *Nouveau Voyage aux Isles de l'Amérique* du père Labat, le *Dictionnaire françois-caraïbe* du père Breton, *Voyage à la Martinique contenant diverses observations sur la physique, l'histoire naturelle, l'agriculture, les mœurs et usages de cette isle* de Jean-Baptiste Mathieu Thibault de Chanvalon, *Les Bambous. Fables de La Fontaine traduites en créole par un vieux commandeur* de François Marbot et, livre visiblement récent, dont le papier sentait bon, livre également en créole intitulé *Fab' Compè Zicaque* d'un certain Gilbert Gratiant dont Augustin avait vaguement entendu parler.

D'ordinaire, il évitait comme la peste de téléphoner au bibliothécaire en chef de peur que ce dernier n'en profite pour demander la date de remise de son prochain manuscrit, mais là, il voulait en avoir le cœur net. L'homme lui avait promis à diverses reprises de lui offrir certains ouvrages de la bibliothèque personnelle de son demi-frère, M. Julinat, feu le surveillant général du lycée Schœlcher, mais ne s'était jamais exécuté.

— Nous procédons à l'inventaire du legs, rétorquait régulièrement le bibliothécaire. C'est un travail fastidieux et qui demande de la patience. Ne vous faites pas de souci, tous ceux que nous possédons déjà en double exemplaire vous seront remis !

Il fit une nouvelle fois la même réponse quoique Augustin devinât une pointe de gêne dans sa voix. Dès qu'il eut raccroché, le téléphone sonna. C'était la standardiste de *La Voix des Antilles*, femme d'humeur toujours joviale, qui faisait mine de le rabrouer, car il n'avait pas encore porté son billet hebdomadaire.

— Tu as jusqu'à cet après-midi deux heures, mon petit coco lapin chéri doudou adoré ! Je t'embrasse tout-partout et même sur les parties interdites…

— Ce sera fait…, balbutia le jeune homme.

— Au fait, le rédacteur en chef demande le titre de ton papier.

— Heu…

— Tu es là, Augustin ? Ne me dis pas que tu es encore en train de te faire chatouiller les couilles par cette chabine, comment elle s'appelle déjà ? Lisa ? Lisette ? Ha-ha-ha !... Allez, donne-moi ce titre, mon petit chou, mon canard, mon berlingot !

— Heu... « Louisiane, l'héroïne de Lionel-Henri de Médrac qui fait battre tous les cœurs de ce pays »...

Augustin raccrocha brusquement. Refeuilletant un à un les ouvrages qu'il avait reçus, il finit par se faire une raison : la personne qui lui avait fait ce cadeau ne souhaitait pas être identifiée. Aucun indice ne permettait de le faire en tout cas, son adresse sur le paquet ayant été écrite en lettres capitales. Après avoir pris une douche et s'être rasé, corvée à laquelle il s'adonnait plus rarement que souvent, il décida d'aller attendre Claire-Élise, l'aide-bibliothécaire, qui avait rompu il y avait quelques mois avec lui à la suite d'une dispute orageuse, au restaurant du Grand Marché où elle déjeunait de temps à autre. Il n'avait pas voulu lui bailler de date précise pour leur mariage et puisque cela faisait trois ou quatre fois qu'il se défilait, la jolie Négresse avait explosé. Comme on était mercredi, Augustin pensait qu'il avait de bonnes chances de l'y trouver, car elle ne travaillait pas l'après-midi et en profitait pour faire les magasins. Affublé de lunettes fumées qu'il portait rarement et se cachant derrière un journal, il s'assit dans un coin du petit établissement et commanda, chose inhabituelle, un rhum Neisson, l'empereur des alcools martiniquais. Il remarqua avec satisfaction que la serveuse ne l'avait pas reconnu. Pas plus que le patron qui lui avait lancé un obséquieux : « Bonjour, mon cher monsieur ! » au lieu du coutumier : « *Odjisten, sa ou fè bougmwen ?* » (Augustin, ça va, mon vieux ?).

Elle arriva à son heure habituelle. Sur son trente et un : tailleur bleu ciel impeccablement coupé, chaussures à talons aiguilles, visage poudré et ongles vernis au rouge vif. Seul ses cheveux, mal défrisés au fer chaud, détonaient, sans pour autant réussir à l'enlaidir. Du temps de leur idylle, Augustin la ravitaillait en pommades rapportées de Miami par les pacotilleuses des Terres-Sainville, mais depuis, visiblement, Claire-Élise avait repris ses habitudes. Du reste, elle se dirigea tout droit vers la table de l'écrivain et lui lança :

— Tu n'as pas honte de te livrer à ce genre d'enfantillages ! Tu veux quoi ? Te racheter ? Si c'est le cas, eh bien, voici un calendrier, choisis la date et qu'on n'en parle plus !

Et de poser sur la table un minuscule calendrier publicitaire, entre la bouteille de rhum et le verre d'Augustin, de s'asseoir d'autorité en face de lui et de se mettre à consulter la carte, lisant à mi-voix les noms des différents plats.

— Tu... tu m'as envoyé un... cadeau ? fit Augustin, emberluqué.

— Un cadeau ? Mais c'est à toi de m'en faire un, malotru ! Depuis le jour que j'attends ma bague de fiançailles.

— J'ai reçu des livres ce matin... par la poste...

— Grand bien te fasse ! Quoi de plus normal qu'un écrivain, fût-il raté comme toi, se voie offrir ce genre de choses ?

Avant que le jeune mulâtre n'ait le temps de trouver une stratégie pour retirer ses pieds, Claire-Élise, comprenant qu'il n'était aucunement venu faire amende honorable, explosa à nouveau. S'emparant de la bouteille de rhum, elle la dévida sur sa tête à lui en hurlant pour qu'on l'entende non seulement dans tout le restaurant mais aussi dans la rue :

— Espèce de petit ma-commère !

C'est trempé jusqu'aux os et puant l'alcool de canne à sucre qu'Augustin, qui s'était enfui à toutes jambes, arriva chez son ami Huang-Ho, le boutiquier chinois, lequel pouffa de rire en le voyant. Il l'emmena dans l'arrière-cour de sa boutique où Augustin se lava le buste et les bras à l'eau d'un robinet avant de lui prêter une de ses chemises :

— Mon ami, admonesta-t-il gentiment le mulâtre, tu vis dans trop d'agitation. Détache-toi des choses !

Augustin décida de rentrer chez lui. Il devait accoucher de ce fichu billet pour *La Voix des Antilles*. Man Édouarlise, qui connaissait sa maigre garde-robe, lui jeta un regard soupçonneux, mais ne pipa mot, se contentant de secouer la tête comme on le fait face à un garçonnet incorrigible. Les mots vinrent sans difficulté sous la plume du jeune homme :

« LOUISIANE, L'HÉROÏNE DE LIONEL-HENRI DE MÉDRAC QUI FAIT BATTRE TOUS LES CŒURS DE CE PAYS

Depuis bientôt un an et demi, il n'est bruit dans notre petite Martinique que du succès grandissant que rencontre la publication, tous les quatre mois, de romans d'amour signés d'un certain et ô combien mystérieux Lionel-Henri de Médrac. Ce qu'il y a de plus frappant dans ce phénomène, c'est qu'il ne se limite point à l'habituelle clientèle de ce genre d'ouvrages, mais touche aussi bien la bourgeoisie que de dignes intellectuels drapés dans leur toge sorbonicole. Dans les salons mulâtres huppés de Foyal tout comme dans les villas cossues de la Route de Didier, fief comme chacun sait de l'aristocratie blanche créole, et même dans les cénacles divers tels que la Bohème (ces poètes qui se réunissent au premier étage de l'hôtel L'Impératrice pour ceux qui l'ignoreraient) ou encore le vénérable « Cercle martiniquais », aucune conversation ne saurait se dérouler sans qu'à un moment ou un autre ne soit évoqué le nom de l'auteur ou celui de son héroïne, la belle et fantasque Louisiane.

Si l'identité de Lionel-Henri de Médrac est sujette à controverses, les Békés niant qu'il fasse partie des leurs malgré son nom à particule, il y a un point qui recueille l'unanimité de tous les lecteurs de Diabolique passion aux Antilles, *c'est qu'à dater de ce roman, l'auteur a changé radicalement son style et sa manière de concevoir l'histoire, les rendant plus exigeants mais aussi plus accessibles au plus grand nombre, chose qui, j'en conviens, constitue un paradoxe. Paradoxe qui peut se résumer ainsi : de Médrac écrit mieux depuis qu'il a inventé le personnage de Louisiane, mais loin de faire fuir ses lecteurs, il en a quadruplé leur nombre. Il est donc le seul écrivain martiniquais, et peut-être même antillais, à avoir su toucher un très large public tout en résistant aux séductions de l'écriture populiste.*

En clair, j'affirme que Lionel-Henri de Médrac, quel qu'il soit, est un génie. Oui, un génie ! Et le mot n'est pas trop fort quand on sait qu'il est capable de nous donner un chef-d'œuvre tous les quatre mois, régularité de métronome qui a fini par retenir l'attention des milieux littéraires parisiens puisqu'il a eu droit à un article dans la rubrique « Livres » du Figaro *le mois dernier. Le papier, pour le moins dithyrambique, était intitulé : « Du nouveau dans le ciel littéraire des Antilles ». Le journaliste y déclarait, en substance, qu'un nouveau maître de l'écriture était apparu dans nos contrées ensoleillées et qu'en l'espace de quelques livres, il avait imposé sa manière avec, je cite, "une magnifique insolence lyrique".*

Toutefois, ce qu'il y a de plus remarquable dans toute cette histoire a trait à la ferveur populaire qui entoure le fameux personnage de Louisiane. Désormais, ce prénom un peu vieillot est redevenu à la mode et l'on me rapporte que des amoureux transis l'attribuent à leurs bien-aimées comme preuve de l'attachement qu'ils leur portent !

Lionel-Henri de Médrac est donc sans conteste un magicien. Un magicien de la plume ! »

Le billettiste s'était laissé aller à ses exagérations coutumières : d'abord, nul ne savait si la caste très fermée des Blancs créoles avait connaissance des ouvrages de Médrac ; ensuite, aucun journal de la place de Paris n'avait rien publié, même pas un articulet, sur les œuvres de l'éminent littérateur insulaire ; enfin, il n'était pas avéré que le prénom de Louisiane fît fureur, la référence des parents, parrains et marraines étant celui de leur actrice de cinéma préféré. D'où le succès de Sophia (Loren) et Gina (Lollobrigida). Seul l'engouement, de plus en plus large, pour *Diabolique passion aux Antilles* et les romans suivants, était vrai. Augustin savait qu'il n'avait aucun souci à se faire : le rédacteur en chef de *La Voix des Antilles* ne vérifiait jamais ses dires, sans doute parce qu'il ne voyait pas l'intérêt de cette rubrique qui lui avait été imposée par le patron du journal, ami du père d'Augustin.

Le paquet de livres reçu le matin l'attendait sur sa table de travail. Il les inspecta à nouveau minutieusement afin de trouver un indice qui pût le mettre sur la voie du mystérieux donateur. En vain. Ils fleuraient bon le papier fraîchement imprimé. Jusqu'à ce que son œil finisse par être accroché, à la fin de l'ouvrage de Jean-Baptiste Mathieu Thibault de Chanvalon, *Voyage à la Martinique contenant diverses observations sur la physique, l'histoire naturelle, l'agriculture, les mœurs et les usages de cette isle*, par quelques lignes soulignées en rouge ! Augustin lit ceci :

La plupart des hommes de ce pays s'attachent à des Négresses et mulâtresses et rarement entend-on parler d'aventures amoureuses avec d'autres femmes, en sorte que la sagesse des femmes d'ici a si peu d'occasions d'être tentée ni éprouvée, que si ce n'était pas un devoir prescrit par la religion, cette sagesse ne pourrait pas être regardée comme une vertu... On est étonné, et on ne saurait en effet s'empêcher de l'être, en voyant le goût dépravé des hommes qui les porte à s'attacher à ces modèles de créatures plutôt qu'aux dames du pays, ce goût paraît même tenir de la bestialité, et ne saurait être justifié que par là.

Il comprit alors que le cadeau provenait, sans doute possible, du vieux Béké Simon Fernay de Moncourt, l'ancien amant de Lisette. Haussant les épaules, il plia son billet en quatre, le mit dans une enveloppe et, de sa fenêtre, siffla le gamin qui avait l'habitude de le lui porter au siège de *La Voix des Antilles*...

29

Lorsque Augustin annonça à sa logeuse qu'il ressentait le besoin de s'éloigner quelque temps de l'En-Ville, de se retirer du monde même, Man Édouarlise en eut des palpitations. Elle s'affala sur sa chaise, dans son salon encombré de bondieuseries, lui demanda un verre d'eau et deux de ces cachets qu'elle prenait depuis toujours afin, assurait-elle, de pouvoir supporter « les mauvaisetés et les chienneries de l'existence ».

— Alors comme ça, tu m'abandonnes ? réussit-elle à balbutier, les yeux étrangement fixes et embués de larmes.

— Mais non, je m'absente quelque temps…

— Et ça fait combien de jours, ça ?

— Je… je ne le sais pas encore, Man Édouarlise et…

— Tu vois ! Si tu reviens dans un ou deux ans, sache que je serai sûrement déjà morte. Le docteur, il me dit que le fil de mon cœur peut péter à n'importe quel moment, oui…

Se reprenant soudain, la vieille dame lui déclara que s'il partait dans le but d'aller vivre avec Lisette, elle en serait tout de même moins malheureuse. Cette chabine était une vraie perle sous des dehors un peu rudes. À moins que lassé du petit peuple, il n'eût décidé de regagner son monde, celui de ses parents, de la mulâtraille à beau français. La logeuse, brusquement volubile, multipliait les hypothèses face à un Augustin quelque peu interloqué. Il n'avait pas mesuré tout au long de ces années à quel point elle avait fini par s'attacher à lui, allant presque à le considérer comme le fils qu'elle n'avait jamais eu. Leur couple était demeuré un mystère pour le voisinage, surtout pour la locataire du dessus, cette madame-sans-gêne de Bertine à qui il arrivait de soupçonner à haute voix qu'il existât une relation malsaine entre le trentenaire et celle qui était sur la fin de sa soixantaine. En effet, l'appartement de cette dernière était relativement exigu, il était difficilement imaginable qu'une forme d'intimité ne se fut pas créée entre eux, d'autant, précisait Bertine, un brin rageuse, que pour accéder à la salle d'eau, il fallait obligatoirement traverser la chambre de la logeuse. Face à ces allégations, il se trouvait toujours quelqu'un pour lui rabattre sa caquetoire :

— Man Édouarlise est une sainte femme. Cesse d'écorcher sa réputation ! On est tout un paquet de gens dans le quartier à avoir bénéficié de sa gentillesse.

D'une voix lasse, la vieille dame, posant une main sur l'épaule d'Augustin, lui demanda s'il avait à nouveau des ennuis avec la police. Il haussa les épaules.

— Ah, ce Grand Z'Ongles ! Même mort et enterré, le bougre continue à empoisonner autrui, poursuivit-elle. Tu sais, son fameux livre attaché à une chaîne, je n'y ai jamais cru. Monsieur s'était accointé avec Satan, rien de plus. Il lui avait vendu son âme et maintenant il doit griller quelque part en enfer, oui...

Le jeune homme sourit. Il songea à ses deux valises (l'une dans laquelle il avait empilé son linge, l'autre ses livres) qu'il devait finir de boucler avant que le taxi qu'il avait commandé ne klaxonne au bas de l'immeuble. Une pensée incongrue lui traversa l'esprit : il était l'un des très rares jeunes gens de sa génération à n'avoir jamais été taraudé par l'envie de s'asseoir derrière le volant d'une automobile. Ses amis de la Bohème paradaient dans des Renault ou Peugeot dernier cri, instruments, affirmaient-ils, facilitant la conquête des donzelles les plus rétives. Pas de travail sérieux, pas d'épouse ni d'enfants, pas de domicile à lui, pas de permis de conduire, pas de carte d'électeur, songea-t-il, tout cela s'ajoutant à une carrière littéraire finie avant d'avoir commencé. De quoi se tirer une balle dans la tête ! Ah, certes, il ne pouvait pas trop se plaindre tout de même. Il n'avait jamais eu à dormir à la lune claire ou sous la pluie, ni à quémander un repas. Dans ses moments de détresse — entre la fermeture de l'École de la Réussite foyalaise et ce fameux jour où le responsable en chef de la bibliothèque Schœlcher lui avait proposé d'écrire des romans à l'eau de rose pour les éditions Baldaquin — chacun, dans son entourage, s'était empressé de lui porter secours. « Chez Chine » lui avait ouvert un crédit illimité. Lisette, chaque début de mois, lui achetait qui une chemise, qui un pantalon chez les commerçants syriens. Au Tango-bar, les habitués lui payaient des verres à volonté. Et surtout Man Édouarlise avait fermé les yeux sur ses loyers en retard. En fait, en plus d'être un raté, il était un enfant gâté, un grand enfant gâté. Un inutile. Un zéro placé devant un chiffre, comme le disait joliment la langue créole. Alors peut-être était-il temps pour lui de s'arracher à cette dangereuse torpeur et de commencer une nouvelle vie. Loin d'ici-là, de ce quartier plébéien des Terres-Sainville. Pourquoi pas à l'étranger ? Il se disait qu'à Caracas, n'importe qui doté d'un minimum d'intelligence et d'ardeur à la tâche pouvait se faire une place au soleil. C'était en tout cas ce que rapportaient les pacotilleuses pérégrinant dans les pays espagnols des alentours, chose que Lisette, qui avait fini par se lancer dans ce fructueux négoce, lui avait confirmé. Pour l'heure, toutefois, il n'avait pas l'intention de s'en aller bien loin. Juste enjamber le boulevard de La Levée qui venait d'être rebaptisé du nom du Général-De-Gaulle. Passer, repasser plutôt, cette frontière invisible qui séparait gens de petite conséquence et gens de haut parage. Il avait réservé, sous un nom d'emprunt, une chambre au dernier étage de l'hôtel de la Paix, face à cette partie de la place de La Savane où se dressait le bâtiment jaune-ocre de la Maison du Sport et, en arrière-plan, la masse imposante du fort Saint-Louis.

Man Édouarlise, qui avait quelque peu repris ses esprits, lui annonça qu'il n'était pas le seul à retirer ses pieds de l'immeuble.

— La mamzelle Bertine… ta mamzelle Bertine, devrais-je dire, car ne crois pas que tu m'as couillonnée ! Je sais bien que chaque fois que j'avais le dos tourné, elle se dépêchait de descendre ici. Eh ben, ta mamzelle Bertine a déménagé il y a deux jours.

Augustin fit mine d'être indifférent à cette nouvelle.

— Partie comme ça ! Sans laisser sa nouvelle adresse, la gourgandine…, continua la logeuse. Au fait, tu sais qui payait son loyer ?… Tu vas tomber des nues, mon garçon. M. Bardet ! Oui, M. Bardet en personne. Sous ses grands airs de monsieur respectable, il avait aussi, en plus du jeu de cartes, le goût du commerce charnel… À ce qu'il paraît, Bertine l'obligeait à traduire des phrases en latin pour Grand Z'Ongles.

— Des phrases en latin ? faillit s'étrangler Augustin.

— Avec quoi penses-tu que le quimboiseur commandait son livre ? Le grand livre qu'il tenait enchaîné dans une cave… À un tel livre, il était obligé de parler en latin… On dit, mais ça reste à vérifier, tu sais comment la bouche du Nègre n'a pas de dimanche, que Grand Z'Ongles a commencé à avoir des problèmes avec son livre à partir du moment où M. Bardet a été emprisonné… C'est à savoir si son suicide ne vient pas de là…

La vieille femme se signa trois fois avant d'embrasser longuement Augustin sur le front.

— Reviens-moi vite, garnement !

— Je serai de retour dans pas longtemps… Merci pour tout ! s'entendit-il dire à Man Édouarlise lorsque enfin le taxi klaxonna dans la rue.

Comme rassurée, mais le regard encore empreint d'incrédulité, la logeuse lui baisa à nouveau longuement le front avant de lui bailler sa bénédiction. Elle lui garantit que sa chambre l'attendrait. Que jamais elle ne la louerait à quiconque.

— Je ne te demande pas où tu vas, Augustin…, réussit-elle à articuler, pleurant à chaudes larmes cette fois.

— Pas loin, mamie… Pas très loin…

— Dieu te garde !

— S'il existe celui-là ! tenta-t-il de plaisanter, il doit avoir bien trop de travail pour s'occuper d'une quantité négligeable telle que moi.

— Allez, va t'en, mécréant !

Il avait réussi à dérider Man Édouarlise. Dehors, le soleil n'offrait de chance à âme qui vive. Il dardait sur l'asphalte qui, ramollie par endroits, s'était gondolée. Augustin s'engouffra dans le taxi, refusant l'offre du chauffeur de ranger ses valises dans le coffre, et déclara qu'il était pressé. Les rues de l'En-Ville étaient curieusement vides. De temps à autre, des jeeps de gendarmes européens les traversaient à vive allure.

— Qu'est-ce qui se passe ? s'étonna-t-il.

— Comment, vous ne vivez pas en Martinique ? manqua de s'étrangler le chauffeur.

— Si-si…

— Vous n'écoutez pas la radio alors ?

— Pas souvent, en effet...

— Seuls les ambulances, les autobus et les taxis ont le droit de rouler, mon bon monsieur. Quelle bacchanale !

À hauteur du mur d'enceinte du cimetière des riches, Augustin aperçut deux véhicules renversés et calcinés. Plus loin, une maison à étages avait brûlé.

— Au fait, je vous emmène où ? fit le chauffeur.

— À l'hôtel de la Paix, s'il vous plaît.

— Alors là, vous voulez vraiment vous moquer de ma tête. C'est ça, hein ?

Dans le rétroviseur, Augustin se rendit compte que l'homme, qui avait les traits tirés et les cheveux en bataille, semblait soudain fort énervé. Il conduisait en jetant de brefs coups d'œil sur sa droite et sur sa gauche alors qu'aucun véhicule n'était en vue.

— L'hôtel de la Paix a été... entièrement incendié... hier soir, finit-il par lâcher. Fort-de-France est sens dessus dessous depuis que les CRS ont tué deux jeunes gens qui manifestaient.

— Ils manifestaient pourquoi ?

— Bon, maintenant, ça suffit ! Descendez de mon taxi, je vous prie !

Et le chauffeur de freiner brutalement au beau mitan de la rue Schœlcher, manœuvre qui alerta une jeep de gendarmes européens dissimulée derrière un camion de livraison qui avait sans doute été pillé. En cinq sec, des fusils furent braqués sur les deux occupants du taxi à qui il fut intimé l'ordre de descendre les mains posées sur la tête. Le chauffeur, paniqué, s'agenouilla sur la chaussée, braillant qu'il avait une femme malade et cinq petites marmailles à nourrir, qu'il était un honnête citoyen qui avait toujours respecté la France et le général de Gaulle, qu'il communiait chaque dimanche à l'église de Sainte-Thérèse, que ceci, que cela.

— Ta gueule, négro! aboya le chef des gendarmes. Tes salades, on n'en a rien à foutre!

— L'autre refuse de descendre. On fait quoi, mon capitaine?

Le gendarme qui avait parlé se tenait penché par la fenêtre du taxi, pointant son arme sur un Augustin tétanisé.

— C'est un Nègre ou un Blanc?

— Un... un entre les deux, mon capitaine...

Repoussant le gendarme, le galonné ouvrit la portière arrière du taxi et fusilla Augustin du regard. Le costume beige et la cravate dont s'était affublé ce dernier semblèrent le rassurer. Il répéta d'une voix neutre l'ordre de sortir du véhicule. Le jeune mulâtre s'exécuta cette fois, les mains agitées par la tremblade.

— Vous allez où comme ça? lui demanda le capitaine sur le même ton.

— Au quartier Redoute...

— C'est chez vous?

— Chez... mes parents...

Le capitaine alla inspecter le coffre du véhicule, puis découvrant les deux valises d'Augustin sur la banquette arrière, ordonna à l'un des gendarmes de les ouvrir. Par malchance, ce dernier s'attaqua d'abord à celle qui contenait les livres et ô malheur de malheur, le premier d'entre eux qu'il en extirpa était une histoire de Cuba que Federico, le talentueux joueur de tumba du Tango-bar, avait offert à Augustin il y avait bien quatre ou cinq ans de cela. Or, l'écrivain qui ne s'intéressait ni à l'histoire ni à la politique n'en avait pas lu une seule ligne. Il le conservait par sympathie et par nostalgie, parce que l'exilé avait su déployer des notes sublimes qui avaient permis à l'amour naissant entre Lisette et lui de se fortifier.

— On est castriste à ce que je vois ? lui fit le capitaine l'arrachant à ses réminiscences.

Abasourdi, Augustin ne sut que répondre. Les six gendarmes, l'ayant encerclé, le menaçaient de leurs armes. Soudain, un bruit de houle envahit la rue, houle humaine charroyant des cris de colère et fracassant des bouteilles enflammées contre la devanture des magasins. Du bas de la rue Schœlcher montait une armée de manifestants que rien ne semblait pouvoir arrêter. Les gendarmes se saisirent d'Augustin qu'ils firent monter dans leur jeep et démarrèrent en trombe. Quelques roches eurent le temps de s'abîmer sur la tôle du véhicule tandis que s'élevait un slogan pour le moins effrayant :

— *Blan déwò ! Foutélikan di péyi-nou an !* (Blancs dehors ! Foutez le camp de notre pays !)

La jeep zigzagua à travers l'En-Ville, obligée certaines fois de faire marche arrière en catastrophe, à cause des manifestations, apparemment spontanées, qui éclataient un peu partout. Des colonnes de fumée noirâtre s'élevaient dans le ciel, incongrues dans la parfaite bleuité de cette matinée de décembre. Le gendarme qui conduisait avait l'air terrorisé. Il maniait le levier de vitesses avec brutalité tout en ne quittant pas des yeux le rétroviseur. Les autres étaient silencieux mais arboraient un visage tout aussi pâle et dégoulinant de sueur. Le capitaine, assis à l'avant, arma son pistolet et fit :

— Les Nègres, je connais. J'ai fait l'Afrique centrale. Il suffit de descendre leur meneur pour qu'ils battent tous en retraite.

Mais il n'eut pas à faire usage de son arme. Les manifestants s'étaient évanouis à travers les rues du centre-ville redevenues, comme par enchantement, désertes. La jeep roula à vitesse réduite le long du front de mer, dépassa la statue du découvreur de la Martinique, le sieur Pierre Belain d'Esnambuc, ralentit au ras du grand bâtiment jaune de la Maison du Sport qui était fermé, puis fonça jusqu'à l'entrée principale du fort Saint-Louis par laquelle elle s'engouffra. Augustin fut menotté avant d'être traîné jusqu'à une pièce grillagée, située en hauteur et d'où on apercevait des bateaux de guerre stationnés dans la rade. L'un d'entre eux était américain. Sa bannière étoilée claquait dans le vent. Le jeune homme fut laissé là durant deux heures. Seul un jeune bidasse blanc comme un cachet d'aspirine, à l'air renfrogné, vint lui apporter une bouteille d'eau sans faire cas de lui. De temps à autre, il entendait des allées et venues de jeeps, des cliquetis d'armes, des ordres brefs. Jusqu'à ce qu'un haut gradé (colonel ou général, il ne savait pas) fasse son apparition accompagné par deux officiers de moindre rang à en juger par leurs épaulettes.

— Augustin Valbon ?

— Oui… oui, monsieur…

— On peut savoir à quel jeu vous étiez en train de jouer ce matin ?

Le jeune mulâtre chercha une explication plausible, mais n'en trouva aucune. Répondre qu'il comptait loger à l'hôtel de la Paix pouvait paraître comme une provocation. Pourtant, c'était bien là la stricte vérité !

— C'est toi la tête du complot, je présume ? fit le colonel en changeant de ton.

— Je… je ne comprends pas…

— Arrête de faire le malin ! Vous cherchez à refaire le coup de Castro mais ici, je te garantis, mon vieux, que ça ne marchera pas. Le communisme ne passera pas !

L'un des deux autres officiers, qui avait de petites lunettes d'intellectuel, ouvrit une sacoche, en tira un bloc-notes, et fit à Augustin :

— Si vous acceptez de coopérer, cher monsieur, ce sera un bon point en votre faveur. Nous avons quelques questions très précises à vous poser. Inutile de vous perdre en circonlocutions, répondez le plus précisément possible, c'est tout ce qui nous importe. D'accord ?… Bien… Combien d'hommes ?

— Je…

— Cuba a formé combien d'entre vous ? Qui dirige l'opération ? Vous ou bien un petit groupe ?

— Je ne sais pas de quoi… vous voulez parler.

Le colonel émit un sifflement d'agacement.

— Et le débarquement est prévu où et quand ? éructa-t-il. Combien de barbudos participent à l'opération ? Ça doit se passer sur une plage déserte du Prêcheur, c'est bien ça ?… L'Anse Couleuvre ? Cap Saint-Martin ?

— Soit ce type est un dur à cuire, soit il joue à l'idiot, intervint le deuxième officier. Dans les deux cas, j'ai de quoi lui tirer les vers du nez. Si vous permettez, mon colonel…

Et de dérouler un fil électrique noir qu'il tenait à la main jusqu'à le brancher à une prise située tout au fond de la pièce. Augustin se souvenait d'avoir vaguement lu dans la presse que l'armée française torturait en Algérie à cause de la rébellion qui se déroulait dans ce pays depuis bientôt cinq ans, mais n'y avait guère prêté attention.

— On aurait dû enrôler des types dans la trentaine comme toi et les expédier face aux fellouzes ! Intellectuels de mes fesses, va ! aboya le colonel comme s'il avait deviné les pensées du jeune homme. Alors, tu causes ou tu t'amuses à nous mener en bateau ?

Comme Augustin ne pipait mot, le deuxième officier approcha le fil électrique de sa poitrine qu'il dénuda d'un coup sec. Le bout en grésillait désagréablement.

— C'est toi l'agent de Castro en Martinique ? redemanda une dernière fois le colonel. C'est ta bande qui contrôle les émeutes qui dévastent Fort-de-France en ce moment ?

— Je... je n'y suis pour... pour rien, je vous assure...

— C'est ce qu'on va voir ! Dumontel, faites-lui goûter un peu de jus. On verra si ce petit monsieur persiste à jouer à la forte tête.

Au moment où le second officier s'apprêtait à poser le fil électrique sur le mamelon gauche d'Augustin, quelqu'un frappa violemment à la porte de la cellule. Les trois militaires se regardèrent stupéfaits. Un soldat entra sans qu'on lui en donne l'ordre. Il brandissait un papier qu'il déclara être urgent.

— Ordre du fort Desaix ! fit-il en haletant.

Le colonel prit la missive, la détailla lentement, entrevisagea Augustin, relut la missive et déclara :

— Ça va, vous êtes libre, monsieur Valbon ! Apparemment, il y a eu erreur sur la personne. Avec toutes nos excuses... Au fait, parmi tous vos livres, mis à part l'histoire de Cuba, le seul vraiment suspect que nous ayons trouvé, c'est celui-ci ! Ha-ha-ha !...

Et de tendre à Augustin un ouvrage maladroitement enveloppé dans du papier journal et attaché à l'aide d'une ficelle grossière. Il n'avait pas connaissance d'avoir placé cette chose étrange dans sa valise. Il l'ouvrit, une fois arrivé dans la rue. Le paquet contenait une Bible portant une dédicace écrite d'une main appliquée mais dont on devinait qu'elle était peu habituée à tenir un stylo :

« Que la Parole de Dieu t'aide à retrouver ton chemin que tu as perdu depuis si longtemps. Ta deuxième manman, Édouarlise. »

FINAL DE COMPTE

Plus souvent que rarement (comme disent les vieux Nègres, sibyllins à souhait), ce que l'on cherche n'est point devant soi, mais derrière soi. C'est pourquoi, parfois, nous avons l'impression d'entendre notre ombre ricaner et nous pressons le pas, à la fois inquiets et pleins d'irritation.

Certains rectifient cette sentence en déclarant qu'il n'y a rien à chercher, que toute quête est gaspillage de vie ou manœuvres dilatoires pour éviter l'affront de la révélation. Tout est déjà là, oui ! C'est ce qu'affirment leurs bouches martyrisées par le rhum.

Tous reconnaissent, en tout cas, qu'il n'y a de Vérité — avec deux bras haut levés, précisent-ils en faisant le geste — que dans le Livre, petit ou grand, saint ou endiablé, savant ou léger, ignoré ou porté aux nues.

30

Le jardin, formé de massifs de bougainvillées de toutes couleurs, qui ceinturait la villa, ressemblait à une petite jungle. Des herbes-à-piquants et du vermicelle-diable à l'orangé vif avaient envahi les lieux jusqu'à grimper à l'en-haut du prunier d'Espagne qui ombrageait la partie ouest de la véranda. Augustin en eut un coup au cœur. Cela faisait des lustres qu'il n'avait pas mis les pieds au domicile parental. Quatre ou cinq ans peut-être quoiqu'il ne tînt pas une comptabilité exacte du temps qui passait. Ce jardin était, en effet, la chose de son père. Son royaume, le lieu où il passait le plus clair de ses journées après avoir pris sa retraite et vendu son entreprise de fabrication de matelas. Celui où il osait parfois s'aventurer à la nuit close, en dépit des admonestations de son épouse qui craignait qu'il ne « fît une imprudence », ce qui dans le langage de ce temps-là signifiait « attraper la grippe ». Se pouvait-il qu'il fût tombé gravement malade et que ni sa mère ni sa sœur n'aient jugé bon de l'en avertir ? S'agissant de la première, cela lui parut peu vraisemblable, car elle n'avait jamais cessé de veiller sur lui à distance. En effet, régulièrement, des sommes étaient versées sur son compte en banque, généralement à l'approche des fêtes et dans certains magasins, on refusait qu'il paie au motif que « madame a demandé de mettre vos achats sur sa note ».

Augustin était si nerveux qu'il mit du temps à actionner la sonnette de la porte d'entrée. Clémencia, la servante de la famille, s'avança dans l'allée de son pas lourd d'octogénaire, le visage chiffonné et les cheveux attachés par un madras noué à la va-vite. Cela non plus ne présageait rien de bon. Elle avait élevé Augustin comme son propre fils bien qu'elle eût sept enfants, presque tous de pères différents. Mme Valbon ne voulait pas de domestique qui vive et dorme chez elle. C'est de l'esclavage déguisé, lançait-elle chaque fois que son époux grinçait des dents parce que l'autobus de huit heures du matin n'avait pas encore déposé Clémencia devant leur barrière. Cette dernière regagnait donc en fin de journée sa case en bois et tôle ondulée dans le quartier pouilleux de la Cour Fruit-à-Pain qui jouxtait un canal fétide, appelé Ravine Bouillé, lequel charriait toutes qualités d'ordures et d'animaux crevés. Augustin avait l'occasion d'y mettre les pieds chaque jour de l'an car il était d'usage, dans la petite bourgeoisie de couleur, de porter des étrennes à la marmaille de leurs domestiques et de fraterniser avec eux autour d'un verre de vermouth une petite heure durant.

— Il ne va pas bien du tout-du tout !... fit

Clémencia sur un ton de reproche en tirant vers elle la lourde porte en fer forgé.

Elle enlaça Augustin comme s'il était toujours le gamin espiègle qu'elle protégeait des réprimandes et corrections de ses parents, affirmant à la cantonade qu'il « irait loin dans la vie ». Qu'il deviendrait quelqu'un. Un « monsieur-de-ce-que-de » dans sa parlure surannée. L'écrivain, dont le cœur chamadait, lui posa deux baisers sur les joues.

— Papa n'est pas mourant au moins ?

— Avance, tu verras toi-même !

Clémencia le poussa presque jusqu'au petit perron où sommeillait d'habitude Judex, le chien de la maison. Nul aboiement ne l'accueillit pourtant. À l'intérieur, tout soudain, il entendit une voix exaltée, en laquelle il reconnut celle de son père, qui déclamait ce qui ressemblait à de la poésie. M. Valbon, un livre ouvert à la main, arpentait le salon, slalomant entre les fauteuils en cuir et les tables basses décorées de statuettes en cristal, faisant de grands gestes vers un interlocuteur invisible, s'arrêtant brusquement et se figeant dans une pose de statue grecque, avant de sautiller comme un cabri fou. Augustin chercha sa mère qu'il ne vit point. Au moment où il s'apprêtait à s'annoncer, une main pleine de douceur se posa sur sa nuque. Il se retourna pour découvrir une vieille femme en chemise de nuit, le visage baigné de larmes mais dont le regard pétillait, tout à la joie qu'elle était de revoir son fils. Elle l'attira prestement dans sa chambre.

— Augustin..., commença-t-elle, un peu embarrassée, je n'ai pas voulu te déranger, t'embêter avec ça…

— Qu'est-ce qu'il lui arrive?

— Hon!... Ton père a... comment dire?... ton père n'a plus toute sa raison. Il lui en reste encore un brin. Il se douche, s'habille, mange à peu près normalement, écoute la radio et regarde la télé de temps à autre, mais impossible d'avoir une conversation normale avec lui.

— Le docteur Gervais dit quoi?

— Il n'arrive pas à identifier son mal…

— Ah bon?

Le disciple d'Hippocrate pensait qu'il s'agissait d'une nouvelle affection que des chercheurs américains venaient de mettre en évidence et dont bien sûr ils n'avaient pas encore pu élucider les causes. Cela commençait par des pertes de mémoire et se poursuivait avec des troubles du langage et du comportement. Augustin fut littéralement sonné à l'écoute de cette nouvelle. Il avait toujours considéré son père comme un roc, une sorte de phare aussi, quelqu'un que rien, sauf la mort, ne pourrait ébranler. M. Valbon était si rationnel, si pondéré et sûr de lui. N'épatait-il pas tout le monde avec son extraordinaire maîtrise du calcul mental?

— Qu'en pense ma chère sœur? fit Augustin du ton le plus neutre qu'il put.

— Oh, tu la connais ! Pour elle, il n'y a qu'à le mettre à l'hôpital de Colson et on n'en parle plus. S'il est devenu fou, il faut qu'il se fasse soigner chez les fous, voici ce qu'elle répète sans arrêt!

Mme Valbon s'était allongée sur son lit et fixait le plafond, les mains croisées sur le ventre. Ses traits semblaient marqués par un paradoxal mélange de souffrance intense et d'absolue sérénité. Augustin, appuyé contre la fenêtre de la chambre, comprit en une fraction de seconde que ce serait dans cette posture-là, cette posture de défunte, qu'un jour ou l'autre, il la trouverait, et sentit une onde de chagrin le traverser. Décidément, cette belle villa où des décennies durant avaient résonné tant de rires, de cris et de conversations interminables s'était muée, au fil du temps, en un lieu quasi sépulcral. Il arracha machinalement des branches de vermicelle-diable qui commençaient à s'accrocher aux persiennes. Du salon s'élevait toujours la même déclamation hachée qui, petit à petit, lui parut familière. Il s'avança avec prudence et tendit l'oreille. Oui, c'était bien cela ! Son père récitait de la poésie d'Aimé Césaire. Augustin tomba des nues. Sa vie durant, M. Valbon avait vitupéré contre la Négritude et ceux qu'ils désignaient avec mépris comme ses zélateurs. À l'entendre, l'Afrique n'était que barbarie et arriération, et tous ceux qui cherchaient à nous rapprocher d'elle des imbéciles ou alors des intellectuels avides de pouvoir qui voulaient devenir des « Roi Makoko », selon son expression. S'il condamnait l'esclavage, il n'en éprouvait pas moins une immense gratitude envers la France qui avait su élever le Nègre à la dignité de citoyen, une première fois grâce à la Révolution française et une deuxième grâce à celui qu'il appelait, d'une voix chargée de respect, « notre grand, notre éminent, M. Schœlcher ». Aussi avait-il vu dans l'installation de son fils dans le quartier plébéien des Terres-Sainville une manière de déchéance de leur nom et de leur famille dont il rappelait que cette dernière avait été libre bien avant l'abolition de l'esclavage de 1848. Sans compter qu'en bon franc-maçon, il désapprouvait la propension du Nègre à faire appel aux forces occultes et à l'Invisible.

— Je suis un être de Raison, moi! proclamait-il d'une voix de stentor lors des repas de famille et, mes chers amis, je vous prie de mettre une majuscule à l'initiale de ce mot.

Lorsqu'il avait appris, au Cercle martiniquais, qu'Augustin avait été gardé à vue par deux fois parce que la police le soupçonnait d'avoir trempé dans l'assassinat, « maquillé en suicide » avait déclaré Radio-Martinique, du quimboiseur Grand Z'Ongles, il avait cru que le monde s'écroulait sur sa tête. Non pas qu'il pensât le moins du monde que son fils portait une quelconque responsabilité dans l'affaire, mais parce qu'elle entachait la réputation, la respectabilité même, des Valbon. Prenant sur lui, il avait débarqué au petit matin chez Man Édouarlise et grimpé quatre à quatre les marches en bois vermoulues qui conduisaient au premier étage. C'était la toute première fois qu'il s'aventurait chez son fils ou plutôt, comme il aimait à dire, dans l'espèce de gourbi qu'il avait loué à une vieille Négresse sans doute alcoolique. L'affabilité de la protectrice d'Augustin lui cassa les bras. Elle le fit entrer sans façons et l'invita à s'asseoir, lui proposant un verre d'eau glacée car, en dépit de l'heure matinale, il commençait à faire chaud. On était, en effet, au mitan de la saison du carême.

— Je savais qu'un jour, vous nous honoreriez d'une visite..., murmura d'une voix minaudière Man Édouarlise dans son français appliqué tout en s'asseyant en face de lui.

— Vous savez qui je suis ?

— Oh ! Vous ressemblez tellement à Augustin. C'est un brave petit, vous savez. Son seul problème, c'est qu'il s'est entiché de cette affaire d'écrire des livres. Toute la journée, et parfois la nuit, il tape sur sa machine à écrire. C'est moi qui dois venir l'interrompre pour lui proposer à manger... Heureusement qu'il a obtenu ce poste de professeur à l'École de la Réussite foyalaise, sinon il aurait des courants d'air dans les poches. Écrire, ça ne nourrit pas son homme.

— À qui le dites-vous ? fit M. Valbon à la fois décontenancé et irrité.

Il s'était résolu à houspiller cette femme dont il était persuadé qu'elle avait mis Augustin sous son emprise par un moyen ou un autre, or il découvrait une créature ouverte, généreuse et apparemment dénuée de mauvaises pensées. Quelqu'un de très croyant en plus s'il en jugeait par les multiples statues de la Vierge et de saint Michel terrassant le dragon qui encombraient son minuscule salon, sans compter les chromos pieux qui en parsemaient les murs. D'ailleurs, comme si Man Édouarlise avait deviné ses pensées, elle lui coupa l'herbe sous les pieds :

— Notre Augustin n'a rien à voir avec la mort de cet endiablé de Grand Z'Ongles. C'est une lubie de cet inspecteur métropolitain... comment qu'il s'appelle déjà?... Ah oui, Dufrémont! C'est une lubie qui a trotté un moment dans la tête de ce policier, mais il a bien été obligé de se rendre à l'évidence. Grand Z'Ongles avait passé un pacte avec le diable et le moment venu, celui-ci lui a demandé paiement c'est-à-dire son âme, voilà tout!

M. Valbon retint une formidable envie de rire. Toutes ses préventions tombaient les unes après les autres. À son corps défendant, il faut dire. Il en avait même oublié le but de sa visite matutinale.

— Augustin a dormi chez sa Lisette..., glissa Man Édouarlise dans son flot de paroles. Il ne passera se changer que vers huit heures moins le quart. Juste avant de partir à l'école...

— Lisette? Qui est cette personne? demanda M. Valbon soudain inquiet.

— Une ravissante chabine qui travaille comme dactylo chez un avocat de la rue Victor-Hugo, une gentille mamzelle, oui...

Comme si une immense lassitude s'était soudainement abattue sur lui, M. Valbon n'alla pas plus loin dans son interrogatoire. Il devinait que c'était peine perdue. Son fils avait trouvé en cette Man Édouarlise une mère de substitution, ce qui était une situation moins fâcheuse que celles qu'il avait imaginées tout au long de ces années pendant lesquelles il avait refusé de mettre les pieds aux Terres-Sainville. Évidemment, la logeuse avait raconté la visite par le menu à un Augustin sidéré, y rajoutant moult détails sur la tenue vestimentaire, les mimiques et les gestes de M. Valbon père, impressionnée tout bonnement qu'elle avait été. Des mois durant, le jeune homme fut taraudé par l'incrédulité. Il lui avait fait retracer chaque minute de l'événement, chaque étape, reprendre plusieurs fois chaque phrase prononcée par l'industriel, recueillant chaque fois une nouvelle information, si infime fût-elle.

— Il est loin de t'en vouloir, conclut Man Édouarlise. Du moins, je ne le crois pas…

Augustin s'était demandé si cette démarche était un appel du pied. Une manière de renouer les liens. Il devait vite déchanter. À la fermeture de l'École de la Réussite foyalaise, son père lui avait transmis un véritable ultimatum par le truchement de Dampierre : ou bien il arrêtait de mener « sa vie de chien en garogne » ou bien il le déshériterait. Cette réaction n'avait eu pour résultat que de le braquer et de le conforter dans sa détermination à mener la vie qu'il s'était choisie. Le temps, les années, en fait, avaient donc passé et il n'avait plus eu du tout de nouvelles de son père. Ce dernier finit par l'apercevoir dans l'embrasure de la porte et lui fit un geste amical en l'invitant à s'asseoir au salon.

— Bonjour, cher monsieur ! Je vous en prie… J'aime les visiteurs du matin.

Abasourdi, Augustin obtempéra. Une vague de tristesse l'envahit. Cet homme, quoique nourri de solides préjugés de classe et de couleur, s'était toujours montré un père exemplaire. S'il était peu porté sur les spéculations intellectuelles et avait toujours désapprouvé tant son penchant pour la littérature que pour les choses occultes, s'il était un petit industriel, un homme de chiffres et de comptabilité, bref un homme d'affaires, M. Valbon n'en était pas pour autant dépourvu de cœur. Il était l'un des rares hommes de sa génération à ne pas entretenir une ou deux femmes-dehors et n'avait d'ailleurs pas d'enfant adultérin. Quoique d'un naturel réservé, il savait faire preuve de tendresse à l'endroit de son épouse, en particulier le jour de l'anniversaire de cette dernière.

— Césaire a tout dit et tout compris ! lança-t-il à Augustin, toujours sans le reconnaître.

Il ordonna à Clémencia de servir le café et se replongea, à nouveau exalté, dans la lecture à voix stridente du *Cahier d'un retour au pays natal* :

Je retrouverais le secret des grandes communications et des grandes combustions. Je dirais orage, je dirais fleuve. Je dirais tornade. Je dirais feuille. Je dirais arbre. Je serais mouillé par toutes les pluies, humecté de toutes les rosées. Je roulerais comme du sang frénétique sur le courant lent de l'œil des mots en chevaux fous en enfants frais en caillots en couvre-feu en vestiges de temple en pierres précieuses assez loin pour décourager les mineurs. Qui ne me comprendrait pas ne comprendrait pas davantage le rugissement du tigre.

La mère d'Augustin s'était approchée à son tour de l'entrée du salon, incapable d'aller plus avant. Clémencia semblait elle aussi statufiée avec le plateau à café qu'elle tenait à bout de bras. Des larmes silencieuses se mirent à couler sur les pommes de leur figure. Soudain, l'incroyable se produisit. L'inimaginable même ! M. Valbon referma son livre, le posa d'un geste calme sur le rebord de son fauteuil et lança à Augustin d'une voix rassérénée :

— Et maintenant à nous deux, mon petit monsieur !

S'agissait-il d'un de ces rares moments de lucidité dont avait parlé la mère d'Augustin ? C'est ce que ce dernier pensait lorsque son père continua sur le même ton posé :

— Jeune homme, tu as assez joué ! Tu es parti en quête d'une jarre d'or, c'est bien ça ?... Pas la peine de nier, mon cher ! Ta logeuse, madame comment ?... Mme Édouarlise m'a tout révélé. Je sais tout de toi durant toutes ces années passées à Terres-Sainville. Oui, tout et jusque dans les moindres détails ! Tu sais, des gens comme Becen-or ont beau fanfaronner, ils sont toujours sensibles à quelques billets bien craquants, surtout si ce qui leur est demandé en échange ne requiert aucun effort particulier. Tu m'écoutes, Augustin ?

— Oui... oui, père...

— Ta voisine du haut, Bertine, elle ne crache pas sur l'argent non plus ! Et le Chinois s'est montré, lui aussi, très coopératif. Ha-ha-ha ! D'autres, dont j'ai oublié les noms, m'ont donné des renseignements fort intéressants.

Augustin eut du mal à cacher à quel point il était estomaqué. Son père l'avait donc placé sous surveillance ! Une sourde colère monta en lui. À la fois contre son géniteur et contre ses soi-disant amis des Terres-Sainville. Des faux jetons, oui, voilà ce qu'ils étaient tous !

— Tu as quel âge cette année ? reprit son père. Trente-six, si je ne m'abuse... Eh bien, le temps de la baguenauderie est terminé et bel et bien terminé ! Tu es revenu ici et tu n'en repartiras plus ! Clémencia, allez faire la chambre d'Augustin, s'il vous plaît !... Quant à toi, maman, ne reste pas là, viens t'asseoir à côté de nous !

M. Valbon appelait son épouse « maman » comme tous ceux de sa génération. Cela avait toujours amusé Augustin qui s'était toujours promis d'en demander l'explication à celui-ci.

— Maman, ton fils est revenu au bercail, ironisa M. Valbon. Disons qu'il s'est longuement absenté et qu'il n'a pas jugé bon de nous donner de ses nouvelles mais, toi et moi, nous sommes d'accord pour passer l'éponge sur cette... cette incorrection, n'est-ce pas ?... Bien ! Clémencia, ce café, il vient ou pas ?

La grosse nounou trottina comiquement jusqu'à la table basse du salon, n'en croyant visiblement pas ses yeux. M. Valbon se servit d'abord, puis tendit la cafetière à son fils, en déclarant :

— Augustin, tout m'indique que tu es désormais mûr pour entamer une vraie carrière d'écrivain. C'est d'ailleurs pour cela que j'ai joué la comédie de la déraison. Sinon, jamais je n'aurais pu t'attirer ici. Je me trompe ?

— Non, père…

— Tu sais que je ne suis pas un grand amateur de la chose littéraire, mais ton départ m'a donné à réfléchir… Je me suis rapproché des livres. J'avoue sans honte y avoir découvert un monde que je ne soupçonnais même pas. Un monde extraordinaire de clairvoyance dans l'âme humaine… pardonne mes mots pompeux!… un monde qui s'interroge sur le sens de notre existence sur terre, qui nous fait rêver aussi, qui nous ouvre des perspectives…

Mme Valbon avait retrouvé une sorte de paix intérieure. Elle buvait chaque mot de son mari, encore à demi incrédule devant la scène qui se déroulait devant elle.

— Que tu aies ambitionné de faire partie de ceux qui nous ouvrent les portes de ce monde-là était tout à fait noble, Augustin, continua l'ancien industriel. J'ai eu tort, grand tort, d'avoir cherché à la contrarier… Tu ne dis rien?

— Père… J'étais sans doute moi-même trop pressé…

— Tttt! Ne t'excuse pas! Cela ne sert à rien de nous auto-flageller tous les deux. L'important maintenant est de regarder l'avenir. Je sais que Lionel-Henri de Médrac n'est autre que toi. N'ouvre pas ces grands yeux! Le directeur de la bibliothèque Schœlcher était mon condisciple, au lycée Schœlcher, et d'ailleurs nos familles ont même habité un temps à la rue Schœlcher. Ha-ha-ha!

Augustin, comme écrasé par tout ce qu'il venait d'entendre, se recroquevilla dans son fauteuil. Il eut l'envie de se lever et de s'enfuir. Mais pour aller où ? Le pays était si petit.

— Tu aimes le fantastique, reprit son père, et ça, hon ! C'est bien la faute de maman et de Clémencia. Combien de fois, lorsque tu étais enfant, ne me suis-je pas battu avec elles pour qu'elles cessent de te lire ou de te raconter des histoires à dormir debout ? C'était peine perdue !... Il paraît que c'était la seule manière de t'endormir. Ouais !...

— Oncle Servius aussi aimait...

— Alors là, celui-là, un vrai dingue ! Il faut que tu saches que j'ai toujours désapprouvé le fait de t'envoyer passer les grandes vacances à Grand-Anse. Maman prétendait que tu devais respirer du bon air frais... Servius, ah, ce cher vieux Servius et sa lubie qui l'a poursuivi jusqu'à son dernier souffle ! Il paraît que les derniers mots qu'il a prononcés étaient « jarre d'or ».

M. Valbon se leva soudain. Il regarda l'horloge murale et déclara que c'était l'heure de sa promenade vespérale. Cette dernière consistait à arpenter son jardin, relativement vaste il est vrai, de long en large jusqu'à ce que la nuit tombe. S'approchant de son fils, il lui tendit la main et d'un ton solennel, un ton d'où était absente toute trace d'ironie, il lui fit :

— À partir d'aujourd'hui, tu t'installes dans ta chambre et tu nous écris un livre qui s'appellera *La Jarre d'or.* Considère cela comme un ordre ! Et puis, foin de ce français créolisé que tu affectionnes, d'accord ?

Augustin lui répondit affirmativement d'un geste de la tête. Abasourdi…

Le lendemain, il brûla la valise caraïbe qui contenait ses sept manuscrits.

(Hauts de Maniba, Case-Pilote,
octobre 2008-mai 2010)

PREMIER BALLANT	11
DEUXIÈME BALLANT	85
TROISIÈME BALLANT	129
QUATRIÈME BALLANT	173
CINQUIÈME BALLANT	219
FINAL DE COMPTE	289

DU MÊME AUTEUR

Aux Éditions Gallimard

ÉLOGE DE LA CRÉOLITÉ, avec Patrick Chamoiseau et Jean Bernabé, *essai*, 1989.

ÉLOGE DE LA CRÉOLITÉ / *IN PRAISE OF CREOLENESS*. Édition bilingue, *essai*, 1993.

RAVINES DU DEVANT-JOUR, *récit*, 1993. Prix Casa de las Americas, 1993 (Folio n° 2706).

LES MAÎTRES DE LA PAROLE CRÉOLE, *contes*, 1995. Textes recueillis par Marcel Lebielle. Photographies de David Damoison.

LETTRES CRÉOLES. Tracées antillaises et continentales de la littérature. Haïti, Guadeloupe, Martinique, Guyane 1635-1975, *essai*, avec Patrick Chamoiseau. Nouvelle édition, 1999 (Folio essais n° 352).

LE CAHIER DE ROMANCES, *mémoires*, 2000 (Folio n° 4342).

Voir aussi Ouvrage collectif : ÉCRIRE « LA PAROLE DE NUIT ». La nouvelle littérature antillaise, *nouvelles, poèmes, réflexions poétiques, édition de Ralph Ludwig*, 1994 (Folio essais n° 239).

Aux Éditions du Mercure de France

LE MEURTRE DU SAMEDI-GLORIA, *roman*, 1997. Prix RFO (Folio n° 3269).

L'ARCHET DU COLONEL, *roman*, 1998 (Folio n° 3597).

BRIN D'AMOUR, *roman*, 2001 (Folio n° 3812).

NUÉE ARDENTE, *roman*, 2002 (Folio n° 4065).

LA PANSE DU CHACAL, *roman*, 2004 (Folio n° 4210).

ADÈLE ET LA PACOTILLEUSE, *roman*, 2005 (Folio n° 4492).

CASE A CHINE, *roman*, 2007 (Folio n° 4882).

L'HÔTEL DU BON PLAISIR, *roman*, 2009. (Folio n° 5132).

LA JARRE D'OR, *roman*, 2010. (Folio n° 5441).

RUE DES SYRIENS, *roman*, 2012.

Chez d'autres éditeurs

En langue créole

JIK DÈYÈ BONDYÉ, *nouvelles*, Grif An Tè, 1979.

JOU BARÉ, *poèmes*, Grif An Tè, 1981.

BITAKO-A, *roman*, 1985, GEREC ; traduit en français par J.-P. Arsaye, « Chimères d'En-Ville », Ramsay, 1977.

KÔD YAMM, *roman*, K.D.P., 1986 ; traduit en français par G. L'Étang, « Le Gouverneur des dés », Stock, 1995.

MARISOSÉ, *roman*, Presses Universitaires créoles, 1987 ; traduit en français par l'auteur, « Mamzelle Libellule », Le Serpent à Plumes, 1995.

En langue française

LE NÈGRE ET L'AMIRAL, *roman*, Grasset, 1988. Prix Antigone.

EAU DE CAFÉ, *roman*, Grasset, 1991. Prix Novembre.

LETTRES CRÉOLES : TRACÉES ANTILLAISES ET CONINENTALES DE LA LITTÉRATURE, avec Patrick Chamoiseau, *essai*, Grasset, 1991.

AIMÉ CÉSAIRE. Une traversée paradoxale du siècle, *essai*, Stock, 1993, Écriture, 2006.

L'ALLÉE DES SOUPIRS, *roman*, Grasset, 1994. Prix Carbet de la Caraïbe (Folio n° 5103).

COMMANDEUR DU SUCRE, *récit*, Écriture, 1994.

BASSIN DES OURAGANS, *récit*, Mille et une nuits, 1994.

LA SAVANE DES PÉTRIFICATIONS, *récit*, Mille et une nuits, 1995.

CONTES CRÉOLES DES AMÉRIQUES, Stock, 1995.

LA VIERGE DU GRAND RETOUR, *roman*, Grasset, 1996 (Folio n° 4602).

LA BAIGNOIRE DE JOSÉPHINE, *récit*, Mille et une nuits, 1997.

RÉGISSEUR DU RHUM, *récit*, Écriture, 1999.

LA DERNIÈRE JAVA DE MAMA JOSÉPHA, *récit*, Mille et une nuits, 1999.

LA VERSION CRÉOLE, Ibis Rouge, 2001.

MORNE-PICHEVIN, *roman*, Bibliophane, 2002.

LA DISSIDENCE, Écriture, *roman*, 2002.

LE BARBARE ENCHANTÉ, *roman*, Écriture, 2003.

LA LESSIVE DU DIABLE, *roman*, Le Serpent à Plumes, 2003.

LE GRAND LIVRE DES PROVERBES CRÉOLES : TI PAWOL, Presses du Châtelet, 2004.

DICTIONNAIRE CRÉOLE MARTINIQUAIS-FRANÇAIS, Ibis Rouge, 2007.

BLACK IS BLACK, *roman*, Alphée, 2008.

LES TÉNÈBRES EXTÉRIEURES, *roman*, Écriture, 2008.

L'ÉMERVEILLABLE CHUTE DE LOUIS AUGUSTIN ET AUTRES NOUVELLES, *nouvelles*, Écriture, 2010.

CITOYENS AU-DESSUS DE TOUT SOUPÇON..., *roman*, Caraïbéditions, 2010.

Traductions

UN VOLEUR DANS LE VILLAGE de James Berry, *récit traduit de l'anglais*, Gallimard Jeunesse, coll. « Page Blanche », 1993. Prix de l'International Books for Young People 1993.

AVENTURES SUR LA PLANÈTE KNOS d'Evans Jones, *récit traduit de l'anglais*, Éditions Dapper, 1997.

Travaux universitaires

DICTIONNAIRE DES TITIM ET SIRANDANES. Devinettes et jeux de mots du monde créole, *ethnolinguistique*, Ibis Rouge, 1998.

KRÉYÔL PALÉ, KRÉYÔL MATJÉ... Analyse des significations attachées aux aspects littéraires, linguistiques et socio-historiques de l'écrit créolophone de 1750 à 1995 aux Petites Antilles, en Guyane et en Haïti, *thèse de doctorat ès-lettres*, Éditions du Septentrion, 1998.

COLLECTION FOLIO

Dernières parutions

5117. Hunter S. Thompson	*Las Vegas parano*
5118. Hunter S. Thompson	*Rhum express*
5119. Chantal Thomas	*La vie réelle des petites filles*
5120. Hans Christian Andersen	*La Vierge des glaces*
5121. Paul Bowles	*L'éducation de Malika*
5122. Collectif	*Au pied du sapin*
5123. Vincent Delecroix	*Petit éloge de l'ironie*
5124. Philip K. Dick	*Petit déjeuner au crépuscule*
5125. Jean-Baptiste Gendarme	*Petit éloge des voisins*
5126. Bertrand Leclair	*Petit éloge de la paternité*
5127. Musset-Sand	*« Ô mon George, ma belle maîtresse... »*
5128. Grégoire Polet	*Petit éloge de la gourmandise*
5129. Paul Verlaine	*Histoires comme ça*
5130. Collectif	*Nouvelles du Moyen Âge*
5131. Emmanuel Carrère	*D'autres vies que la mienne*
5132. Raphaël Confiant	*L'Hôtel du Bon Plaisir*
5133. Éric Fottorino	*L'homme qui m'aimait tout bas*
5134. Jérôme Garcin	*Les livres ont un visage*
5135. Jean Genet	*L'ennemi déclaré*
5136. Curzio Malaparte	*Le compagnon de voyage*
5137. Mona Ozouf	*Composition française*
5138. Orhan Pamuk	*La maison du silence*
5139. J.-B. Pontalis	*Le songe de Monomotapa*
5140. Shûsaku Endô	*Silence*
5141. Alexandra Strauss	*Les démons de Jérôme Bosch*
5142. Sylvain Tesson	*Une vie à coucher dehors*
5143. Zoé Valdés	*Danse avec la vie*
5144. François Begaudeau	*Vers la douceur*
5145. Tahar Ben Jelloun	*Au pays*
5146. Dario Franceschini	*Dans les veines ce fleuve d'argent*

5147. Diego Gary — *S. ou L'espérance de vie*
5148. Régis Jauffret — *Lacrimosa*
5149. Jean-Marie Laclavetine — *Nous voilà*
5150. Richard Millet — *La confession négative*
5151. Vladimir Nabokov — *Brisure à senestre*
5152. Irène Némirovsky — *Les vierges* et autres nouvelles
5153. Michel Quint — *Les joyeuses*
5154. Antonio Tabucchi — *Le temps vieillit vite*
5155. John Cheever — *On dirait vraiment le paradis*
5156. Alain Finkielkraut — *Un cœur intelligent*
5157. Cervantès — *Don Quichotte I*
5158. Cervantès — *Don Quichotte II*
5159. Baltasar Gracian — *L'Homme de cour*
5160. Patrick Chamoiseau — *Les neuf consciences du Malfini*
5161. François Nourissier — *Eau de feu*
5162. Salman Rushdie — *Furie*
5163. Ryûnosuke Akutagawa — *La vie d'un idiot*
5164. Anonyme — *Saga d'Eiríkr le Rouge*
5165. Antoine Bello — *Go Ganymède!*
5166. Adelbert von Chamisso — *L'étrange histoire de Peter Schlemihl*
5167. Collectif — *L'art du baiser*
5168. Guy Goffette — *Les derniers planteurs de fumée*
5169. H.P. Lovecraft — *L'horreur de Dunwich*
5170. Léon Tolstoï — *Le Diable*
5171. J.G. Ballard — *La vie et rien d'autre*
5172. Sebastian Barry — *Le testament caché*
5173. Blaise Cendrars — *Dan Yack*
5174. Philippe Delerm — *Quelque chose en lui de Bartleby*
5175. Dave Eggers — *Le grand Quoi*
5176. Jean-Louis Ezine — *Les taiseux*
5177. David Foenkinos — *La délicatesse*
5178. Yannick Haenel — *Jan Karski*
5179. Carol Ann Lee — *La rafale des tambours*
5180. Grégoire Polet — *Chucho*
5181. J.-H. Rosny Aîné — *La guerre du feu*
5182. Philippe Sollers — *Les Voyageurs du Temps*

5183. Stendhal — *Aux âmes sensibles* (à paraître)
5184. Alexandre Dumas — *La main droite du sire de Giac* et autres nouvelles
5185. Edith Wharton — *Le miroir* suivi de *Miss Mary Pask*
5186. Antoine Audouard — *L'Arabe*
5187. Gerbrand Bakker — *Là-haut, tout est calme*
5188. David Boratav — *Murmures à Beyoğlu*
5189. Bernard Chapuis — *Le rêve entouré d'eau*
5190. Robert Cohen — *Ici et maintenant*
5191. Ananda Devi — *Le sari vert*
5192. Pierre Dubois — *Comptines assassines*
5193. Pierre Michon — *Les Onze*
5194. Orhan Pamuk — *D'autres couleurs*
5195. Noëlle Revaz — *Efina*
5196. Salman Rushdie — *La terre sous ses pieds*
5197. Anne Wiazemsky — *Mon enfant de Berlin*
5198. Martin Winckler — *Le Chœur des femmes*
5199. Marie NDiaye — *Trois femmes puissantes*
5200. Gwenaëlle Aubry — *Personne*
5201. Gwenaëlle Aubry — *L'isolée* suivi de *L'isolement*
5202. Karen Blixen — *Les fils de rois* et autres contes
5203. Alain Blottière — *Le tombeau de Tommy*
5204. Christian Bobin — *Les ruines du ciel*
5205. Roberto Bolaño — *2666*
5206. Daniel Cordier — *Alias Caracalla*
5207. Erri De Luca — *Tu, mio*
5208. Jens Christian Grøndahl — *Les mains rouges*
5209. Hédi Kaddour — *Savoir-vivre*
5210. Laurence Plazenet — *La blessure et la soif*
5211. Charles Ferdinand Ramuz — *La beauté sur la terre*
5212. Jón Kalman Stefánsson — *Entre ciel et terre*
5213. Mikhaïl Boulgakov — *Le Maître et Marguerite*
5214. Jane Austen — *Persuasion*
5215. François Beaune — *Un homme louche*
5216. Sophie Chauveau — *Diderot, le génie débraillé*
5217. Marie Darrieussecq — *Rapport de police*

5218.	Michel Déon	*Lettres de château*
5219.	Michel Déon	*Nouvelles complètes*
5220.	Paula Fox	*Les enfants de la veuve*
5221.	Franz-Olivier Giesbert	*Un très grand amour*
5222.	Marie-Hélène Lafon	*L'Annonce*
5223.	Philippe Le Guillou	*Le bateau Brume*
5224.	Patrick Rambaud	*Comment se tuer sans en avoir l'air*
5225.	Meir Shalev	*Ma Bible est une autre Bible*
5226.	Meir Shalev	*Le pigeon voyageur*
5227.	Antonio Tabucchi	*La tête perdue de Damasceno Monteiro*
5228.	Sempé-Goscinny	*Le Petit Nicolas et ses voisins*
5229.	Alphonse de Lamartine	*Raphaël*
5230.	Alphonse de Lamartine	*Voyage en Orient*
5231.	Théophile Gautier	*La cafetière* et autres contes fantastiques
5232.	Claire Messud	*Les Chasseurs*
5233.	Dave Eggers	*Du haut de la montagne, une longue descente*
5234.	Gustave Flaubert	*Un parfum à sentir ou Les Baladins* suivi de *Passion et vertu*
5235.	Carlos Fuentes	*En bonne compagnie* suivi de *La chatte de ma mère*
5236.	Ernest Hemingway	*Une drôle de traversée*
5237.	Alona Kimhi	*Journal de Berlin*
5238.	Lucrèce	*« L'esprit et l'âme se tiennent étroitement unis »*
5239.	Kenzaburô Ôé	*Seventeen*
5240.	P.G. Wodehouse	*Une partie mixte à trois* et autres nouvelles du green
5241.	Melvin Burgess	*Lady*
5242.	Anne Cherian	*Une bonne épouse indienne*
5244.	Nicolas Fargues	*Le roman de l'été*
5245.	Olivier Germain-Thomas	*La tentation des Indes*

5246. Joseph Kessel	*Hong-Kong et Macao*
5247. Albert Memmi	*La libération du Juif*
5248. Dan O'Brien	*Rites d'automne*
5249. Redmond O'Hanlon	*Atlantique Nord*
5250. Arto Paasilinna	*Sang chaud, nerfs d'acier*
5251. Pierre Péju	*La Diagonale du vide*
5252. Philip Roth	*Exit le fantôme*
5253. Hunter S. Thompson	*Hell's Angels*
5254. Raymond Queneau	*Connaissez-vous Paris ?*
5255. Antoni Casas Ros	*Enigma*
5256. Louis-Ferdinand Céline	*Lettres à la N.R.F.*
5257. Marlena de Blasi	*Mille jours à Venise*
5258. Éric Fottorino	*Je pars demain*
5259. Ernest Hemingway	*Îles à la dérive*
5260. Gilles Leroy	*Zola Jackson*
5261. Amos Oz	*La boîte noire*
5262. Pascal Quignard	*La barque silencieuse (Dernier royaume, VI)*
5263. Salman Rushdie	*Est, Ouest*
5264. Alix de Saint-André	*En avant, route !*
5265. Gilbert Sinoué	*Le dernier pharaon*
5266. Tom Wolfe	*Sam et Charlie vont en bateau*
5267. Tracy Chevalier	*Prodigieuses créatures*
5268. Yasushi Inoué	*Kôsaku*
5269. Théophile Gautier	*Histoire du Romantisme*
5270. Pierre Charras	*Le requiem de Franz*
5271. Serge Mestre	*La Lumière et l'Oubli*
5272. Emmanuelle Pagano	*L'absence d'oiseaux d'eau*
5273. Lucien Suel	*La patience de Mauricette*
5274. Jean-Noël Pancrazi	*Montecristi*
5275. Mohammed Aïssaoui	*L'affaire de l'esclave Furcy*
5276. Thomas Bernhard	*Mes prix littéraires*
5277. Arnaud Cathrine	*Le journal intime de Benjamin Lorca*
5278. Herman Melville	*Mardi*
5279. Catherine Cusset	*New York, journal d'un cycle*
5280. Didier Daeninckx	*Galadio*
5281. Valentine Goby	*Des corps en silence*
5282. Sempé-Goscinny	*La rentrée du Petit Nicolas*

5283. Jens Christian Grøndahl — *Silence en octobre*
5284. Alain Jaubert — *D'Alice à Frankenstein (Lumière de l'image, 2)*
5285. Jean Molla — *Sobibor*
5286. Irène Némirovsky — *Le malentendu*
5287. Chuck Palahniuk — *Pygmy* (à paraître)
5288. J.-B. Pontalis — *En marge des nuits*
5289. Jean-Christophe Rufin — *Katiba*
5290. Jean-Jacques Bernard — *Petit éloge du cinéma d'aujourd'hui*
5291. Jean-Michel Delacomptée — *Petit éloge des amoureux du silence*
5292. Mathieu Terence — *Petit éloge de la joie*
5293. Vincent Wackenheim — *Petit éloge de la première fois*
5294. Richard Bausch — *Téléphone rose* et autres nouvelles
5295. Collectif — *Ne nous fâchons pas! Ou L'art de se disputer au théâtre*
5296. Collectif — *Fiasco! Des écrivains en scène*
5297. Miguel de Unamuno — *Des yeux pour voir*
5298. Jules Verne — *Une fantaisie du docteur Ox*
5299. Robert Charles Wilson — *YFL-500*
5300. Nelly Alard — *Le crieur de nuit*
5301. Alan Bennett — *La mise à nu des époux Ransome*
5302. Erri De Luca — *Acide, Arc-en-ciel*
5303. Philippe Djian — *Incidences*
5304. Annie Ernaux — *L'écriture comme un couteau*
5305. Élisabeth Filhol — *La Centrale*
5306. Tristan Garcia — *Mémoires de la Jungle*
5307. Kazuo Ishiguro — *Nocturnes. Cinq nouvelles de musique au crépuscule*
5308. Camille Laurens — *Romance nerveuse*
5309. Michèle Lesbre — *Nina par hasard*
5310. Claudio Magris — *Une autre mer*
5311. Amos Oz — *Scènes de vie villageoise*

5312. Louis-Bernard Robitaille — *Ces impossibles Français*
5313. Collectif — *Dans les archives secrètes de la police*
5314. Alexandre Dumas — *Gabriel Lambert*
5315. Pierre Bergé — *Lettres à Yves*
5316. Régis Debray — *Dégagements*
5317. Hans Magnus Enzensberger — *Hammerstein ou l'intransigeance*
5318. Éric Fottorino — *Questions à mon père*
5319. Jérôme Garcin — *L'écuyer mirobolant*
5320. Pascale Gautier — *Les vieilles*
5321. Catherine Guillebaud — *Dernière caresse*
5322. Adam Haslett — *L'intrusion*
5323. Milan Kundera — *Une rencontre*
5324. Salman Rushdie — *La honte*
5325. Jean-Jacques Schuhl — *Entrée des fantômes*
5326. Antonio Tabucchi — *Nocturne indien* (à paraître)
5327. Patrick Modiano — *L'horizon*
5328. Ann Radcliffe — *Les Mystères de la forêt*
5329. Joann Sfar — *Le Petit Prince*
5330. Rabaté — *Les petits ruisseaux*
5331. Pénélope Bagieu — *Cadavre exquis*
5332. Thomas Buergenthal — *L'enfant de la chance*
5333. Kettly Mars — *Saisons sauvages*
5334. Montesquieu — *Histoire véritable et autres fictions*
5335. Chochana Boukhobza — *Le Troisième Jour*
5336. Jean-Baptiste Del Amo — *Le sel*
5337. Bernard du Boucheron — *Salaam la France*
5338. F. Scott Fitzgerald — *Gatsby le magnifique*
5339. Maylis de Kerangal — *Naissance d'un pont*
5340. Nathalie Kuperman — *Nous étions des êtres vivants*
5341. Herta Müller — *La bascule du souffle*
5342. Salman Rushdie — *Luka et le Feu de la Vie*
5343. Salman Rushdie — *Les versets sataniques*
5344. Philippe Sollers — *Discours Parfait*
5345. François Sureau — *Inigo*

Composition Firmin-Didot
Impression Novoprint
à Barcelone, le 11 juin 2012
Dépôt légal : juin 2012

ISBN 978-2-07-044758-9./Imprimé en Espagne.

241893